불온한 잠

살인곰 서점의 사건파일

불온한 잠

살인곰 서점의 사건파일

와카타케 나나미 소설 | **문승준** 옮김

◈ 등장인물 소개

하무라 아키라 : 살인곰 서점 아르바이트 겸 백곰 탐정사 탐정

도야마 야스유키 : 살인곰 서점 점장, 전직 편집자

도바시 다모쓰 : 살인곰 서점 오너, 방송국 PD

사쿠라이 하지메 : 대형 탐정사 '도토종합리서치' 직원

스즈키 시나코 : 살인곰 서점의 이웃 중 한 명, 전직 교사

군지 쇼이치 : 경시청 형사, 하무라와는 이런저런 인연이 있다

후지모토 사쓰키 : 교도소에서 출소 예정인 수양딸을 데려와
　　　　　　　　　달라고 의뢰한 여성

미노와 시게미쓰 : 희귀 서적 수집가, 마쓰오 그룹 임원

하라다 히로카 : 11년 전에 고독사한 여성

차례

1장

—

거품 속의 나날

1

외곽순환도로에서 도호쿠자동차도로로 진입해 이와쓰키를 지날 무렵 장마철 비구름을 추월했다. 앞쪽으로는 '천사의 사다리'가 걸려 있다. 구름 사이로 빛이 비스듬히 내리쬘 뿐인 평범한 자연 현상에 불과하나, 신에게 축복을 받는 듯한 기분이 든다.

운전은 오랜만이다. 그것도 장거리 운전이다. 게다가 렌터카 예약 또한 제대로 되지 않아, 손이 잘 닿지 않는 곳에 사이드 브레이크가 달린 파란 경차가 반강제적으로 배당되었다. 일기예보대로 비가 쏟아졌을 때는 공포마저 느꼈다.

벌벌 떨며 고속도로에 진입했는데, 시간이 좀 지나자 차에도 익숙해지고 운전의 감도 돌아오고 차량 통행도 줄어들어 모든 것이 무난하게 흘러갔다. 일정한 리듬, 일정한 속도로 같은 방향을 향해 달리고 있으면, 대형 트럭이나 짙은 선팅으로 내부가 보이지 않는 SUV, 차선 변경을 거듭하는 오토바이에게조차 동지애 비슷한 것이 생긴다. 나도 모르게 차량 라디오에 맞춰 핸들을 검지로 두드리며 노래를 불렀다.

내 이름은 하무라 아키라. 국적은 일본, 성별은 여자. 기치조지 주택가에 있는 미스터리 전문서점 '살인곰 서점MERDER BEAR BOOKSHOP'의 아르바이트 점원이자, 이 서점이 부업으로 시작한 '백곰 탐정사'에 소속된 유일무이한 탐정이다.

부업이라기보다는, 미스터리 서점에 탐정 사무소가 입점해 있으면 재미있을 거라는 생각에 오너 겸 점장 도야마 야스유키가 장난삼아 시작한 일이다 보니 의뢰인은 거의 찾아오지 않는다. 찾아와도 의뢰비에 놀라 도망치는 일도 예사다. 요금은 업계 규정에 따르지만, 일반인이 지불할 때는 다소 각오가 필요한 금액이다.

그래서인지 이런 일도 일어난다. 올 초, 아내와의 이혼 이후 전혀 교류가 없는 딸의 행동을 조사해달라고 의뢰한 남자가 있었다. 선금으로 10만 엔을 받고, 3일간 조사 후에 보고서를 내밀며 잔금을 청구하니 남자는 돌변했다.

자신은 조사 대상자의 아버지 이름을 사칭했을 뿐, 조사는 그녀를 스토킹하기 위한 것이다. 너도 내 스토킹 행위에 가담했으니 공범이다. 업무정지명령을 받기 싫다면 보고서와 선금 10만 엔도 내놓아라. 그렇게 하면 만에 하나 체포되어도 네가 그녀를 조사했다는 사실은 밝히지 않겠다…….

남자는 비열한 미소를 지었지만, 그 눈앞에서 경찰에 전화를 거니 미소가 사라졌다. 시대가 이러하니 의뢰인과의 대화를 기록하지 않을 리가 없고, 처음에 사인을 요구한 계약서에도 "조사를 통해 얻은 정보는 범죄에 이용하지 않는다는 사실을 조건으로 인도한다"는 문장이 추가되어 있다. 애당초 남의 이름을 사칭해서 계약을 해놓고 이런 어중간한 협박이 통할 거라 생각하다니, 머리가 나쁜 것에도 정도가 있다.

결과, 스토커 범죄에 휘말리지 않게 되어 다행이지만 잔금도 못 받았다. 하필이면 도야마 점장이 《기치조지 미스터리아나》라는 제목의 책을 출간한 참이었다. 대학교에서 미스터리 동아리를 창립한 이후 출판사에 취직, 정년 후에는 전문서점까지 연 미스터리 인생을 돌아보는 내용의 저서는 호평을 받아, 취재나 집필, 대학교 특강 의뢰 등이 끊이지 않고 들어와 도야마는 상당히 바빠졌다.

그 덕에 살인곰 서점에 할애할 시간이 줄어들어 다른 한 명의 오너인 도바시 다모쓰와 함께 논의를 했다. 결과, 이벤트가 없는 평일의 방문객들이 적기도 한 탓에, 서점은 당분간 금토일 3일만 열기로 했다. 물론 그들은 서점을 탐정 사무소로 사용해도 된다며 마치 은혜를 베풀 듯 내게 말했다. 대신 간판 고양이를 돌보는 일과 인터넷 주문 대응까지 내게 요구하는 것은 뭐란 말인가.

요컨대 업무시간이 아닐 때 서점과 관련된 일을 하는 것은 무보수. 안 그래도 적은 아르바이트 수입이 반토막이 날 텐데, 대신 열심히 탐정 일을 해서 충당하라는 것이다.

어떻게든 손님을 모으고자 살인곰 서점 홈페이지 구석에 자리한 백곰 탐정사 게시판에 다중 아이디로 글을 올렸다. 이렇게 노력하는 내 자신을 칭찬했으나, 입춘 이후 초여름이 될 때까지 조사 의뢰는커녕 문의 한 건 없었다. 어쩔 수 없이 '도토종합리서치'의 지인에게 임시 일거리를 소개받아 입에 풀칠을 했으나, 이런 식으로 외부로 하청을 주는 건은 힘들고 돈도 안 되는 일이 대부분이다. 밤을 새가며 잠복 보조를 하고 받는 돈은 5천 엔. 좋은 일감이라고 하기는 힘들다.

때문에 부족한 것은 저축한 돈에서 빼내 쓰던, 2015년도 5월 중순을 지나 날씨가 안정되기 시작한 어느 화요일…….

나는 일찍 자리에서 일어나 쌓인 세탁물을 정리했다. 이불을 빨기에는 최적인 날. 습도는 살짝 높았지만 기온도 적당해 기분이 좋다.

이런 날 멋진 의뢰인이 나타나지는 않을까 기대했을 때, 살인곰 서점으로 걸려온 전화가 내 스마트폰으로 연결되었다.

"처음 전화를 하는 건데요."

후지모토 사쓰키라고 이름을 밝힌 여성이 천천히 말했다.

"장서를 처분하고 싶어서 기치조지에서 출장 매수를 해주는 서점을 검색했더니 몇 곳이 나오더군요. 어디에 부탁드려야 좋을지 고민했는데, 살인곰 서점에는 탐정이 계신 것 같아서……. 책 이외에도 상담하고 싶은 일이 있는데……."

"네, 있고말고요. 제가 바로 탐정입니다."

쿨한 탐정을 자처하는 입장에서 너무 가볍게 대응했다는 사실은 부정할 수 없다.

"어머, 당신이 탐정? 여자네. 마침 잘됐어."

사쓰키의 목소리가 밝게 바뀌었다.

"책 인수 겸 집을 방문해줄 수 있을까? 보리스 비앙식으로 표현하자면, 폐에 수련꽃이 펴서 앞으로 남은 수명이 반년이라고 하거든. 밖에는 나가고 싶지 않고, 내가 책을 포장하는 것도 힘들어서. 이노카시라 공원과 길 사이에 있는 맨션 9층인데."

"알겠습니다. 바로 찾아뵐 테니 주소를 알려주세요."

별 생각 없이 대응한 3초 후에야 머릿속에 정보가 차곡차곡 쌓이기 시작했다. 그때는 이미 되돌릴 수 없었다.

고서 거래는 죽음과 떼려야 뗄 수가 없다. 임종을 앞두거
나 요양원 입소 등 죽음을 맞이하는 준비를 위해 책을 처분
하기 마련이다. 사망한 가족의 장서를 팔고 싶다는 의뢰도
흔하다. 힘들게 방문해 견적까지 내주었음에도 가끔 장서
가치를 시장가보다 높게 생각하는 욕심 많은 사람이나, 아
빠 유품을 왜 처분하냐며 달려드는 딸 등이 나타나 하이에
나 취급을 받는 경우도 있다.

하지만 본인 입으로 '이제 머지 않았다'고 밝히는 경우는
좀처럼 없다. 생판 남인 고서 매수인에게 아무도 그런 속사
정까지는 말하지 않는다. 고서점도 장사다. 싸게 사서 비싸
게 팔고 싶은 것이 당연하다. 그런 상대에게 약점을 보여 힘
들게 모은 소중한 장서를 싸구려 취급받는 것은 그 누구도
바라지 않는다. 상대가 악덕업자라면 책뿐만 아니라 값나가
는 것들까지 모조리 털릴 가능성도 있다.

사쓰키는 거기까지는 생각하지 않았던 모양이다. 전화를
받은 지 두 시간 후, 알려준 주소를 찾아가 초인종을 누르니,
여윈 몸에 연보라색 가운을 걸치고, 같은 색 슬리퍼에 새틴
장갑, 그리고 꽃무늬 커버를 씌운 산소통을 마치 애완동물
처럼 거느리고 나타났다. 기품이 있고 색 조합에 신경을 썼
지만 그다지 과소비는 하지 않은 듯한 몸치장이 기치조지의
마담다웠다. 흰머리가 섞인 검은 가발만이 싸구려 같아 보

였는데, 마치 아메리칸 쇼트헤어 고양이를 머리에 이고 있는 듯이 보였다.

"바로 찾아와줘 고마워."

사쓰키가 익숙한 손놀림으로 산소통을 끌며 안내했다.

"책은 거실에 있는 걸 전부 가져갔음 해. 회사를 세운 후에는 바빠서 독서할 틈도 없었으니 있는 거라곤 20대 때 산 옛날 책들뿐이야. 카트린 아를레, 심농, 자프리조라든가 부알로 & 나르스작. 요즘 사람들은 안 읽을지도 모르겠지만……. 탐정양은 보리스 비앙을 읽은 적 있나?"

"보리스 비앙은 예전에《세월의 거품》을."

"보리스 비앙은 서른아홉에 죽었잖아?"

사쓰키가 고상한 손놀림으로 코의 튜브 위치를 조정한 후 말했다.

"재크 푸트렐이 타이타닉 호와 함께 침몰한 게 서른아홉. 카뮈는 마흔여섯에, 데라야마 슈지는 마흔일곱, 크레이그 라이스는 마흔아홉……이었던가? 그렇게 생각하면 60대가 이르다고는 할 수 없단 말이지."

책상에 회사 것으로 보이는 서류가 펼쳐져 있는 것 이외에 거실은 텅 비어 있었다. 의자도 없었다.

"지난주에 업자를 불러 싹 정리했거든."

사쓰키가 미안한 듯이 말했다.

하지만 창문 너머로는 살풍경한 실내를 보완하고도 남을 멋진 경치가 펼쳐져 있었다. 초여름 이노카시라 공원의 짙은 녹음과 연못의 분수 안개 너머로 이노카시라 노선의 고가가 보인다. 햇빛을 받아 은색으로 빛나는 차체가 구부러지듯 기치조지 역을 나아간다. 가능하면 나도 저 열차를 타고 여기서 떠나고 싶었다.

사쓰키가 즐거운 듯이 말을 이었다.

"다행인지 불행인지 내게는 가족이 없으니 내 걱정만 하면 되거든. 귀찮은 서류 절차가 남아 있지만, 그것 말고는 '죽기 전에 하고 싶은 리스트'를 만들어서 하나씩 달성하면 돼. 탐정양은 죽기 전에 하고 싶은 리스트를 만든 적 있어?"

"아……아뇨."

사쓰키가 혀를 찼다.

"충고 하나 해둘게. 하고 싶은 일은 건강할 때 해두는 게 좋아. 젊었을 때 어쩌다 임시 수입이 생겨서 하야카와쇼보에서 출간된 보리스 비앙 전집을 구매했거든. 여유로워지면 느긋하게 읽으려고. 그런 경험, 없어?"

있다. 내 경우에는 도겐샤에서 나온 《오구리 무시타로 전작품》 전9권이다. 살인곰 서점에서 막 일을 시작했을 무렵, 전집이 입고되었기에 아르바이트 할인으로 지르고 말았다. 시간과 돈이 생기면 남쪽 섬으로 들고 가서 우산과 하이비

커스가 꽂힌 코코넛 주스를 마시며 느긋이 즐길 생각이다.

"그래서 이번에 책을 꺼내보았더니 활자는 작고 종이는 누렇게 변색된 거야. 나는 눈이 건조한 데다 노안이잖아. 읽을 수가 없더라고. 그러니 젊었을 때 읽는 게 좋아."

그러고 보니 나도 옛날만큼 책을 읽지는 않게 되었다. 독서를 하고 있으면 팔이 엄청 저리기도 하고. 혹시 책 위치가 나도 모르게 눈에서 멀어진 건가……?

아니, 아니, 아직 그럴 리가 없어.

포장 작업을 하고자 가져온 골판지 박스를 조립했다. 거실에 있는 문이 달린 장의 반 정도가 책, 남은 반은 비싸 보이기는 하지만 먼지가 수북이 내려앉은 양주와 잡화가 점령 중이다.

전화로 말한 대로 장서의 태반은 1970년대에서 1980년대에 출간된 프랑스 미스터리였다. 특히 원서가 많다. 이쪽은 도야마 점장이 아니면 가격을 매기기 힘들다. 일단 들고 간 다음 나중에 인수 가격을 말씀드리겠다고 설명하고 책을 박스에 담았다.

사쓰키는 의자를 끌고 와서 작업을 하는 내 옆에 앉았다. 그녀는 읽으려다 포기한 책, 보기 싫어진 영화에 대해 의견을 늘어놓다가, 화제를 '죽기 전에 하고 싶은 리스트' 쪽으로 되돌렸다.

"참 신기하단 말이야. 이런 상황임에도 허세를 부리게 돼. 후지모토 사쓰키는 마지막 순간까지 인생을 구가했습니다. 이런 말을 장례식에서 들을 수 있는 리스트를 적고 싶단 말이지."

"예를 들면 에베레스트 등산이라든가?"

내 말에 사쓰키가 우아하게 손뼉을 쳤다.

"탐정양은 이해가 빠르네. 그 말대로야. 카네기홀에서 바이올린 리사이틀을 연다든가, 바다에 대고 '이 바보야'라고 외친다든가, 남성 스트리퍼의 팬티에 만 엔짜리 지폐를 찔러 넣는다든가 하는 화려한 일을 해야 한다는 식으로. 할리우드 영화도 아닌데 말이지."

사쓰키가 의자에 앉은 채 무릎을 모아 장딴지를 주물렀다.

"일단 해변에는 갔어. 냄새가 나는 데다 모래가 불쾌하더라고. 유명한 팬케이크나 빙수도 두 입이면 충분. 스카이다이빙도 신청을 했는데, 비행기가 활주로를 미끄러지기 시작한 순간 겁을 먹고 정신까지 잃었지. 결국 병원으로 실려 갔는데 의사에게 혼쭐이 났어."

책을 담은 박스를 현관으로 옮기고 다음 박스를 조립하며 돌아오니, 창 너머로 구름이 흐르며 순식간에 하늘이 넓어졌다. 열린 창으로 희미하게 바다 내음이 바람을 타고 흘러들어와 책장의 먼지를 방구석으로 실어 날랐다.

"그래서 결심했어. 내가 꼭 하고 싶은 게 뭔지 진지하게 생각해보자고. 생각하고 생각했는데, 오늘 아침에 눈을 뜨자마자 그게 뭔지 알게 되었지."

사쓰키가 마치 먼 곳을 바라보는 듯한 얼굴로 말했다.

"내가 기치조지에 살게 된 건 1972년. 여대에 입학한 지 한 달쯤 되었을 무렵이었어. 원래는 시부야의 고모 집에 살았는데, 고모부가 여자면 책 따위 사지 말고, 그 돈으로 백을 사고, 패션에 대한 안목을 키우라며 잔소리가 심했거든. ……지금 생각해보면 고모부도 나쁜 사람은 아니었어. 춘년에게 도움이 될까 해서 한 말이니까."

사쓰키가 어깨를 으쓱했다.

"하지만 나도 보통 성격은 아니어서, 멋이나 부리러 상경한 게 아니라며, 여자도 남자와 동등한 인격체인데 성차별이라며 화를 냈지. 그래서 고모 집을 나와 친구인 다가미 후사코의 집에 신세를 지기로 했어. 후사코는 니이가타 출신으로, 장학금으로 대학에 다녔는데, 화장실을 공동으로 사용하는 1.5평짜리 북향 방에 살았지. 그런 곳에 사람이 한 명 더 늘어났으니 여러 모로 힘들었을 텐데도 싫은 내색 하나 하지 않았어. 고모 연락을 받고 걱정이 된 어머니가 찾아왔는데, 다행히 후사코를 마음에 들어 하셨어. 이렇게 똑 부러진 아가씨와 함께라면 걱정 없다며 신축 아파트까지 사주셨지. 본가가 하는 하마마쓰의 운송회사도 당시에는 번창했었고, 부모님은 내게는 물렁했으니까. 덕분에 룸메이트도 생기고, 《키다리 아저씨》의 주디 같은 대학 생활을 보냈어."

사쓰키는 입술을 가볍게 핥은 후 그 무렵의 생활에 대해 이야기했다. 과제나 공부에 쫓기는 대학 생활이었지만 틈만 나면 후사코와 서점에 가서 원했던 책을 사고, 극장에서 영화를 보고, 양식을 먹으러 갔다. 옷이나 가방 구경을 하는 것도 후사코와 함께라면 즐거웠다. 역 근처 '보아'라는 커피숍에 둘이 가서 커피를 한 잔씩 시키고 막 읽은 책에 대해 몇 시간이고 이야기를 나눴다…….

"이 생활이 너무 즐거워서 졸업한 뒤에도 여기 눌러 살려고 이쪽에 취직을 했어."

사쓰키는 이제는 없는 증권사 이름을 말했다. 후사코는 불문과 교수의 소개로 '오가쿠도 서점'에 취업했다. 버블 시기에 부동산 투자를 했다가 거액의 부채를 짊어지고 도산하기 전까지는 관동 일대에 지점을 갖춘 대형 서점이었다. 그러고 보니…….

"기치조지 역 앞에 큰 점포가 있었죠?"

"그게 오가쿠도 본점이었어. 후사코는 그곳에서 적어도 1980년 8월까지는 일했었지. 오봉(우란분, 일본은 양력 8월 15일 전후―옮긴이) 전에 우리는 크게 다퉜고, 후사코는 함께 살던 집에서 나갔어. 당시 20대 중반이었던 나는 이제 노는 시간은 끝났다고 생각했지. 그래서 부모님이 시키는 대로 하마마쓰로 돌아가 맞선을 보고 결혼을 했어. 결혼 생활은 1년 안에 끝났지만."

사쓰키는 이혼 후 부모님과의 갈등, 지방 도시에서의 소문 이야기를 비롯해, 다른 사람에게 빌려주었던 이 집에서 임차인이 나간 것을 계기로 돌아온 일, 프랑스어가 능숙해서 잡화점을 하는 지인의 부탁으로 유럽에 잡화를 사러 가는 일에 동행하다가 수입회사를 세운 것, 조금씩 성공을 거둔 일 등을 담담히 이야기했다.

긴 이야기에 지쳤는지 사쓰키의 어투가 다소 느슨해졌다.

"회사를 설립한 직후였어. 후사코가 죽었다는 사실을 알게 된 건. 하루카라는 딸을 남기고. 맡아줄 사람이 없어 시설에 있던 하루카를 우리 집으로 데려왔어. 하지만 쉽지 않더라고. 나도 아이를 키우는 데 어울리는 여자가 아니었지만, 그 아이도 손을 댈 수가 없을 정도의 문제아였거든. 7년 전에 결국 인연을 끊고 잊어버리기로 했어. 이 세상에 다가미 하루카라는 아이는 존재하지 않았다고."

사쓰키가 의자에서 미끄러져 내려와 내 바로 앞에 얼굴을 들이밀었다. 뺨이 붉게 상기되었고, 눈에 눈물이 글썽였다.

"하지만 생각하고 생각한 끝에, 오늘 아침 눈을 뜨자마자 내린 결론은 하루카였어."

사쓰키가 내 팔을 잡았다. 새틴 장갑으로 감싸인 얇은 손
은 생각 외로 뜨거웠다.

"탐정양, 다음 주면 그 아이가 돌아와. 맞이하러 가주지 않
겠어? 물론 규정 요금은 지불할게. 그저 그 아이를 내가 있
는 곳으로 데려와주면 돼. 반드시, 꼭, 내게로 데려와줬으면
해."

2

파란색 경차가 도치기 인터체인지에 도착했을 무렵에는 주위가 다시 어두컴컴해지며 앞유리에 물방울이 떨어지기 시작했다.

라디오를 끄고 일반도로로 빠졌다. 대형 슈퍼, 대형 의류 판매점, 대형 전자제품 판매점 등이 줄지어 있는 일본 어디에나 있을 듯한 도로를 데자뷔를 느끼며 달려 나가, 예정 시각 40분 전에 목적지에 도착했다.

도치기 교도소. 동일본 최대의 수용 인원을 자랑하는 여자 교도소다.

베이지 색으로 칠한 바람이 잘 통할 것 같은 정면 입구를 발견하고 차를 세웠다. 엔진을 끄고 밖으로 나왔다. 같은 날 조직의 '누님'이라도 출소한다면 조폭 영화 같은 광경을 구경할 수 있지 않을까 다소 기대했지만, 멀리 촌스러운 흰 세단이 한 대 정차해 있을 뿐, 그런 쪽에서 마중 나온 것 같지는 않다.

박무 속에서 몸을 움직였다. 나는 내 키와 같은 높이의 철망 안쪽의 흰 담벼락을 바라보며 뒤꿈치를 들고 기지개를 켜며, 담 건너편에 있는 높은 망루를 바라보며 허리를 풀었다. 거동 수상자로 보일까 잠깐 고민했다. 교도소 쪽에 차를 세우고, 비가 내리는 가운데 스트레칭을 하는 인간. 내가 저쪽 인간이라면 불심 검문을 할 것이다. 아니면 관광 기분으로 찾아오는 구경꾼들에게 익숙한 걸까?

비 때문에 온몸이 축축해져서 차로 돌아와 짙은 갈색 수건으로 머리를 닦았다. 새치를 가려주는 헤어 매니큐어를 사용한 이래, 수건은 항상 갈색이나 짙은 남색이다. 40대도 중반을 넘어가면 젊었을 적에는 상상도 못했던 사태가 일어난다. 링거를 맞은 흔적이 1년이 지나도 남아 있다든가 흰수건을 사용할 수 없게 될 줄 누가 알았으랴.

시트 머리 받침대에 수건을 올리고 머리를 기댄 채 요 며칠간 인터넷에서 찾은 정보를 반추했다.

다가미 하루카는 1981년 2월 4일에 다가미 후사코의 장녀로 태어났다. 아버지는 불명. 다섯 살 되던 해 후사코가 일하던 공장에서 기계에 끼어 사망한 후 시설에 맡겨졌다. 1년 후, 후지모토 사쓰키가 거두어 기치조지에서 살기 시작한다.

하루카는 공립 초등학교 졸업 후 중고등학교 일체형인 사립 여학교에 진학했지만, 고등학교 3학년 때 퇴학당했다. 친구들과 약을 하다 심각한 환각 증상으로 병원에 실려 간 사실이 학교에 통보된 것이다.

그 후에는 사쓰키의 회사에서 아르바이트를 하는 한편, 대입 검정을 치러 S대학교에 합격. 스무 살 때 대학생이 되었지만, 3년 후, 거리에서 기괴한 소리를 지르며 걷다가 신고를 받아 출동한 경찰에 의해 마약 소지와 남용으로 체포되었다. 이때에는 집행유예가 되었지만, 그 4년 후인 2008년 5월 30일, 사건이 발생한다.

하루카는 전부터 사쓰키의 회사 거래처 중 가구 수입회사 '쿠부누 보타니'를 경영하는 다케이 소지로라는 마흔일곱 살의 유부남과 불륜 관계였다. 쿠부누 보타니는 이쓰카이치 가도 변에 갤러리 겸 창고로 사용하는 건물을 갖고 있었고, 창고 안쪽에는 상품이기도 한 캐노피 침대가 있었다. 밀회는 그곳에서 이루어졌다.

사건 발생 며칠 전, 두 사람의 관계를 사쓰키가 알게 되어 소동이 있었던 모양이다. 당초 진술에 따르면 하루카는 다케이와 헤어질 생각으로 창고로 갔다. 하지만 이야기를 나누던 중 의식을 잃었고, 정신을 차리니 침대가 불타고 있었다. 연기가 심해서 그대로 도망쳤다고 했다.

불은 매트리스와 침대 지붕을 태웠지만, 소방서가 달려왔을 때에는 자연적으로 진화가 된 상태였다. 하지만 침대 반대쪽에서 다케이가 발견되었고, 이송된 병원에서 사망이 확인되었다. 사인은 기관지 열상에 의한 질식사. 침대 위 재떨이에서 말아 피운 대마 꽁초와 라이터가 발견되었다. 라이터에는 하루카의 지문만 남아 있었다.

당초에는 제대로 꺼지지 않은 꽁초에 의한 화재로 여겨졌지만, 현장 검증을 통해 최초 발화원은 캐노피에서 길게 늘어뜨려진 천이라는 사실이 밝혀졌다. 하루카는 경찰의 추궁에 자신이 라이터로 천에 불을 붙였다는 사실을 인정했다.

다케이가 헤어지지 않겠다고 해서 겁을 줄 생각으로 불을 붙였다. 다케이는 건장한 남자였으니 죽을 거라고는 생각하지 못했다. 대마는 다케이가 준비했다. 애당초 그런 아저씨와 사귄 것은 대마를 주었기 때문이다. 대마라면 담배보다 건강하다며 인터넷에도 나와 있고, 다른 약물만큼 악영향이 있을 거라고는 생각하지 않았다…….

처음에 거짓말을 하기도 했기에 경찰은 하루카의 이야기를 의심했다. 하지만 조사 결과, 창고 옥상에서 대마를 심은 화분이 잔뜩 발견되었다. 다케이는 인도네시아나 태국 등 동남아시아에서 가구를 수입했다. 항상 적자였는데 회사를 굴릴 돈은 어디에서인가 끊임없이 들어왔다.

방화는 중범죄다. 그런 데다 사람까지 죽었다. 유일한 아군이었을 터인 사쓰키는 하루카에게 변호사를 붙여주지 않았고 법정 참관도 하지 않았다. 사건 때문에 사쓰키의 회사도 타격을 입었다. "그딴 애는 교도소에서 죽어버리는 게 나아"라고 말한 모양이다.

구형은 징역 8년 6개월. 판결은 징역 7년이었다. 비교적 가벼운 형별로 끝난 것은 법원이 죽은 다케이에게도 일부 책임이 있다고 인정했기 때문이리라.

검찰은 항소하지 않았고, 하루카는 판결을 받아들여, 즉시 수감되었다…….

예정 시각 몇 분 후 교도소 바깥문이 열리고 여자가 나왔다.

스마트폰에 입력해둔 하루카의 사진을 확인했다. 사건이 발생한 스물일곱 살 때 언론에 실린 것으로, 눈썹이 없는 탓인지 궁상스럽고 설치류를 연상시키는 용모다. 어차피 언론이 보여주는 범죄자의 사진은 대개가 이런 식이다. 실물은 이보다는 멀쩡하리라.

그렇게 생각했는데 사진과 똑같은 여자가 이쪽을 향해 걸어왔다.

교도소에서의 생활이 편할 리도 없고 가석방 없는 만기

출소다. 늘어 보이는 것은 어쩔 수 없지만, 맨얼굴에 머리는 부석부석. 무릎에 구멍이 난 면바지에 회색 파커를 입고, 등을 살짝 굽힌 채 종이봉투를 들었다.

출소 연락을 받은 것이니 사쓰키도 그녀에게 새 옷이나 화장품을 영치해주었어도 좋았을 것을. 그런 생각을 했지만 이내 정신을 차리고 차에서 내려 문을 빠져나온 하루카에게 다가갔다. 하루카는 동그랗고 표정 없는 눈으로 이쪽을 보았다. 이름을 확인해도 자기소개를 해도 별다른 반응이 없었는데, 후지모토 사쓰키의 이름을 꺼내니 크게 한숨을 쉬었다.

"연락을 받았어. 사쓰키 아줌마가 사람을 보낼지도 모른다고. 그게 당신이구나. 이름이 뭐라고?"

"하무라 아키라입니다."

"아줌마네 회사 직원?"

"아뇨, 하루카 씨를 모시기 위해 고용되었습니다."

"우와. 나를 모시러? 고생 많네."

그간 고생이 많았다는 대사를 내게서 빼앗은 하루카는 파란 경차를 향해 턱짓을 했다.

"차가 이거?"

"네."

"리무진을 준비할 것까지는 없지만 경차는 뭐람. 뒷좌석에 기대 낮잠을 자며 우아하게 돌아가는 건가 했는데."

불평을 늘어놓고는 있지만 목소리에 힘이 없다. 하루카는 몸을 끌듯이 조수석에 올라타, 바로 등받이를 뒤로 젖히고 눈을 감았다.

어쩌면 몸 상태가 안 좋은 것일지도 모른다. 시동을 걸고, 왔던 길을 되돌아가며 생각했다. 혹은 마음 상태가……. 7년 만에 사바 세상으로 돌아온다는 것은 환경의 급격한 변화도 의미한다. 스트레스는 나쁜 일이 생겼을 때만 찾아오는 것이 아니다. 승진이나 프러포즈로 스트레스 장애를 일으키는 예도 많다.

'눈을 뜨면 어딘가에서 쇼핑이라도 시켜줄까.'

이런 생각을 하면서 도치기 시 중심부를 스쳐 지났다. 하지만 하루카는 괴로운 듯한 숨소리를 낼 뿐 눈을 뜰 생각을 하지 않아서 별 수 없이 그대로 고속도로로 진입했다. 고속도로에 진입한 이상 오이즈미까지 계속 자고 있기를 바랐는데, 도네가와를 지나, 하뉴 휴게소도 지나, 구키에 진입하려 했을 무렵 하루카가 눈을 떴다. 아까보다는 안색이 다소 멀쩡해졌다.

"자고 말았네."

하루카가 신기하다는 듯이 코를 훌쩍였다.

"안에서는 전혀 잘 수 없었는데 엄청 편히 잤어. 어째서일까?"

"차의 흔들림이 좋았던 거 아닐까요? 게다가 저도 운전 중에는 코를 골지 않으니."

적당히 대답하니 하루카가 재미없다는 듯이 "뭐야, 그게" 하고 말했다. 잠시 후 조수석에서 막힌 배수구의 하수가 빠져나가는 듯한 소리가 들렸다. 흘깃 보니 하루카가 웃고 있었다.

얼마 후, 하루카가 눈물을 닦고는 이쪽을 보았다.

"당신, 빵에 들어갔던 적 있어? 같은 방에 코골이가 심한 사람이 있어서 오랫동안 수면 부족이었거든. 용케 알았네."

여자 교도소의 수용 능력이 한계를 넘었다는 기사를 본 적이 있으면 누구든 수면 부족의 이유를 추측할 수 있으리라. 나는 뒷좌석 쪽을 힐끗 가리켰다.

"뒤쪽 비닐 봉투에 간식이 있는데, 괜찮으면 드세요."

하루카는 시트벨트를 풀고 뒷좌석 쪽으로 상반신을 돌려 봉투째 원래 자세로 돌아왔다. 안을 보고 환호했다.

"방울 카스텔라, 도라야키, 초코송이, 맥비티 초코비스킷. 내가 좋아하는 것뿐이네. 사쓰키 아줌마에게 들었어?"

출소 준비용 물품 영치도 신경 쓰지 못했던 사쓰키가 하루카가 좋아하는 것까지 알려줄 리가 없다. 오늘 아침, 먼 길을 가려면 과자가 필요하지 않을까 해서 편의점에서 적당히 골라 샀을 뿐이다.

다행히 하루카는 내 대답을 바라는 기색 없이 봉투 안의 과자들을 열중해서 먹기 시작했다. 아홉 장의 비스킷이 게 눈 감추듯 사라졌다. 앞니에 초콜릿이 묻은 하루카는 그대로 페트병에 든 차를 벌컥벌컥 마시고 아이처럼 웃었다.

"우와, 맛있다. 사쓰키 아줌마에게 나가면 제일 먼저 단 것을 먹고 싶다고 편지에 쓴 거 기억해줬구나. 난 아줌마가 아직도 화가 나서 내 편지는 읽지 않고 버린 줄 알았어. 답장도 없고, 가석방이 확정적이었을 때도 신원 인수인이 되어주지 않았으니."

"병환 중이라서요."

나는 애매하게 대답했다. 하루카는 방울 카스텔라 봉투를 뜯으며 물었다.

"그렇게 안 좋아?"

"이미 여명 선고를 받았다고 들었어요."

"어째서? 아줌마는 아직 60대잖아? 아직 한창 젊은데."

하루카의 얼굴이 굳었다. 나는 황급히 다음 말을 이었다.

"그렇지만 지금은 일단 하루카 씨를 만나기를 고대하고 계세요."

"나를 만나고 싶어 한다고? 사쓰키 아줌마가? 정말로?"

"진심으로 만나고 싶은 게 아니라면 당신을 모셔오기 위해 사람을 고용하거나 하지는 않죠. 제게 똑똑히 말씀하셨습니다. 부탁이니, 반드시, 꼭, 그 아이를 자신에게 데려와 달라고."

갑자기 옆자리가 조용해졌다. 추월 차선에서 끼어든 트럭에게 길을 내어주고 차간 거리를 벌린 후 슬쩍 바라보니 하루카는 눈물을 글썽이며 기계적으로 방울 카스텔라를 입으로 가져갔다.

안 좋다고 느꼈을 때는 이미 늦었다. 하루카의 얼굴이 갑자기 새파래지더니 비닐 봉투에 얼굴을 들이밀고 막 먹은 단 음식을 성대하게 게워냈다.

휴게소가 코앞이라 다행이었다. 주차 공간에 차를 세우자 하루카는 화장실을 향해 달렸다. 나는 조수석 바닥에서 비닐 봉투를 들어올려서는 쓰레기통에 버리러 갔다. 가는 김에 손을 씻고, 물과 민트 캔디를 사서 차로 돌아왔다.

비는 어느새 다시 그쳤다. 짐을 조수석에 던져놓고 스트레칭을 하며 하루카를 기다렸다. 정오가 지난 시각이었다. 위도 비었으니, 진정이 되면 밥을 먹고 싶어 할지도 모른다. 따뜻한 우동이라도 사먹이자. 이곳을 빠져나가면 얼마간은 차를 세울 곳이 없다. 아니면 사스키가 점심을 준비해놓고 기다리고 있을까? 일단 연락을 해야 하나.

스마트폰을 꺼냈을 때, 어젯밤에 "약속대로 내일 모시러 가겠습니다" 하고 전화를 하니 "중간보고는 필요 없네"라는 말을 들은 사실이 생각났다. 사쓰키는 다소 힘든 모양인지 목소리가 작았다. "탐정양을 믿어. 반드시 하루카를 내게로 데려올 거라고."

어떤 근거도 없는 신뢰였지만, 그런 말을 들으면 반드시 하루카를 데려가야겠다는 생각이 든다. 약물 중독이었을 뿐만 아니라 불을 붙여 사람을 죽게 만든 여자여도 반드시. 게다가 하루카는 죗값을 치렀고, 사람은 변하는 법이고, 무엇보다 사쓰키가 그것을 바라고 있으니.

'그건 그렇고 너무 늦는데…….'

차량 위치를 모르는 걸까? 화장실 쪽을 돌아보았다가 내 눈을 의심했다. 멀리 두 명의 남자에게 양팔을 잡힌 채 질질 끌려나오는 여자가 있었다. 파커는 입지 않았고 부석부석한 머리는 묶은 상태라 순간 다른 사람인 줄 알았지만 틀림없다. 하루카다.

나는 정차 중인 차량 사이를 큰소리를 지르며 달렸다. 창백해진 하루카가 내 쪽을 돌아보고는 저항하듯이 허리를 아래로 떨구었다. 그것으로 다소 속도는 줄었지만 남자들의 걸음은 멈추지 않았다. 그들은 내게는 신경도 쓰지 않고 주차장 출구 근처에 정차해 있던 투박한 흰 세단 쪽으로 하루카를 끌고 갔다.

한 명이 차량 뒷좌석 문을 열고, 다른 한 명이 발로 차듯 밀어 넣고는 자신도 뒷자리에 탑승했다. 문을 연 남자는 운전석 쪽으로 돌아가 굉음을 내며 발차……하다가 다음 순간, 주차장을 나가려던 검은 왜건 차량과 충돌했다.

엄청난 소리와 함께 땅에 유리나 금속 파편이 튀었다. 경적과 경보음이 울렸고, 근처에서 누군가가 신음성을 냈다.

왜건 차량에서 운전자가 내려 버럭 소리지르며 세단 쪽으로 다가갔다. 왜건 차 옆구리에 앞을 박은 세단이 후진했다. 동시에 세단 뒷좌석, 밀어 넣어진 곳과는 반대 문이 열리고 하루카가 기어나왔다.

하루카의 하반신이 아직 차량 안에 있는 동안 세단이 급발진했다. 땅 위에 떨어진 하루카를 위험하게도 칠 뻔하다 핸들을 꺾었다. 화가 난 왜건 운전자가 뒤쫓아 갔지만, 세단은 고속도로로 진입해 모습을 감췄다.

나는 그 자리에 멍하니 서 있을 수밖에 없었다.

'지, 지금 무슨 일이 벌어진 거야…….'

3

비 내리는 평일이라고는 하나 점심때라 사람도 차량도 꽤 있었다. 구경꾼들이 현장으로 몰려들었다. 잠시 정신줄을 놓았던 내가 시선을 되돌리니 하루카도 어느 틈엔가 사라지고 없었다.

"뺑소니야. 봤어? 그놈들, 차로 박아놓고 도망쳤다고!"

왜건 운전자가 흥분해서 휴게소 경비원을 상대로 큰소리를 질렀다.

"나는 잘못 없어. 봤잖아? 놈들이 갑자기 튀어나와서 내 차를 박았다고. 난 피해자야. 이것 봐, 완전 새 차인데."

짧은 갈색머리를 쥐어뜯으며 운전자가 부르짖었다. 그럴 만도 하다. 왜건 차량 옆구리는 완전히 움푹 파이고 말았다.

경비원이 "신고를 했으니", "CCTV가 있으니까" 하며 달래는 목소리가 띄엄띄엄 들렸다. 하루카 이야기는 나오지 않았다. 아무도 못 봤단 말인가? 백주대낮에 여성이 납치될 뻔한 비상식적인 전개 탓에 봤더라도 이해력이 따라잡지 못한 것일지도 모른다. 그럴 만도 하다. 나조차도 이해가 되지 않는 상황이다.

간신히 진정된 운전자가 경비원의 지시로 왜건 차량을 이동시켰다. 몇 대의 차량이 따끈따끈한 사고 현장을 지나쳐 휴게소에서 빠져나갔다. 도망친 세단을 뒤쫓는 것으로 들리는 사이렌 소리가 도쿄 방면으로 연달아 들렸다.

나는 가능한 주위의 눈길을 끌지 않게 물러나서 인파에서 멀어졌다. 무슨 일이 일어난 것인지, 아니면 무슨 일이 일어나려 하는 것인지 전혀 알 수가 없지만, 여기서 멀뚱히 있을 수는 없다.

세단은 시나가와 지역의 번호판을 달고 있었고, 번호는 기억했다. 그런데 그 차는 교도소 근처에 주차해 있던 차량과 꼭 닮았다. 여자를 납치하려는 녀석들은 보통 그렇게 촌스러운 세단을 타거나 하지는 않는다. 추적을 피하기 위해 미리 훔쳤든지 무단으로 빌려온 것이 아니라면.

그렇다면 차량 번호를 경찰에 알려도 의미가 없다. 지금쯤이면 고속도로에서 빠져나가 차량을 버렸으리라. CCTV 영상을 통해 하루카의 납치 미수가 알려질지도 모르지만, 본인이 사라졌는데 굳이 내가 그런 일도 있었다고 나서서 알릴 필요도 없다.

경차로 돌아와 기다리기로 했다. 기다리는 동안 전화를 걸었다.

7년 전, 하루카의 사건을 담당한 것은 무사시노미나미 경찰서였다. 이 경찰서에는 교통과에 야베라는 지인이 있다. 그녀는 내게 빚이 있다. 경찰은 일반적으로 업무 중 알게 된 탐정에게 그 어떤 민폐를 끼쳤어도 빚을 졌다는 사실을 인정하지 않는다. 하지만 야베는 내가 다가미 하루카의 출소를 맞아 데리러 간다는 사실을 당시 담당이었던 무라세라는 형사에게 전해주겠다고 약속했다.

아무 일도 없으면 그것으로 끝이다. 그러나 어제 무라세에게서 뭔가를 확인하려는 듯한 전화가 걸려왔다. 사정을 있는 그대로 설명했더니 흥미 없다는 듯이 전화를 끊었지만, 전화가 걸려왔다는 것은 '뭔가 있다'는 뜻이다.

아니나 다를까 전화기 너머에서 무라세가 목이 막힌 듯한 목소리로 말했다.

"번호판을 조회하겠는데, 당신 말대로 도난당한 차량이겠지. 그래서 다가미 하루카는? 사라진 채야?"

"겁을 먹고 숨었을 뿐이에요. 짐은 차에 그대로 남아 있고, 돈을 가진 것처럼도 보이지 않았으니 기다리면 돌아오겠죠.

아니면 사이타마 경찰에라도 연락해야 하나? 막 교도소에서 나온 여자가 습격당했다고? 그러면 뭔가 해주려나?"

무라세가 코웃음을 쳤다.

"기대하는 만큼 손해겠지."

"그렇다면 가르쳐주지 않을래요? 내가 뭘 신경 써야 하는지."

"안전 운전이겠지."

"잠깐만. 만약 돌아가는 길에 우리에게 무슨 일이라도 생기면 무라세 씨에게도 불똥이 튈 텐데?"

하루카를 기다리는 것이 시한부 여성이라는 사실이 떠올랐는지 무라세가 떫은 목소리로 입을 열었다.

"7년 전, 다가미 하루카가 죽게 만든 다케이 소지로에게는 대마보다도 위험한 걸 밀수한다는 소문이 돌았어. 녀석은 1년에 열 번 이상 동남아시아로 건너갔었고, 애당초 '쿠부누 보타니'라는 회사 이름은 인도네시아어로 '식물원'이라는 의미거든."

마약 밀수를 암시해서 그런 이름을 붙인 것이라면 어이가 없을 정도다.

"방화사건에 편승해서 약물대책과가 다케이와 관련된 곳을 압수 수색했는데, 창고의 대마 이외에는 아무것도 나오지 않았지. 서류나 컴퓨터, 스마트폰도 압수해서 뒤졌는데

마약 거래와 관련된 건 일절 나오지 않았어. 영업이나 회계
는 다케이가 혼자 담당했기 때문에 직원이라고는 아르바이
트생에 그보다 약간 나은 정도인 사무직 직원과 가구를 운
반하는 남자가 두 명뿐. 물론 그들도 조사했는데 돈이나 마
약과는 관련이 없는 사람들이었어. 소문은 어디까지나 소문
에 불과했다는 식으로 마무리되었지."

그런데 사건 반년 후, 다케이의 아내가 쿠부누 보타니를
매각했다. 매수인은 중국계 기업의 통관 업무를 담당했던
세관 브로커였다.

"다케이 소유의 창고, 자택, 상품, 항구에 그대로 놓여 있
던 컨테이너에서 영업용 차량까지 깡그리 인수했다더군. 얼
마에 팔았는지는 모르지만, 다케이의 아내가 이사한 곳은
지은 지 50년 가까운 지바의 공영 주택단지였어. 가격을 후
려쳤겠지. 직원들은 사장이 바뀌었어도 그대로 일했지만, 한
달도 채 되지 않아 모두 그만두었고."

무라세가 재채기를 하고는 코를 훌쩍였다.

"작년 봄에 우연히 약물대책과 형사가 당시 종업원 한 명
과 마주쳤는데, 종업원의 왼쪽 손에 손가락이 두 개 없었다
더군. 어떻게 된 거냐고 물으니 실수로 믹서기에 손을 집어
넣었다는 거야. 그 이야기를 전해들은 다른 형사가 다케이
의 아내가 지바로 이사하기 전에 우연히 만났었는데, 그때

그녀도 왼손에 붕대를 감고 있었고, 어떻게 된 거냐고 물으니 실수로 믹서기에 손을 집어넣었다고 했다는 거지."

이거, 설마.

나는 손바닥에 배어나온 땀을 허벅지에 닦았다.

"그 쿠부누 보타니를 인수했다는 브로커라는 게 설마?"

"브로커는 명의를 빌려줬을 뿐 실제로 인수한 건 중국의 대기업 자회사인데, 그곳 대표는 솔로몬 왕이라 불리며 산하에 수천 개가 넘는 회사를 거느리고 있는 엄청난 갑부라는 소문이야. 명의 대여는 위법이기는 한데, 경찰은 소문만 갖고는 움직이지 않거든. 게다가 그들은 겉으로는 무엇 하나 하지 않았어. 쿠부누 보타니는 휴업 상태고 점포는 임대를 줘서, 지금은 잡지에 소개도 되었을 정도로 유명한 중국 음식점이 되었지. 고수를 산더미처럼 올린 양고기 물만두와 디저트인 구이링까오가 유명하다더군."

앞유리 앞, 건물 저쪽에서 하루카가 이쪽으로 걸어오는 것이 보였다. 사방을 두리번거리며 겁을 잔뜩 집어먹은 채였다. 나는 빠른 말투로 말했다.

"요컨대 그 중국기업이라는 게 다케이가 남긴 '대마보다 위험한 것'을 찾기 위해 회사를 인수하고 주위 사람을 협박했는데, 결국 아직 찾지 못해서 이번에는 하루카에게서 그 소재를 알아내려 하고 있다……는 말?"

"그런 거겠지. 7년이 지난 지금도 노력과 시간을 들여 찾고 있는 거라면 엄청난 보물이라든지, 체면이 걸려 있어서 물러설 수 없는 것인지, 그것도 아니면 그냥 포기할 줄 모르는 놈들인지. 중국인의 수첩에는 100년 이후의 스케줄까지 꽉 적혀 있다고 하잖아. 그러니 힘내, 탐정."

무라세가 남 일처럼 내뱉어서 머리에 피가 솟구쳐 올랐다.

"힘내라니요. 손가락이 잘리면 어떡하라고."

"그렇다면 하루카에게서 놈들이 찾는 물건이 어디 있는지 밝혀내. 알게 되면 연락하고. 문제의 물건이 압수되면 놈들도 포기하겠지. 아니면 놈들이 원하는 걸 던져주고, 놈들이 범죄 행위를 벌일 때 경찰이 현장을 덮칠 수 있게 작업해주든지. 믹서기를 소지한 정도로는 현행범이어도 체포할 수 없으니까. 그럼 잘 부탁해."

"그……그게 경찰이 할 말인가?"

"뭐 어때. 배달물의 총량이 아주 살짝 줄어들어도 당신 의뢰인은 별로 신경 쓰지 않을 거야."

그럴 리가 없잖아!

대꾸하기 전에 전화가 끊겼다. 하루카가 차까지 다가와서 손잡이를 마구 잡아당기기 시작했다. 잠금장치를 풀어주니 덜덜 떨며 조수석에 올라탔다.

"하, 하무라 씨, 떠나지 않았구나. 날 두고 간 줄 알았어."

"어디 있었어?"

"화장실. 차, 찾아주지 않을까 해서 기다렸는데."

"아까 그놈들은 아는 사람?"

안전벨트를 매고 시동을 걸며 물었다. 하루카는 발을 시트에 올리고 무릎을 감싸 안고 몸을 앞뒤로 흔들며 고개를 저었다.

"몰라. 아마도."

"아마도라니? 그렇게 강렬한 지인인데 생각이 안 나?"

말투가 좀 험악해지고 말았다. 하루카가 뾰루퉁해졌다.

"얼굴을 볼 여유가 없었단 말이야. 근처에 있던 사람들은 멍하니 보기만 할 뿐 전혀 구해주지도 않고. 빵에 들어갔던 여자는 안 구해줘도 된다는 거야? 어떻게 되든 알 바 아니라고? 너무한 거 아니야?"

"그렇다면 비명 정도는 지르도록 해. 잠자코 끌려가고 있으니 주위에서도 무슨 일이 일어나는지 알 수가 없었겠지."

"너무 놀라서 목소리가 안 나왔을 뿐이야. 화내지 마."

하루카는 파커를 허리에 감고 파커에서 뽑은 실로 머리를 묶었다. 이제는 꾀죄죄한 티셔츠 한 장뿐이다. 그 소매로 눈물을 닦았다. 왠지 좀 불쌍해졌다. 보고 있었을 뿐인 나조차 식은땀이 나왔을 정도다. 당사자가 제대로 대응 못하는 것도 어쩔 수 없다.

물과 민트 사탕을 건넸다. 하루카는 벌컥벌컥 물을 마셨다. 나는 심호흡을 하고는 온화한 말투로 말했다.

"안전벨트를 매. 기치조지로 돌아갈 거니까."

하루카는 말없이 안전벨트를 매고 나는 경차를 출발시켰다. 고속도로의 차량 흐름을 타고 부드럽게 나아갈 때, 하루카가 갑자기 내 쪽을 보고는 "잠깐 기다려" 하고 말했다.

"혹시 놈들과 같은 방향으로 가는 거야? 반대로 가자. 더는 만나고 싶지 않아. 놈들은 대체 뭐야. 난 얻어맞기까지 했다고. 화장실에서 나왔을 때 뒤에서 갑자기 양팔을 붙잡고 끌고 가는 거야."

하루카가 떨면서 말했다.

"혹시 짐작 가는 바라도 있어?"

"있을 리가 없잖아. 교도소로 돌아갈래. 마음 단단히 먹었다고 생각했는데 역시 아직 죽고 싶지 않아."

"세단은 교도소 앞에 잠복해 있었어. 게다가 고속도로에서는 진행 방향을 바꿀 수도 없으니 이대로 곧장 기치조지로 돌아가는 편이 안전할 거야."

하루카가 완강히 고개를 저었다.

"안 돼. 어떻게든 해줘."

"교도소에서 받아줄 리도 없잖아?"

나는 하루카를 설득했다.

"그렇게 걱정이면 일단 우라와까지 가서 시내로 들어간 다음 거기서 차에서 내려 열차를 타는 건 어때? 아니면 어딘가에서 갈아입을 옷을 사는 건? 화장을 하고 머리 스타일을 바꾸면 잘 알아차리지 못할 것 같은데."

내 여러 제안에도 계속 불평을 늘어놓기에 무라세에게 들은 이야기를 전하기로 했다. 이래 봬도 미스터리 전문서점 점원이다. 사람이 겁을 먹을 만한 대사 샘플은 풍부하게 갖고 있다. 믹서기 건은 살짝 뭉뚱그렸지만, 하루카는 더욱 겁을 먹고 "대마보다 위험한 것 따위를 알 리가 없잖아" 하고 주장했다.

"체포되었을 때 경찰에게도 집요하게 신문당했지만 정말 나는 어쩌다 한 개비씩 받았을 뿐이야. 애인이라고 하지만 만나는 건 한 달에 한 번 정도. 대부분 대마를 하고 잠에 빠졌다가 그걸로 끝. 그런 정도의 사이인데 약을 감춰둔 장소를 내게 알려줄 리가 없잖아?"

왠지 설득이 될 뻔했다. 하지만 하루카는 자주 약물 소동을 일으켰던 여자다. 자신이 침대에 불을 질러놓고 의식이 없었다고 거짓말도 했었다. 애당초 헤어지자는 문제 때문에 상대방이 죽는 사태까지 벌어졌는데 '별로 친하지 않았다'고 말한들…….

내가 믿지 않는다는 사실을 알아차렸는지 하루카가 입을

다물었다. 앞쪽에 관광버스가 있었다. 속도를 올려 추월차선으로 차선을 변경했다. 버스는 다섯 대가 연달아 있었다. 그 다섯 대를 추월해서 그 앞으로 나왔다. 트럭이 있었다. 추월했다. 추월당했다. 차선을 변경할 때 차체가 옆으로 미끄러졌다. 비 때문에 노면이 젖어 있다는 사실이 떠올랐다.

"저기, 하무라 씨, 속도 좀 줄여."

하루카가 조수석 등받이를 원래대로 되돌리고는 비명을 지르듯 말했다. 나는 어깨를 으쓱하고는 차선을 변경해서 앞에 있는 박스카를 추월하려 했다. 하루카가 소리 질렀다.

"정말이야. 나는 아무 말도 들은 게 없어. 다케이 아저씨는 나를 믿지 않았어. 큰 거래가 있다고는 말했지만……."

"어떤 거랜데?"

속도를 줄이고 물었다. 하루카가 실내 손잡이를 꼭 쥔 채 말했다.

"그러니까 자세한 건 말해주지 않았다니까."

가속 페달을 밟았다. 경차가 좌우로 흔들리며 가속했다. 하루카가 큰소리로 말했다.

"그날, 오랜만에 연락이 왔어. 아저씨가 웬일로 엄청 흥분해서는 인도네시아에서 무사히 물건이 도착했다며. 수마트라 섬 오지에 갔었다며 신나서 떠들어대는 거야. 엄청난 걸 손에 넣었고 큰 거래가 될 거라며. 그래서 난 한번 해보게

달라고 했어. 내게는 싸구려 대마 따위나 주고 괜찮은 건 혼자 독점이냐고. 그런데 아저씨는 그 싸구려 대마를 해서 몽롱한 상태에 웃기만 하는 거야. 그래서……."

"그래서 뭔데?"

하루카가 심호흡을 하고는 작은 소리로 말했다.

"그래서 좀 겁을 줄 생각으로 불을 붙였어."

4

"설마 그런 일로 아저씨가 죽을 거라고는 생각지 못했어. 갑자기 침대 천장이 활활 타오르더라고. 놀라서 끄려 했는데 불길이 잡히지 않아서 나도 도망치는 게 고작이었어. 그러니까 아무 말도 못 들었어. 정말이야."

나는 핸들을 확 꺾어버릴 뻔했다.

"잠깐만. 헤어지자는 이야기를 받아들이지 않아서가 아니라, '엄청난 거'를 네게 나눠주지 않는다고 화가 나서 불을 붙였다고?"

"그게 뭐 문제라도 돼? 어느 쪽이든 크게 상관없잖아?"

하루카가 손톱을 깨물며 말했다.

"어쨌든 나는 그 엄청난 게 어디에 있는지 전혀 몰라. 알려주기 전에 아저씨가 죽었으니."

하루카의 이야기는 이번에야말로 사실처럼 들렸다. 하지만 어이가 없다. 그런 말도 안 되는 이유로 불을 질러서 사람을 죽게 해놓고는 징역 7년은 너무 가볍지 않나? 죽은 다케이에게 별로 동정심은 안 들지만.

"지금 이야기 사쓰키 아줌마에게 할 거야?"

속도를 줄이니 하루카가 온몸에 힘을 빼고는 걱정된다는 듯이 말했다.

"가능하면 말 안 하면 안 될까? 또다시 더는 코빼기도 보이지 말라는 말을 듣고 싶지 않아."

"내 역할은 너를 사쓰키 씨에게 무사히 데려가는 것. 그 이외는 관계없어."

"그럼 다행이고."

하루카가 시트에 몸을 기대고 천장을 올려다보았다.

"난 말이지, 아줌마에게만은 미안한 짓을 했다고 생각해. 죽은 엄마와 친구라는 것만으로 생활비를 주고, 학비를 대주고, 집도 빌려주고, 일도 시켜줬으니까. 그런데 실망만 안겨드렸어. 나는 얼굴도 예쁘지 않고 머리도 나빠. 열심히 대입 수험은 봤지만 아줌마와 엄마가 나온 대학교에는 들어가지 못했어. 약을 그만두고 싶었지만 그것도 안 됐고. 맨 정신일 때는 사쓰키 아줌마의 실망 가득한 얼굴만 계속 떠오르는 거야."

하루카는 다시 조수석 시트를 뒤로 젖히고 머리 뒤로 깍지를 꼈다.

"단 한 번도 기쁘게 해드리지 못했는데 아줌마는 저세상으로 가는 건가. 저세상에서 엄마를 만나서 내 흉만 보는 걸까. 우와, 혹시 다케이 아저씨도 거기 있을까? 죽어도 만나고 싶지 않아."

하루카가 그렇게 말하고는 입을 다물었다.

그 이후 미행을 하는 듯한 수상한 차량은 보이지 않았다. 이대로 계속 고속도로를 달려 기치조지까지 가는 것은 어떠냐고 물었지만, 하루카는 더 이상 고속도로는 싫다며 물러서지 않았다. 협박이 다소 지나쳤던 모양이다.

별 수 없이 우라와에서 일반도로로 빠졌다. 무사시우라와 역 근처까지 가서 주유를 한 다음, 렌터카를 빌린 기치조지 영업소에 연락을 해서 사십견에 걸렸는지 갑자기 팔이 올라가지 않는다며 울면서 호소했다. 이 상황에서 기치조지까지 운전을 하면 사고를 낼지도 모른다고도.

친절한 직원이었다. 3천 엔 정도의 추가요금을 지불하는 정도로 무사시우라와 영업소에 차량을 반납하는 것을 인정해주었다. 감사 인사를 하고 경차를 반납한 우리는 역에 인접한 패션 빌딩으로 들어갔다.

사쓰키에게 받아둔 경비로 꽃무늬 티셔츠와 형광 그린 카디건, 여름용 청바지, 백과 화장도구를 샀다. 하루카는 처음에 이런 색은 입은 적이 없다며 주저했지만, 갈아입으며 머리도 정리하고 화장을 하니 훨씬 젊어보였다. 본인도 싫지 않은 기색이다.

지금까지 입었던 것은 포장해달라고 하고 새로운 복장으로 가게를 나왔다. 그 앞에 햄버거 가게가 있었다. 하루카는 냄새를 맡고는 그 자리에 멈춰 서서 능글맞은 얼굴로 "빵에서 치즈버거와 감자튀김을 꿈꾸었는데" 하고 말했다. 점심은 이걸로 때울 수밖에 없을 것 같다.

1시가 지났음에도 주문하는 고객이 줄지어 있었다. 하루카는 자리를 맡겠다며 안쪽으로 들어갔다. 나는 줄을 선 채 주방의 집기를 바라보았다. 직원들이 열심히 관리하는지 스테인리스는 거울처럼 반짝반짝했다. 하루카가 뒤쪽 출입구를 통해 빠져나가 에스컬레이터로 향하는 모습이 똑똑히 비칠 정도로.

뒤를 쫓았다.

하루카는 끊임없이 주위에 신경을 쓰는 것 치고는 허점투성이였다. 몇 번이나 사람과 부딪힌 끝에 노선표를 바라보고는 꾸물꾸물 표를 구입했다. 사이쿄 선 승강장 쪽에서 우왕좌왕하다 밑으로 내려가 로터리에서 헤맨 끝에 간신히 무사시노 선 개찰구에 도착했다. 그사이 나는 재킷을 벗고 모자를 쓰고 면 스카프를 두르고 백에는 비에 젖지 않게 하는 컬러 비닐 커버를 씌웠다. 전체적인 색감이 달라지면 의외로 알아차리지 못하는 법이다.

무사시노 선 홈으로 내려가는 하루카의 바로 뒤를 쫓았다. 후추혼마치 행 열차가 바로 들어왔다. 하루카가 탑승한 열차 옆 칸에 올라탔다. 하루카의 시선이 한 번 이쪽을 향했지만 그대로 스쳐지나갔다. 게다가 빈자리에 앉아 꾸벅꾸벅 졸기 시작했다. 간만의 미행인데 긴장감이 없는 것도 정도가 있다.

휴대한 젤리 음료로 공복을 달래는 동안 니시고쿠분지에 도착했다. 이대로 주오 선으로 갈아타고 기치조지로 돌아갈 생각은 아닐까 순간 기대했지만, 하루카는 개찰구를 빠져나갔다. 산지 채소를 파는 가게 옆에 설치된 지역 지도를 뚫어져라 바라본 다음, 역에 인접한 슈퍼마켓이나 카페 체인을 지나 고가도로 밑을 걷다 그 앞 도로를 횡단했다.

니시고쿠분지 남쪽에 온 것은 오랜만이다. 비는 그쳤지만 통행인은 별로 없다. 하루카의 형광 그린 카디건은 어두컴컴한 하늘 아래 눈에 확 띄었다. 솔직히 만에 하나의 경우를 위한 표지판 삼아 그 색을 추천했는데 아직도 입고 있는 것을 보니 마음에 든 모양이다. 사쓰키가 왜 실망했는지 알 것 같았다.

역에서 5분도 채 걷지 않았는데 주위는 공공주택이나 아파트, 학교, 몇 개인가의 연구소, 교통량은 많지만 깨끗하게 정비된 도로, 가로수 등 이른바 교외라 부를 만한 광경이 되었다. 길을 건너 공원으로 들어갔다.

여기서부터 하루카의 발걸음이 확신에 가득 찬 것으로 바뀌었다. 그녀는 두리번거리지 않고 공원을 가로질렀다.

깨끗하게 관리된 공원이었으나 식물이 폭발적으로 세력을 확대하는 계절이었다. 젖은 수목이 가지를 뻗고, 이파리를 흔들고, 풀들은 통로로 삐져나올 정도로 자라서 갑갑할 정도였다. 이윽고 길은 공원 남쪽의 '산새의 숲'으로 이어졌다. 나무와 대나무가 울창하게 우거진 곳으로, 바닥에는 떨어진 잎과 대나무 조각으로 가득했다. 스산한 길을 나아갔다. 지나가며 안내판을 슬쩍 확인했다. 아무래도 이곳은 '고쿠분지 단층'의 가장자리인 모양이다.

공원을 빠져나왔다. 길은 오르막이 되었다 내리막이 되었다 돌계단이 되었다. 이윽고 신사나 사당이 눈에 들어왔다. 신사는 '진실의 연못'이라는 놀랄 만큼 맑은 연못 위에 있었다. 주오 선에서 도보로 15분 정도 떨어진 곳에 이런 장소가 있었다고는 생각할 수 없을 정도로 별세계 같은 곳이다.

하루카는 용출수를 푸는 사람, 채소를 직판하는 농가, 반딧불이가 사는 개천에는 눈길도 주지 않고 직진했다. 이윽고 어디에선가 선향 냄새가 풍기며 대나무 울타리와 절로 보이는 건물이 나타났다. 대나무 울타리 안쪽에는 가지치기를 해서 장작처럼 된 느티나무가 서 있었다. 대나무 울타리는 거기에서 끊겼고 하루카의 모습도 사라졌다.

서둘러 다가가니 그곳은 뒷문으로, 하루카의 모습이 안쪽에 보였다. 나무판에 매직으로 '구라다마 산 하쿠간 사 통용문'이라고 적혀 있었다.

납작돌이 깔린 길이 통용문에서 건물 뒤쪽으로 이어져 있었다. 왼쪽은 수련이 잎을 펼치고 거북이가 등껍질을 말리고 있는 탁하고 넓은 연못이고, 오른쪽은 두 단 올라가면 묘지였다. 참배객용 물통을 놓아둔 장소와 수도가 있고, 남자가 쭈그려 앉아 걸레를 빠는 중이었다. 머리를 밀고 승복을 입었다. 주지 스님일까?

주지로 보이는 남자는 하루카를 보고 크게 놀라더니, 수도꼭지 위의 대에 젖은 손을 올리고는 영차, 하고 일어섰다. 뭐라고 이야기를 나누며 '다가미'라고 적힌 통을 손에 든다. 하루카는 통을 받아들고 물을 푸기 시작했다.

뭐야, 이게. 출소한 사람이 곧장 부모 묘에 참배? 이것을 위해 꿈에서까지 보았던 치즈버거와 나를 놔두고 왔다고? 너무 훌륭한 마음가짐이잖아?

하루카는 물통을 들고 묘지로 들어갔다. 주지로 보이는 남자는 그 모습을 지켜본 다음 품에서 꺼낸 스마트폰으로 전화를 걸며 건물 옆을 돌아 사라졌다.

잠시 생각을 정리했다. 목적지가 여기라면 더 이상 미행할 필요는 없다. 하루카에게 말을 걸어 그녀를 기치조지로 끌고 가자.

수도가 있는 곳까지 성큼성큼 걸어가서 묘지 쪽을 살펴보았다. 절에 부속된 묘지 치고는 비석의 수가 많지 않았다. 그보다 뜻밖의 것이 눈에 띄었다. 관음상이 우뚝 서 있는 무덤이나 돌로 만든 자동차의 묘표, 어떤 무덤 위에는 복고양이 상이 놓여 있었다.

하루카는 하트 모양 돌에 '사랑'이라는 글자를 새긴 남사스러운 비석 앞에 있었다. 경건하게 무덤 앞에 무릎을 꿇고, 향을 올리는 선향대 아래 돌을 필사적으로 움직이는 중이었다. 나는 어이가 없었다. 범죄자가 교도소에 가기 전에 중요한 물건을 부모님 무덤에 감춘다……. 범죄 드라마에서나 보던 내용이다.

역시 하루카는 다케이의 '엄청난 것'이 무엇인지 알고 있었다. 게다가 숨긴 장소가 다가미 가문의 집안묘라면 숨긴 것은 하루카 본인이리라.

저 거짓말쟁이. 하아.

나는 묘지를 향해 한 걸음 내밀었다. 하지만 문득 시선 끝자락에 왠지 신경 쓰이는 것이 지나쳐서 발걸음을 멈췄다.

수도꼭지 위의 대는 말라 있었다. 그곳에 젖은 손자국이 찍혀 있었다. 아까 주지로 보이는 남자가 손을 대고 일어선 곳이다.

손자국은 왼손으로, 그중 두 개의 손가락 끝이 좀 짧았다.

아드레날린이 솟구치고 심장 고동이 빨라졌다. 정보가 순식간에 머릿속을 휘몰아쳐서 나는 하루카를 향해 달렸다.

하루카는 유골을 모시는 곳에 머리를 집어넣고 안쪽을 살피는 중이었다. 멀리서 보더라도 유골 단지로 보이는 것이 하나. 그 외에는 거의 빈 상태였다. 하루카는 나를 알아차리고는 깜짝 놀라 허둥지둥 일어섰다.

"저, 저기, 하무라 씨. 그게 말이지, 저세상이라는 이야기를 하다 보니 이 무덤이 생각나서. 엄마의 유골은 계속 사쓰키 아줌마네 절에 맡겨두었는데, 7년 전에 제대로 공양하고 싶다고 다케이 아저씨에게 말했더니, 자기 놀이 친구인 주지 스님이 관리비를 내지 않는 무덤을 철거하기로 해서 자리가 날 거라고 알려줬거든. 돈은 사쓰키 아줌마가 내줬지만, 다케이 아저씨까지 일부러 납골식에 온 거야. 그래서 혹시나 해서⋯⋯."

"그 혹시나 하는 일은 없어."

나는 하루카의 팔을 잡고 출구를 향하며 말했다.

"여기는 쿠부누 보타니를 인수한 놈들이 이미 확인을 끝낸 곳이야. 여기서 찾아냈다면 널 납치할 필요도 없지."

"그런 걸 대체 어떻게 알아?"

묘지를 나와서 뒷문으로 이어지는 돌바닥으로 하루카를 끌고 가며 빠르게 말했다.

"설명할 시간은 없어. 아니면 그 흰 세단의 2인조와 여기서 만나고 싶어? 게다가 무덤 안에 있던 건 어머님의 유골뿐이잖아?"

"아, 엄마의 유골단지. 그 안은 아직 안 봤는데."

그녀가 발을 멈추고 내 팔을 뿌리쳤다. 내 귀를 의심했다.

"제정신이야?"

"여기 있는 게 분명해. 그때 다케이 아저씨가 왔기 때문에 아줌마에게 우리 관계를 들켰거든. 불륜 상대를 부르다니 돌아가신 어머니에게 얼굴을 들 수가 없다며 아줌마가 엄청 화를 내는 거야. 그런데 아저씨는 뻔뻔한 얼굴로 자기가 소개한 무덤이니 자기 거라는 식이고. 위험한 걸 숨기기에는 딱 좋다고 생각한 게 분명해."

"아무리 그래도 여기는 이미 놈들이 싹 뒤진 다음이야. 됐으니 어서 가자."

하루카가 재차 내 팔을 뿌리쳤다.

"하무라 씨, 역시 나를 거짓말쟁이라고 생각하는 것 같은데, 다케이 아저씨가 엄청난 걸 손에 넣었다고 말한 것도 그 걸 어디 숨겼는지 알려주지 않은 것도 진짜라니까. 하지만 내게는 그걸 받을 권리가 있어."

하루카가 팔을 허리에 얹고 양발에 힘을 주었다.

"아저씨가 그때 엄청난 걸 나도 시험하게 해줬다면 그런 일은 벌어지지 않았어. 나는 정말 장난으로 천에 불을 붙였 을 뿐이야. 그런데 중죄인 취급을 받으며 7년이나 그런 곳 에서……. 그러니 받을 권리가 있어. 당연한 위자료라고."

이 인간, 대체 무슨 말을 하는 거야.

내 생각이 얼굴에 드러난 모양이다. 하루카가 발을 동동 굴렀다.

"하무라 씨라면 알아줄 거라 생각했는데. 실망이야. 사쓰 키 아줌마와 같은 표정이나 짓고."

세상이 끝날 때까지 설명을 해도 하루카는 이해하지 못하 리라. 더불어 지금은 그럴 여유도 없다. 이런 줄 알았다면 믹 서기 이야기는 얼버무리지 말고 있는 그대로 전할 것을.

어쨌든 설득을 해야 한다는 생각에 입을 열었을 때 젖은 발소리가 들리며 하루카 뒤로 주지가 나타났다. 우리를 알 아차리고 뭐라 말을 했다. 다만 무슨 말인지는 제대로 듣지 못했다.

다음 순간, 나는 하루카에게 떠밀렸기 때문이다. 아이가 화났을 때나 하는 짓인데, 방심했던 터라 뒤로 헛발을 디뎠고, 진창에 미끄러져 나는 그대로 하늘을 올려다본 채 연못에 빠지고 말았다.

5

얼굴이 질척한 물로 감싸였다. 몸을 일으키려고 양손을 밑쪽에 두고 힘을 주었지만 손이 미끄러지며 다시 머리가 아래로 빠지며 첨벙 물이 튀었다. 하반신은 약간 높은 장소에 남은 채, 상반신이 연못 깊은 곳에 빠져 일어날 수 없는 한심한 모습이었던 모양이다. 초조해졌다. 이대로라면 익사하고 만다.

있는 힘껏 몸을 뒤집어 발에 힘을 주었다. 간신히 무릎을 대고 일어설 수 있었다. 머리카락이 머금고 있던 비린내 나는 물이 얼굴 주위로 흘러내렸다.

코 안쪽이 아프고, 목 안쪽으로 물이 흘러내려가는 것이 느껴졌다. 기침을 하며 일어나 주위를 둘러보았다. 자갈밭에 주지와 하루카가 나란히 서서 무슨 말을 해야 좋을지 모르겠는 얼굴로 이쪽을 보고 있었다.

내 날카로운 시선을 느끼고 하루카가 발작을 일으킨 듯이 말하기 시작했다.

"나는 그렇게까지 할 생각이 없었어. 그냥 좀 열이 받아서 가볍게 밀쳤을 뿐. 다치게 할 생각은 없었다고."

그럴 생각은 없어도 밀친 것은 사실이잖아. 그렇게 쏘아주고 싶었지만 목이 물 때문에 찌릿했다. 유글레나라든가 식인 아메바라든가 거북이 똥을 삼킨 것이 아닐까?

어쨌든 연못에서 나가자.

일어서서 걸으려 했더니 오른발이 뭔가에 걸렸다. 양손을 휘저으며 균형을 잡았다. 오른발을 들어올리니 금속 철망 같은 것에 발이 빠졌다는 사실을 알았다. 벗기려 했지만 피아노 선 같은 것이 얽혀 있었다. 간신히 벗겨내고는 다시 한 걸음 언덕 쪽으로 다가갔다. 이번에는 커다란 돌 같은 것을 밟았다. 돌이 흔들거려서 나는 엉덩방아를 찧었다. 주지도 하루카도 도와줄 생각은 전혀 없는지 높은 곳에서 바라만보고 있다.

작작 좀 하라고 외치려 했을 때, 절 앞쪽에서 박스카 한 대가 난폭하게 자갈밭을 헤치며 들어와 정차했다.

본 기억이 있는 남자 두 명이 차에서 내렸다.

한 명은 코에 커다란 반창고를 붙이고 이마에는 곡선 모양의 멍이 있었다. 그러고 보니 사고가 발생했을 때 흰 세단의 에어백은 보이지 않았다. 운전자가 핸들에 이마를 그대로 부딪혔다면 딱 저런 멍이 생기리라.

주지가 바로 두 사람에게 길을 내주었다. 두 사람은 하루카에게 다가가서 말없이 양팔을 감싸 안았다. 하루카는 공포에 질려 저항하지 못했다. 그대로 차로 끌려간다. 나는 필사적으로 일어서며 외쳤다.

"잠깐, 거기 서!"

연못에서 나가려 발버둥쳤지만 발은 움직이는데 물과 진흙 때문에 몸이 무거워서 앞으로 나아가지 않는다. 그사이에도 두 사람은 하루카를 데리고 멀어져간다. 나는 몸을 앞으로 기울여 연못에 손을 집어넣었다. 뭔가 던질 것이 없나.

밟고 있는 돌이 생각났다. 엄청나게 무거웠지만 양손으로 간신히 들어올리고는 다시 외쳤다.

"거기 서라니까. 서지 못해!"

갑자기 새된 소리가 들렸다. 2인조가 발을 멈췄다. 박스카의 옆문이 슬라이드 되더니 안에서 풍채가 좋고 동그란 얼굴의 중년 남성이 모습을 드러냈다. 베이징어로 들리는 말로 뭐라 말하며 다가와서는, 내 쪽을 향해 몸을 굽히고 안경을 움직여 이쪽을 바라본 다음, 손짓 몸짓을 하며 호들갑스럽게 말했다.

"당신, 그거 넘긴다."

"……뭐?"

"그거. 귀한 거."

동그란 얼굴의 안경은 빠른 어투로 무슨 말인지 알 수 없는 말을 내뱉고는 손가락으로 내 쪽을 가리켰다. 나는 내가 들고 있는 것을 보았다. 돌이라고 생각했던 것은 엄청나게 커다란 거북이였다. 얼굴은 자라처럼 생겼고 지느러미는 바다거북과 꼭 닮았다. 등껍질에는 붉은 요철이 있었다.

뭐야, 이거.

그렇게 생각한 순간 거북이가 발버둥쳤다.

비명을 지르며 중년 남성의 발치로 내던졌다. 그 반동으로 나는 다시 연못 속으로 엉덩방아를 찧고 말았다. 물에 젖은 모든 것들이 무거웠다. 온몸에 피로감이 몰려왔다.

다시 한번 간신히 일어서니 동그란 얼굴의 안경이 한 발 물러서서 2인조에게 뭐라 지시를 내렸다. 2인조는 하루카를 풀어주었다. 한 명이 차에서 커다란 수조를 꺼내 연못물을 넣고, 발버둥치는 거북이를 두 사람이 간신히 안아서 그 안에 넣었다. 거북이가 수조 안에서도 계속 발버둥쳤음에도 억지로 뚜껑을 덮고 수조를 끈으로 빙글빙글 감싸더니 박스카 안에 실었다. 동그란 얼굴의 안경은 웃는 얼굴로 그 뒤를 따랐다.

거북이와 세 명을 태운 차는 왔을 때와 마찬가지로 난폭하게 떠나갔다. 남겨진 우리들은 멍하니 서로의 얼굴만 마주보았다.

하루카에게 밀쳐졌을 때 백을 연못가에 떨어뜨렸다. 비닐커버를 씌우기도 했고 대형 지퍼백에 넣어둔 덕에 갈아입을 옷은 무사했고, 스마트폰이나 그 밖의 전기기기에도 이상이 없는 것이 불행 중 다행이었다. 나는 주지를 협박해서 샤워실을 빌리고, 샤워실에 놓인 바디워시를 반 이상 써서 몸에서 비린내를 씻어낸 다음 이야기를 들었다.

상상했던 대로 다케이가 죽고 난 얼마 뒤 주지는 그들의 방문을 받았다. 그리고 어딘가로……. 원래는 창고였던 것으로 보이는 중국음식점 뒤쪽으로 보이는 곳으로 끌려갔다. 그들은 일본어를, 이쪽은 중국어를 이해하지 못해 이야기는 거의 통하지 않았지만, 다케이를 통해 구입한 것은 없는지 물어보는 듯했다.

"그 무렵 나는 빚을 졌거든. 그 빚을 갚기 위해 오랫동안 관리비를 내지 않는 무덤을 철거해 빈 공간을 새롭게 팔았어. 하지만 여기에 가족묘를 모신 다른 사람들의 이목도 있고 해서 공공연하게 모집은 할 수 없었지."

주지는 독기가 빠졌는지 술술 이야기했다.

"다케이는 멀쩡한 손님을 몇 명인가 소개해줬어. 하루카 씨도 그중 한 명이고. 그 대신 자신이 취급하는 상품을 사지 않겠느냐고 했는데, 살 여유는 전혀 없었어. 물론 상품이란 수입 가구를 말하는 거라 생각했어. 녀석들도 그렇게 말했고. 그 과정에서, 그게…… 실수로 믹서기에 왼손을……. 그래서 놈들도 내 말을 믿어줬고."

"경찰에 알리지는 않았나요?"

"알려서 어쩌려고. 만약 체포된다 해도 바로 풀려날 거고, 중국으로 송환된다 해도 이름과 지문을 바꿔 얼마든지 돌아올 수 있어. 그 경우에는 다시 오른손을 '실수로' 믹서기에 집어넣게 되겠지."

주지가 몸을 부르르 떨었다.

"놈들은 우리 절의 부지를 이곳저곳 조사했는지 절 여기저기가 엉망진창이더군. 이웃들이 말하기를 누군가가 와서 거북이를 잡았다고 해. 지금까지 잊고 있었는데, 그러고 보니 연못의 거북이에 대해서도 여러 가지 물어보더군. 어렸을 적 축제에서 사온 붉은 귀 거북이나, 이웃이 버린 거북이라고 대답하니, 그 안경을 쓴 중년 남성은 흥미를 잃은 듯했어. 어째서인지 그때는 거북이를 못 찾았던 모양이야. 이후 어떤 연락도 없었어. 어제 그 2인조가 와서 하루카 씨가 절에 들르면 바로 알리라고 하기 전까지는."

그래서 연락을 했다는 거군. 하루카가 실수로 믹서기에 손을 집어넣게 될 거라는 사실을 알면서도.

그런 지점을 집요하게 추궁하니 주지는 차를 내오고, 다과를 내오고, 동네 메밀국수집에서 배달을 시켜주고, 젖은 신발 대신 낡은 비치 샌들을 내어준 데다, 우리를 기치조지까지 차로 데려다주게 되었다. 그 마음 씀씀이를 모두 감사히 받고, 5시 넘어서 나와 하루카는 기치조지에 도착했다.

6

꽤 오랫동안 자리를 비운 듯한 느낌이 들지만, 주오 선이 지나다니는 고가와 이노카시라 길이 교차하는 풍경은 평소와 다름없었다. 꼬치구이 노포 '이세야'에서는 연기가 뿜어져 나오고, 주정뱅이가 거리를 방황하고, 숄더백 끈을 고쳐 메고 걷는 여성이나 서류가방을 든 남성, 에코백을 들고 아기를 안은 젊은 엄마, 나란히 걷는 여고생, 심부름 다녀오는 견습 요리사, 자전거, 신호가 바뀌어 채 회전을 하지 못한 버스, 배기가스와 사람의 땀과 방향제와 음식물이 섞인 혼잡한 냄새…….

그 이래 하루카는 말없이 손톱만 깨물었다. 도착했을 때 도시의 냄새를 맡으려는 듯이 고개를 들었지만, 그 냄새에 기가 눌렸는지 미세하게 몸을 떨며 고개를 푹 숙였다. 나는 그녀의 팔꿈치를 가볍게 잡고 있었는데 사형 집행인이 된 듯한 기분이 들어 도중에 손을 떼었다.

맨션의 느린 엘리베이터 안에서 하루카는 처음으로 입을 열어 이쪽을 보지 않고 말했다.

"하무라 씨, 미안. 여러모로."

"뭐, 나는 일이니까."

후지모토 사쓰키에게 선금으로 10만 엔을 받았다. 예상 못한 경비가 들었지만 그 돈 안에서 해결되었다.

"역시 실망시키고 마는구나."

엘리베이터가 목적지에 도착해서 흔들렸다. 하루카가 중얼거렸다. 내가 물었다.

"사쓰키 씨?"

"결국 아무것도 못했잖아. 돈이 생기면 어떻게든 되지 않을까 했는데……. 각오를 굳혀야겠지."

엘리베이터 홀에서 사쓰키의 집까지 하루카는 내 팔에 매달리듯 걸었다. 초인종을 울리자 사쓰키가 문을 열었다. 처음에 만났을 때보다도 안색은 차분했다.

나는 하루카를 떠밀었다. 하루카는 내 팔을 꽉 잡았다 놓았다. 사쓰키는 하루카를 바라보고 가볍게 고개를 끄덕인 다음, 안으로 들인 후 나를 보았다.

"탐정양, 고마워."

"아뇨. 경비와 그 밖의 잔금에 대해서는 내일이라도 정산하겠습니다. 오늘은 이만 실례하죠."

"그래? 그럼 내일 봐."

사쓰키가 묘하게 밝은 목소리로 말했다. 문이 닫히는 그 틈으로 복도에 서서 돌아보는 하루카의 모습이 살짝 보였다. 복도의 어둠 속에 앞니만이 어슴푸레하게 떠올랐다 사라졌다.

나는 몸을 돌려 1층으로 내려가 교차로 모퉁이에 있는 신발가게에서 새 스니커를 사서 바꿔 신었다. 고가 아래 주차장으로 가서 앉을 수 있는 장소를 찾은 다음 이것저것 검색했다. 그런 후 무사시노미나미 경찰서의 무라세에게 전화를 걸었다.

"뭐? 거북이?"

무라세가 얼빠진 목소리로 말했다.

"다케이가 밀수한 '대마보다 위험한 것'이 거북이였다고?"

하루카가 방화를 저지른 원인이 된 '엄청난 것'이 고작 거북이였다는 생각에 나는 이렇게 말했다.

"거북이는 거북이여도 보통 거북이가 아니지만."

긴 검색 끝에 알게 되었지만, 아무래도 내가 발견한 것은 안경 남자가 지껄여댄 라틴어 학명으로 보이는 단어와 그 생김새로 보건대, '거북목 돼지코거북과 돼지코거북속의 수마트라 돼지코거북'이라는 거북이인 듯했다. 얼굴은 자라를 닮았고 지느러미는 바다거북을 닮았다. 새끼일 때는 귀엽지만 자라면 암수 모두 신장이 70센티미터가 넘는다. 등껍질에는 빨간색 요철이 있는 것이 특징이다.

단순한 돼지코거북과 달리 수마트라 돼지코거북은 멸종위기종, 아니 이미 멸종했다고 알려져 있다. 수마트라 섬의 늪이나 수심이 깊은 하구 등지에 서식했지만, 약효가 좋다는 소문 때문에 남획한 결과 개체수가 급감. 이미 1970년대부터 목격담이 보고되지 않았다.

하지만 최근에 40년 만에 발견되어 중국의 애호가가 입수했다는 뉴스가 거북 마니아들 사이에 소문이 파다했다.

"잠깐만. 그 중국의 애호가라는 게……."

"중국의 솔로몬 왕이라 불리는 엄청난 부자. 원래 이 사람은 거북 애호가가 아니라 진귀한 동물을 산 채로 모으는 모양이지만."

"대체 왜?"

"글쎄. 방주라도 만들려는 거 아닐까?"

엄청난 부와 권력을 가진 수집가의 머릿속 따위를 내가 알 방도가 없다.

어쨌든…….

"다케이는 수마트라에서 우연히 수마트라 돼지코거북의

새끼를 입수해서 가구 컨테이너에 넣든가 해서 밀수한 거겠지. 당연히 워싱턴 조약 위반일 테지만, 이렇게 엄청난 거라면 비싸게 팔 수 있을 거라 생각해 웃음이 멈추지 않았을 거야."

그래서 무심코 하루카에게 자랑했다가 그녀의 착각 탓에 목숨을 잃고 말았다.

"수마트라 돼지코거북에 대한 정보가 그 부자의 귀에 들어갔고, 그래서 그의 앞잡이……가 아니라, 자회사가 회수에 나섰다. 하지만 실패로 끝났고, 행방을 알고 있을지도 모르는 전 애인의 출소를 끈기 있게 기다린 건가."

"노력의 방향성이 틀렸지만."

믹서기를 사용한 실로 무자비한 회수였지만, 좀 더 끈기 있게 하쿠간 사의 연못을 뒤졌다면 하루카를 덮칠 필요도 없었으리라.

어디까지나 내 상상인데, 다케이는 수마트라 돼지코거북을 하쿠간 사 연못에 감추려 했을 것이다. 하루카의 예상대로 그녀 어머니의 묘를 만약의 경우에 대마나 그 밖의 것들을 숨길 최적의 장소라 생각했다면, 생각의 흐름이 자연스럽게 연결되었다 해도 이상하지 않다.

본인도 설마 자신이 그렇게 죽을 거라고는 생각 못했으리라. 하쿠간 사의 거북 연못에는 정말 짧은 기간 동안만 새끼

거북을 숨겨두려 했을 것이다. 내가 발을 쑤셔 넣고만 그 금속 철망 같은 것은, 새끼 거북을 넣어둔 우리 같은 것이 아니었을까? 피아노선을 묶은 다음 우리째 연못에 던져놓고, 피아노선을 어딘가 눈에 띄지 않는 곳에 연결해두면 언제든 거북이를 찾을 수 있다.

하지만 다케이는 죽고 수마트라 돼지코거북은 우리에서 빠져나왔다. 잡식성이라 뭐든 먹는 생명력이 왕성한 거북이라고 하니, 일본의 겨울 추위도 버텨내며 살아남았으리라. 바닥의 진흙에 파묻혀 사는 성질이라면 발견되지 않는 것도 무리는 아니고, 그렇지 않더라도 설마 멸종위기종이 이런 연못에 서식 중일 거라고는 누구도 생각 못했을 것이다.

"일단 우리 쪽 생활환경과에 이야기는 해두겠는데."

무라세는 완전히 의욕을 상실한 말투였다.

"고명하신 솔로몬 왕이 원하는 비싸고 진귀한 거북님이 그냥 화물선이나 항공기로 왕이 있는 곳으로 운반될 리가 없어. 그렇다고 왕의 자가용 비행기를 멸종위기종 밀반출 혐의로 수색하는 것도 지금 이야기로는 힘들고. 게다가 외국에서 일본으로 들어오는 거라면 모를까, 일본에서 중국으로 밀반출하는 데 워싱턴 조약 위반을 들이댈 수 있을까? 믹서기 건으로 신고라도 들어오면 이야기는 달라지겠지만."

"그럼 이 건은 이대로 끝이라는 거야?"

"사건 같은 건 일어나지 않았다는 이야기야. 젠장, 다가미 하루카의 출소에 일부러 탐정을 보낼 정도니 뭔가 엄청난 사정이라도 있을 줄 알았는데 태산명동에 거북 한 마리. 장수하시겠군."

무라세가 코웃음을 치고 전화를 끊었다.

하늘은 어느새 어두컴컴해졌다. 빨리 돌아가서 목욕을 하고 혹시 모르니 항생제를 먹어야지, 하며 자리에서 일어섰지만 다리에 힘이 풀려 주저앉고 말았다. 모든 일이 끝나 기력이 빠진 것이다. 이렇게나 피로해진 것은 오랜만이다. 특히 허벅지가 힘들다. 진흙탕 속에서 발버둥친 탓인지 미세하게 경련이 인다.

어떻게든 일어나서 자동판매기까지 로봇처럼 발을 끌며 걸어가 당뇨병 양성음료로 생각될 정도로 단 음료수를 사서 마셨다. 온몸에 당분이 돌자 금세 떨림이 멈췄다. 내일은 근육통으로 고생하겠지.

그러고 보니 하루카도 떨고 있었다……

빈 캔을 쓰레기통에 버리고 문화원 앞의 버스 정류장으로 이어지는 뒷골목을 걸었다. 온몸의 피로 때문이 아니라 발이 앞으로 나아가지 않았다. 뭔가 걸린다. 대체 뭐가 걸리는 걸까 생각하다 한 가지 사실에 이르렀다. 무라세가 한 말이다.

"출소에 일부러 탐정을 보낼 정도니."

의뢰에 굶주렸던 탓에 생각해보지도 않았지만, 듣고 보니 그 말도 맞다. 왜 탐정이었을까? 출소 마중 따위는 심부름센터도 상관없고 처음에 하루카가 말한 대로 회사 직원에게 부탁해도 되었을 것이다. 아니면 굳이 마중을 보낼 필요도 없이 영치금만 넣고 집에서 기다리고 있겠다고 전하면 되었을 문제다.

사쓰키는 하루카가 도망칠 거라는 사실을 예상했다······?

그래서 탐정이었을까? 탐정이라면 어디로 갈지 밝혀내거나 미행하거나 도망친 사람을 찾을 수 있으니?

하지만 왜 도망칠 거라 생각했지?

문득 몇 가지 말들이 머릿속에 떠올랐다.

"마음 단단히 먹었다고 생각했는데 역시 아직 죽고 싶지 않아"

"결국 아무것도 못했잖아. 돈이 생기면 어떻게든 되지 않을까 했는데······. 각오를 굳혀야겠지"

나는 발걸음을 멈췄다.

후지모토 사쓰키는 살아 있는 동안 하루카를 만나고 싶어 했다. 나는 단순히 그렇게 생각했다. 폐에 수련 꽃이 피었다, 여명 선고를 받았다, '죽을 때까지 해두고 싶은 리스트'를 만들어 목표 완수를 노리고 있다, 정말로 하고 싶은 일이 무엇인지 생각하고 생각한 끝에 나온 대답이 하루카였다······고

들은 탓이다.

하지만 곰곰이 생각해보니 하루카를 만나고 싶다고는 단한마디도 하지 않았다. 7년 만에 출소하는 그녀에게 영치품도 넣지 않았고, 데리고 돌아왔어도 고개만 까딱했을 뿐.

하루카는 사쓰키 아줌마에 대해 생활비를 주고, 학비를 주고, 집도 빌려주고, 일도 시켜주었다고 말했지만, 밥을 해주었다, 예뻐해주었다는 말은 전혀 하지 않았다. 고아원에서 데리고는 왔을 것이다. 하지만 당시 사쓰키는 수입회사를 막세웠을 때로 눈코 뜰 새 없이 바빴으리라. 그 살풍경한 집에 하루카의 기척은 느껴지지 않았다. 7년 전 사건 때문에 하루카의 흔적을 지웠을지도 모르지만, 정말로 그뿐일까?

하루카는 "하루카 씨를 만나기를 고대하고 계세요"라는 말을 듣고 동요했다. 사쓰키를 만나고 싶어 하는 한편, 기치조지로 돌아가는 것에 저항했다. 사쓰키를 흠모했는지 실망시키는 일을 이상하게 두려워했다. 사쓰키의 집으로 향할 때에는 마치 사형대로 향하는 것처럼 몸을 떨었다. 계속 손톱을 물어뜯었다. 납치 미수와 믹서기 건만 없었다면 나는 하루카가 사쓰키를 두려워한다……고 생각했으리라.

두려워한다고? 하지만 왜?

하루카는 1981년에 태어났다. 사쓰키와 후사코가 싸우고 헤어진 것이 1980년 8월. 그렇다면 싸움의 원인이 후사코가 하루카를 임신한 사실이라고 예상할 수 있다. 사쓰키가 황홀하게 그리워했던 '룸메이트'와의 행복한 삶을 부순 것은 애당초 하루카였다.

하루카는 어렸을 때부터 약물에 손을 대고, 다케이 같은 남자와 관계를 맺었다. 그런 파멸적인 행동을 취한 것은 하루카가 원래 "손을 댈 수가 없을 정도의 문제아"였다는 이유 뿐일까? 아니면 사쓰키가 후사코를 빼앗긴 원한을 어렸을 적부터 하루카에게 쏟아냈다면……?

나는 고개를 저었다.

만약 그렇다 한들 사쓰키가 하루카에게 뭘 어쩐다는 것인가? 죽음을 앞두고 함께 저세상으로 데리고 가려고? 자기가 죽은 뒤 하루카가 유유자적 살아가는 것을 용서할 수 없다고? 하루카에 대한 원한이 이제 와서 심해졌다고?

원인은 어쨌든 하루카는 확실히 제멋대로에 문제가 있는 여자다. 다케이 사건에서는 사쓰키도 상당한 피해를 입었다. 그렇다고, 게다가 아무리 자기 목숨이 얼마 안 남았다고, 7년이나 지난 지금 그렇게까지 화를 낼 일일까? 실수로 왼손을 믹서기에 집어넣기라도 하는 일만 없다면 그렇게까지는……

갑자기 팔에 소름이 돋았다. 1주일 전, 처음으로 사쓰키를 만났을 때 새틴 장갑을 낀 마른 손으로 내 팔을 잡은 그

감촉.

왼손이…… 힘이…… 손가락이……. 왜 실내에서 장갑을? 손등에 남은 주사바늘 흔적을 감추기 위해서가 아닐까 생각했지만 정말 그뿐일까?

거북이를 찾아 하루카 주변을 뒤지다 보면 사쓰키에게 연결된다. 그녀만이 무사했다고는 생각할 수 없다. 그렇다면 사쓰키가 분노를 폭발시켜 하루카 따위는 죽어버렸으면 좋겠다고 생각해도 무리는 아니다. 그리고 목숨이 얼마 안 남은 지금 마지막으로 하고 싶은 일을 생각했을 때, 그 분노가 되살아났을 가능성도 있다. 자신에게서 후사코를 빼앗고, 빛나는 청춘을 빼앗고, 큰 상처까지 남긴 하루카에게.

때문에 사쓰키는 내게 말했다.

"탐정양, 그저 그 아이를 내가 있는 곳으로 데려와주면 돼. 반드시, 꼭, 내게로 데려와줬으면 해."

확실히 복수하기 위해서.

거기까지 생각한 나는 멈췄던 숨을 토해냈다. 생각이 너무 지나쳤다. 피로한 탓에 망상을 한 것이리라.

사쓰키는 하루카의 출소 마중에 탐정을 고용했다. 그뿐이다. 미스터리를 좋아하는 사람이라면 탐정에게는 비밀 엄수 의무가 있다는 것을 알고 있으리라. 친한 인간이 교도소에서 나온다는 사실을 주위에 알리고 싶지 않다. 헌책을 처분하려다 비밀 엄수 의무가 있는 탐정을 고용하는 것이 좋겠다는 생각이 들었다. 그래서 고용했다. 자연스러운 흐름이다.

나는 공원 길을 향해 다리를 끌며 걸었다. 이 길을 직진하면 사쓰키의 맨션 정면이 나오겠구나, 하는 생각이 들었다. 어째서인지 갑자기 '물에 떠오르는 물거품이 수면 아래의 것을 가린다'는 옛말이 생각났다.

뒷골목에서 문화원 앞 모퉁이로 나왔을 때 머리 위에서 커다란 폭발음이 들렸다. 아까 방문했던 맨션 9층 주변에서 유리 파편이 반짝거리며 도로 위로 쏟아져 내렸다.

2장
—
새해의 미궁

1

멀리서 제야의 종소리가 들린다.

무겁게 울리는 것도 있고, 가벼운 소리, 정통파스러운 소리 등 음색에 각각 개성이 넘친다. 선향 연기가 자욱이 낀 깊은 밤, 경내에 선남선녀가 줄을 서 각자가 종메 끈을 쥐고 종을 향해 종메를 내지르는 모습이 머릿속에 떠오른다.

금간 유리문 사이로 귀를 기울이고 있으니, 이윽고 바람을 타고 사람들의 환호성이 들렸다. 콧물을 훌쩍이며 발뒤꿈치를 올렸다내렸다 하면서 손목시계를 확인했다. 시침과 분침이 겹쳐지며 정상을 가리켰다.

새로운 해의 막이 올랐다. 새해 복 많이 받게 해주세요. 아니, 많은 복까지도 필요 없다. 올해야말로 병원에 실려 가는 일이 없게 해주세요. 조사비를 떼어먹히지 않게 해주세요.

의뢰인이 죽지 않게 해주세요. 무엇보다 이런 곳에서 동사하지 않게 해주세요.

내 이름은 하무라 아키라. 국적은 일본, 성별은 여자. 기치조지 주택가에 있는 미스터리 전문서점 '살인곰 서점' 아르바이트 점원이자, 이 서점이 반은 농담으로 시작한 '백곰 탐정사' 탐정이기도 하다. 얼마 전까지 조후 시 센가와의 셰어하우스에서 살았는데, 여러 사정으로 이사할 수밖에 없게 되었다. 새로운 거처를 찾을 때까지의 임시 거처로서 서점 2층의 탐정사 사무소에 가재도구와 함께 막 굴러들어온 참이다. 불혹의 나이가 넘어, 언덕길을 구르는 것처럼 나이를 먹어가고 있는데 나도 참 한심하다.

서점 오너 중 한 명이자 점장이기도 한 도야마 야스유키는 이 제멋대로인 행동을 흔쾌히 허락해주었다. 거기까지만 했으면 좋았을 것을 원치도 않은 선의를 베풀어, 창고로 쓰던 사무소의 욕실을 리뉴얼하는 공사를 수배해주었다. 솜씨가 엉망인 업자 덕에 하루 만에 끝날 예정인 공사가 3일이나 걸렸고, 청구서도 결국 내 몫이었다. 싸구려 원룸을 빌릴 수 있는 비용이 고스란히 사라질 정도의 금액이었다.

그런 사정만 없었으면 지금쯤 이런 곳에서 추위에 발을 동동 구르고 있을 필요가 없었다. 새 욕조에 몸을 담그고 침대에서 책을 읽으며 느긋하게 새해를 맞이했으리라.

"아니, 진짜 편하고 짭짤한 일이라니까."

몇 시간 전, '도토종합리서치'의 사쿠라이 하지메가 전화기 너머에서 기세 좋게 말했다. 그는 이따금 하청 일을 알선해주는데, 그때마다 '편하고 짭짤하다'며 거드름을 부리지만 실제 그랬던 적은 단 한 번도 없다.

"나카노 역 근처의 와세다 길에 철거 직전의 폐 빌딩이 있어. 갑작스런 의뢰에다 섣달그믐날에 미안한데, 오늘밤 하루 동안 그 빌딩 경비를 맡아줄 수는 없을까? 야간 할증에 설 연휴 가격이다 보니 보수는 통상보다 50퍼센트 높다고 '히이라기 경비' 쪽에서 말하더군. 나쁜 이야기는 아니잖아?"

나쁜 이야기는 아니지만, 수상쩍기는 하다. '히이라기 경비SS'는 도토종합리서치와 제휴를 맺고 있는 중견 경비업체다. 굳이 외부 탐정의 손을 빌리지 않더라도 내부 인원은 충분하리라.

그렇게 물으니 사쿠라이는 "그것 말인데" 하며 말끝을 흐렸다.

"이번에는 돌발 상황이야. 이 시기는 절이나 신사에서 경비 의뢰가 쇄도하잖아? 안 그래도 인원 배치에 골머리를 썩고 있는 상황인데, 오늘밤 그 '하야시다 빌딩'에 배치 예정이었던 경비원이 도망쳤다는 거야."

동원할 수 있는 인원도 없는 데다 앞으로 몇 시간 안에 누군가를 배치해야만 한다. 하지만 그 빌딩에는 문제가 조금 있어 아무나 보낼 수도 없다는 것이다.

"문제라니?"

역시 수상쩍다는 생각에 물었다. 사쿠라이는 한참을 주저한 끝에 간신히 입을 열었다.

"저주받은 유령 빌딩이래."

"······뭐?"

"그러니까 그 빌딩에는 나온대. 버블 시기에 자살한 전 주인의 유령이."

사쿠라이는 될 대로 되란 듯이 말을 이었다.

"심령 마니아 사이에서는 유명하다나 봐. 게다가 10년쯤 전에 인터넷으로 소문을 접한 대학생 그룹이 술에 취해 그곳을 찾았다가, 한 명이 계단에서 굴러 목뼈 골절로 사망했거든."

그 덕에 빌딩은 더욱 유명해지고, 구경꾼이 속출하고, 사진이나 동영상이 인터넷에 업로드되었다. 그림자나 벽의 얼룩을 갖고 호들갑을 떨다 보니 방송국이 취재를 오고, 그 영향으로 사람들이 더 찾아오게 되어, 관할 경찰서의 순찰 대상이 되었다. 담력 시험의 도가 지나쳐, 빌딩 내 비품을 보도에 집어던지던 일당이 체포되어 소동은 일단락되었지만, 반년 전, 빌딩 관리자인 '산도 개발'이 재건축 계획을 발표하니

다시 불이 붙었다.

"내년 1월 4일에는 드디어 해체 공사가 시작되는데, 어제도 빌딩에 침입한 녀석들이 있었다나 봐. 해체 전에 한번 봐두려는 건가. 아무래도 도망친 경비원이 관여한 모양이야. 그래서 클라이언트에게 한소리 들은 다음에 연락 두절. 최근 젊은 애들은 다른 사람의 상황보다는 자기가 더 중요하니까."

사쿠라이가 한숨을 쉰 다음, 마무리를 지으려는 듯 엄청난 기세로 말을 쏟아냈다.

"부탁이야. 히이라기 경비 쪽에서 부디 믿을 수 있는 사람 좀 보내달라고 해서 말이지. 하무라라면 저주 따위는 신경도 안 쓸 거고. 하룻밤만 제복을 입고 경비원 좀 해줘. 히이라기의 나카노 영업소에서 빌딩까지는 엎어지면 코가 닿을 정도의 위치니, 무슨 일이 생기면 바로 지원 요청도 할 수 있어. 도시락과 히터도 지급될 거고, 원하면 귤도 넣어줄게. 달고 맛있는 구마모토 귤. 맞아, 신년 떡값도 얹어줄게. 물론 50퍼센트 할증과는 별도로."

귤은 어찌 됐든 떡값이라는 한마디에 흔들렸다. 결과, 그 전화로부터 몇 시간 뒤 나는 히이라기 경비의 나카노 영업소를 찾아가 접수처에 이름을 밝혔다. 사무소 안에서는 히이라기 경비의 제복을 입은 남자들이 빠른 말투로 뭐라 이야기하다가 나를 보고 대화를 멈추었다. 한 명이 눈썹을 치켜 올리고, 다른 누군가가 "장난 하나" 하고 중얼거렸다.

컴퓨터 앞에 앉아 있던 서른 전후의 여성이 일어서서 내쪽으로 다가왔다. 머리카락을 금속장식이 달린 머리핀으로 묶고 립라인이 또렷한 입술화장을 했다. 조끼에 스커트인 사무직 여성의 제복 또한 깔끔하게 다림질되어 주름 하나 없다.

그녀는 살짝 충혈된 눈을 깜박이며 나를 위에서 아래까지 훑었다.

"도토종합리서치에서 오신 하무라 아키라 씨죠? 그런데 일 내용에 대해서는 들으셨나요?"

"유령이 나오는 폐허 빌딩에서 내일 아침 7시까지 경비를 서는 거 아닌가요?"

내가 미소 지으며 대답하자, 그녀도 미소를 지으며 경비원들을 힐끔 보고는 목소리를 낮췄다.

"죄송합니다. 신경 쓰지 마세요. 도토 쪽에서는 성함과 제복 사이즈밖에 전해 듣지 못해서요. 도시락과 귤이 도착해 있습니다. 휴대용 히터는 이미 현장에 갖다 두었고요."

빌딩 1층의 현관 입구에서 보초를 서고, 세 시간마다 건물 전체를 순찰하는 일이라는 설명과 연락용 스마트폰과 무전기, 랜턴식 회중전등을 지급받았다.

"추우니 제복은 옷 위로 덧입으세요. 그런 다음 코트를 걸치셔도 상관없습니다."

남자들의 시선을 느끼며 사무소를 나왔다. 이런 때는 나이를 먹어서 다행이라는 생각이 든다. 젊었을 때에는 "이름이 아키라인데 여자라니" 하고 상대가 실망하는 것만으로도 힘이 쫙 빠졌다. 지금은 신경 쓰지 않는다. 착각하는 쪽이 잘못이다.

'저주받은 유령 빌딩'은 영업소에서 2분도 채 걸리지 않는 곳에 있었다.

고딕 호러 소설의 표지 같은 낡은 건물, 곰팡이 냄새가 섞인 뜨뜻미지근한 바람이 불고, 옥상에는 까마귀 떼……. 이런 경치를 기대한 탓에 처음에는 알아차리지 못하고 빌딩 앞을 지나쳐버리고 말았다. 하야시다 빌딩은 비계와 두터운 시트로 둘러싸여 있고, 비계 아래쪽은 흰 철판 가림막이 설치되어 있어, 어둠 속에 희멀겋게 붕 떠보였다.

올림픽 개최가 결정된 이래 도쿄 어디에서나 볼 수 있는 재건축 중인 빌딩. 심령 현상이 있을 듯한 분위기는 전혀 느껴지지 않는다.

1층 정면 현관만 도로와 직접 연결되어 있었다. 깨진 유리문 너머로 내부가 보인다. 텅 빈 공간에 히터가 주위를 붉게 비추고 있으며, 그 앞 파이프 의자에 나이 지긋한 경비원이

등을 굽힌 채 앉아 담배를 피우는 중이었다.

교대하러 왔다고 말하니 경비원은 날 보고 깜짝 놀란 듯이 일어서 큰 륙색을 짊어지고는 인사도 없이 빌딩에서 뛰쳐나갔다. 그와 교대하듯 현장으로 들어갔다. 콘크리트 바닥이 그대로 드러나 있고, 형광등은 한쪽 봉이 늘어진 채 천장에 매달려 있고, 벽에는 스프레이 페인트로 여백이 없을 정도로 낙서가 되어 있었다. 하지만 히터의 붉은 빛이 따뜻함을 자아내는 덕에 나름 포근한 느낌도 있었다.

한숨을 내쉬며 가져온 도시락과 그 밖의 짐을 파이프 의자 옆 골판지 박스 위에 올리고, 밖에 있는 가설 화장실 위치를 확인한 다음 둥지 만들기를 끝냈다. 한숨 돌린 후 옷을 갈아입으려 할 때 갑자기 히터가 타닥 하는 소리를 내고는 꺼졌다. 가스가 다 닳은 모양이다.

동시에 모든 것이 끔찍한 상황으로 변모했다.

예비 가스가 골판지 박스 안에 한 통 들어 있었는데 빈 통이었다. 히터가 있다고 하기에 1회용 손난로를 작은 것 하나밖에 준비해오지 않았다. 얼마 전 화재 탓에 겨울 의류를 몽땅 잃어버리고 돈도 없기 때문에 입고 있는 기능성 보온 속옷은 싸구려다. 스웨터 위로 급히 껴입은 히이라기 경비의 제복은 폴리에스텔 제품으로, 입을 때 머리카락이 뻗치고 파이프 의자에 닿은 순간 불꽃이 튀었다.

조용한 연말이었다. 한기가 예상보다 남하해서 관동의 남쪽 지역을 뒤덮었다. 콘크리트 벽과 바닥이 머금고 있던 냉기를 기세 좋게 방출했다.

발을 동동 구르며 버티다 순찰 시간이 된 순간 거의 달리듯이 빌딩 안을 돌았다. 깨진 창 너머로 건설용 시트가 펄럭였다. 빌딩 위로 올라갈수록 바람이 거세져 시트 사이로 냉기가 불어 들어와 추위가 뼛속 깊이 사무쳤다.

합판이 갈라졌거나 콘크리트가 그대로 드러나 있는 등 내부 상황은 엉망이었으며, 보이는 곳마다 낙서투성이였다. 그때문에 바닥의 턱을 알아차리지 못해 몇 번이나 걸려 넘어질 뻔했다. 이런 곳에까지 스프레이 페인트를 뿌리느라 고생이었을 텐데, 그럴 에너지가 있으면 다른 곳에 쏟아주었으면. 만약 그랬다면 나는 이런 곳에 있지 않아도 되었다.

몇 번인가 영업소에서 정시 연락이 왔다. 그때마다 연료통을 보내달라고 했으나, 그런 것은 없다며 차갑게 거절당했다. 제야의 종소리가 더 이상 들리지 않게 되니 주위는 더욱 조용해졌다. 유령은커녕 쥐 한 마리 나타나지 않았다. 유령 빌딩에서 밤에 경비를 서게 되었다고 말했더니 도야마 점장이 《영국 공포소설 걸작선》을 추천해주었다. 혹시 모를 무료함을 달래기 위한 용도로 가지고 왔지만, 독서를 할 수 있는 상황이 아니다. 움직이지 않고 가만히 있으면 바로 이가 달달 떨리고 발끝의 감각도 사라진다. 추위 때문인지 몇 번이나 간이 화장실을 다녀왔는데, 이런 상황에서 간이 화장실에서 엉덩이를 까는 것이 어떤 것인지 상상에 맡기도록 하겠다. 간신히 아침을 맞이했을 무렵에는 무릎을 꿇고 신에게 감사 기도를 올렸을 정도였다.

교대 인원이 와서 영업소로 돌아갔다. 난방이 이렇게 감사한 것이라는 사실을 깨달았다. 아마도 입술이 보랏빛이 되었으리라. 어젯밤에도 본 적 있는 경비원 중 한 명이 장비를 받아들고는 흥미로운 듯이 나를 보았다.

"유령 빌딩에 뭐라도 나온 모양이네. 엄청 무서운 꼴을 당했다는 얼굴인걸? 뭘 본 거야?"

"내, 냉장고처럼 추웠을 뿐. 나, 나왔다면 따분하지 않아서 다행이었을 텐데."

난방이 잘 되는 실내에서 잠시 몸을 녹이고 있으니 몸이 이완되어 떨리기 시작했다. 공포 때문이라고 착각당하는 것이 싫었지만, 몸의 떨림이 멈추지 않았다.

"우와. 그런 곳에서 하룻밤을 보내는 여자는 역시 보통이 아니군."

'다카기'라는 명찰을 단 경비원이 무전기나 스마트폰을 솜씨 좋게 체크하면서 히죽거렸다.

"그 빌딩, 원래는 유명한 중국음식점이었어. 대륙에서 건

너온 부부가 포장마차부터 시작해, 장사가 잘 되니 가게를 내고, 아들 대에 이르러 빌딩을 올렸지. 아들은 사람이 좋아 가난한 학생이나 예술가들에게 공짜로 밥을 주거나 건물의 한 방을 내주기도 하고 그랬거든. 그런데 배은망덕한 놈이 있었던 거지. 가게 권리서를 몰래 들고나가서 야쿠자에게 넘기고 만 거야. 결과, 우여곡절 끝에 빌딩은 야쿠자와 연결된 부동산업자 손에 넘어가고 말았고, 2대 사장은 건물을 넘기기 전날 밤 경동맥을 식칼로 베어 자살했어. 가게 안은 온통 피투성이였다더군."

버블 시기, 그런 이야기를 자주 들었다. 다카기는 내 인생보다 반 정도밖에 안 살아온 것으로 보이니 버블 시대 같은 것은 알지 못할 텐데 마치 보고 온 것 같은 말투였다.

"2대 사장의 저주 때문인지 권리서를 강탈한 야쿠자는 대립하던 조직과의 다툼 중에 칼에 찔리고, 은혜를 원수로 갚은 인간은 실종, 부동산업자는 파산. 그럼에도 2대 사장은 성불하지 못했는지 이따금 그 빌딩 벽이 새빨갛게 물들 때가 있어."

굳이 저주 따위를 들먹이지 않더라도 비참한 말로를 걸을 것 같은 인간들이 아닌가. 빌딩 안이 왜 그렇게 빨간 페인트칠 범벅이 되어 있는지 이상했는데, 이 이야기 덕에 그 사실만은 이해가 되었다.

"그럼 그 이야기를 들은 녀석들이, 괴, 괴담 같은 분위기를 만들기 위해 벽에 빨갛게 페인트칠을 하고, 사, 사진을 찍어 SNS에 올린다는 거야?"

"천벌 받을 놈들이지? 어떻게 그런 생각을 하는지 몰라. 하지만 거긴 '진짜'거든."

다카기가 진지한 얼굴로 목소리를 낮췄다.

"이 업계에서는 나온다는 소문이 있는 빌딩이나 장소가 의외로 있는데, 하야시다 빌딩은 정말 위험하다고들 해. 빌딩의 해체 공사는 업자가 막판에 취소해서 몇 번이나 바뀌었고. 때문에 반년이 넘어도 해체를 못한 채 그대로야. 그곳에 배치된 후 경비 일을 그만둔 녀석도 한둘이 아니고. 당신 앞에 근무했던 사루카와 아저씨도 뭔가 있었던 것 같아. 어제는 놀랄 정도로 서둘러 돌아가더라고. 게다가 구도 그 자식, 도망친 날 밤에 일단 이쪽으로 돌아오기는 했는데 엄청나게 초조해했어."

다카기는 내 어깨너머로 시선을 향한 후, 말을 잠시 끊었다 다시 말했다.

"어쨌든 당신도 절이나 신사에 가서 액막이라도 하도록 해."

사무소 안쪽으로 이동하는 다카기를 멍한 얼굴로 바라보고 있으니 차가운 바람과 함께 어젯밤에 만난 적 있는 여성 사무원이 들어왔다. 그녀는 날 보고는 안심한 듯한 표정이 되었다.

"다행이다. 무사히 끝나셨군요. 현장이 현장이다 보니 걱정했어요."

"네, 뭐, 덕분에. 그럼 저는 이만."

조금 더 몸을 녹이고 싶었지만 더는 괴담을 듣고 싶지 않았다. 안 그래도 몸의 긴장이 풀림과 동시에 피로감이 몰려와서 엄청 졸린 상태였다.

하지만 나가려 하니 여성 사무원이 내 팔을 잡고 작은 목소리로 말했다.

"저기, 죄송해요. 피곤하시겠지만 조금만 제 이야기를 들어주시면 안 될까요? 저, 탐정이 꼭 필요하거든요."

2

　새해 첫날, 그것도 이른 아침이다 보니 문을 연 가게는 거의 없고, 있어도 손님들이 줄을 서 있을 정도로 혼잡했다. 별 수 없이 역 앞에 서서 이야기를 나누게 되었다. 신사에서 파는 행운을 불러오는 물품을 품에 안은 가족이나, 새로 산 것으로 보이는 부적을 가방에 매단 커플이 졸린 얼굴로 눈앞을 지나간다. 그러고 보니 올해는 해넘이 메밀국수를 먹지 못했다. 간신히 따뜻해진 몸이 다시 슬금슬금 추워지기 시작했다.

　여성 사무원은 기미하라 가에 데리고 했다. 추위에 떠는 나를 계속해서 신경 쓰며 "저주로 히터가 고장이 났나요?" 하며 진지한 얼굴로 물었다.

"그럴 리가. 연료통이 동났을 뿐. 남은 연료통은 빈 통이었고, 예비 연료를 가져다주지도 않았고."

"그건 도토의 사쿠라이 씨가 가져다준 거였거든요. 우리 비품인 등유 스토브나 발전기가 모조리 절이나 신사 쪽 경비팀에 배치되었다는 사실을 알고서 일부러. 우리 쪽에는 가스를 이용한 난로도 예비 가스도 없었어요. 그런데 사쿠라이 씨, 가스통 세 개 세트를 두 세트나……. 아."

가에데가 얼굴을 찡그렸다.

"분명 사루카와 씨 짓이에요. 하무라 씨 앞에 유령 빌딩 경비를 섰던 할아버지. 그 사람이라면 그랬을지도 몰라요."

"그 말은?"

"자주 이런저런 것들을 슬쩍 하세요. 다른 경비원의 담배를 꺼내 피우고, 남의 도시락을 먹는 건 일상다반사고, 운동화 끈이라든가 건전지 등을 멋대로 빌려가고요. 새 가스통이라면 아무렇지도 않게 가져갈 거예요."

그런 거였나. 그 커다란 륙색이라면 가스통 여섯 개 정도는 여유 있게 들어간다. 피해를 당하는 것은 동료고, 항상 있는 일이니 이해해줄 거라 생각했는데, 처음 보는 내가 등장해서 깜짝 놀랐으리라. 그렇다고 이제 와서 연료통을 돌려줄 수도 없어 '놀랄 정도로 서둘러 돌아간' 거였다.

덕분에 나는 엄청난 피해를 입고 말았다. 무심결에 이를 악물었다가 새해 첫날이라는 사실이 떠올랐다. 아무리 싫은 녀석이라도 첫날부터 남을 저주하고 싶지는 않다.

어쨌든 빨리 이 일을 끝내고 돌아가자. 계속해서 사과를 하는 가에데의 말을 가로막았다.

"그래서 가에데 씨가 하고 싶은 말이라는 건?"

"하무라 씨, 탐정은 경찰 쪽 인맥도 있으시겠죠? 알아봐주실 수 없을까요? 그게…… 신원불명 부상자가 나왔는지 아닌지. 친구와 연락이 안 돼요. ……어제 아침부터."

놀라서 떨림이 멈췄다. 연락 불통이 된 지 하루도 채 안 되었음에도 이렇게나 걱정한다는 것은 보통 일이 아니다. 그것도 직접 경찰에 문의하는 것이 아니라 어제 처음 본 사이인 탐정에게 부탁하다니.

"남자, 아니면 여자? 지병 같은 게 있었어?"

"남자예요. 나이는 서른둘로, 우리 경비원이기도 해요. 이름은 구도 쓰요시."

가에데는 파운데이션 아래로 뺨을 붉혔다.

'흐음, 구도라.'

아까 다카기의 태도가 왜 그랬는지 알 것 같았다. 그녀는 일을 팽개치고 도망친 경비원과 연인 사이인 것인가.

경비회사의 사무원이라면 경찰 지인 정도는 있을 것 같지만, 멋대로 유령 빌딩 견학회를 열고, 그 사실을 들켜 질책을 받고, 그 길로 일을 내팽개친 인간을 공공연하게 찾을 수는 없다. 경비 업계는 경찰에 예상외의 인맥이 있는 법이고, 그를 찾고 있다는 사실이 회사에 알려져서도 안 된다. 그런 상황에 운 좋게 조사회사의 하청업자가 나타난 것이다.

'그 구도라는 놈 때문에.'

이렇게 생각했지만 새해다. 나는 있는 기력을 짜내어 미소를 지으며 거절하려 했다.

"미안한데 너무 신경 쓰는 거 아니야? 어딘가에서 술에 취해 자고 있는 건 아닐까? 그런 일, 지금까지는 단 한 번도 없었어?"

"평소라면 이렇게까지 걱정하지는 않아요. 하지만 이번에는……. 그 사람, 분명 저주받았을 거예요."

"……뭐?"

가에데는 입을 반쯤 벌린 나를 알아차리지 못한 채 눈물을 글썽였다.

"그 사람, 구경꾼을 빌딩에 들였잖아요? 그 사람들, 빌딩에 무슨 짓을 했는지 클라이언트에게 질책까지 당하고. 게다가 그 이후 그와 연락이 안 돼요……. 그런 정도로 갑자기 사라지다니 구도 씨답지 않아요. 평소라면 아무리 혼나도 그다지 신경 쓰지도 않는데."

"아, 그 정도로 낯가죽이……. 아니, 대범한 사람이라면 문제없을 거야. 조금만 더 기다려 보면 어떨까?"

"그러니까 평소라면 기다리겠는데, 어쩌면 그 빌딩의 혼령이 화가 나서 구도 씨에게 저주를 건 거라면요? 그래서 연락을 받을 수 없는 거라면요? 하무라 씨, 부탁이에요. 경찰에 문의만 해주시면 안 될까요? 불길한 예감이 들어요. 그 사람, 저주받아서 지금쯤……."

텔레비전에서 여자가 나오기라도 하나? 그래서 계속 쇠약해진다거나? 그것도 아니면 장미덤불 속에서 잠이 들어 왕자님의 키스를 기다린다거나?

농담으로 받아치고 싶었으나 가에데는 진지한 표정으로 눈물과 콧물을 흘렸다. 이런 사람에게 반론을 하는 것도 딱히 내키지 않는다. 저주 따위는 없다고 말한들 이런 정신 상태의 여자가 들을 거라는 생각도 들지 않는다.

머릿속에서 인명부를 뒤적거린 끝에 경시청의 군지 쇼이치에게 연락했다. 그는 내게 다소의 빚이 있다. 상대방도 그 사실을 알고 있는 듯 수사 2과를 지원 중이라 산더미 같은 자료에 둘러싸인 채 새해를 맞이해야 한다며 구시렁대면서도 알아봐주었다. 이 48시간 이내에 경시청 관내에서 보호되어 병원에 이송되거나 유치장에 구류된 신원불명인은 다섯 명. 세 명은 고령의 노숙자고 남은 두 명은 여성이었다. 구도 쓰요시라는 인물이 체포되었다는 기록은 없다.

가에데에게 이 사실을 알리고 "다행이네" 하고 말하고는 재빨리 나카노 역으로 도망쳤다. 새해 첫날 남을 도울 수 있어 다행이었지만, '군지'라는 중요한 카드를 허무하게 사용해버리고 말았다.

아무럼 어때. 난방이 잘 되는 주오 선 좌석에 앉아 졸면서 생각했다. 남에게 인정을 베풀면 반드시 내게 돌아오는 법. 이 일은 이것으로 끝이다. 추가 수당과 떡값에 대한 보답이라 생각하고 잊자.

3일간의 정월 연휴 동안 신다이 사에 참배를 다녀오고, 약간 늦은 해넘이 메밀국수를 먹은 것 이외에는 이불 속에서 지냈다. 4일째 아침에 침대에서 기어나왔다. 창을 열어 환기를 시키고, 서점 주위를 청소하고, 세탁을 하고, 비싼 새 욕실을 청소하고 있으니 스마트폰이 울렸다. '백곰 탐정사'에 새로운 메시지가 도착했다.

혹시 정월 초부터 조사 의뢰인가? 오랜만의 의뢰라는 생각에 기쁜 마음으로 내용을 확인하고는 기운이 빠졌다.

"아직도 구도 씨와 만나지 못했어요."

가에데는 MUJI 카페의 테이블에서 상반신을 앞으로 내밀며 호소했다. 긴 문답 끝에 항복하고만 나는 가에데와 만나기로 했는데, 사무소로 오라고 하기에는 마음이 내키지 않아서 기치조지 역 앞에서 만나기로 했다. 많은 사업체들이 업무를 개시했지만, 설 장식이 그대로인 거리는 아직 엔진이 걸리지 않은 듯 졸려보였다. 거리를 오가는 사람들도 꿈과 현실의 경계에 있는 듯 멍한 얼굴이었다.

"만나지 못했다는 말은 연락은 되었다는 거네?"

내가 확인하니, 그녀는 뜨거운 음료를 한 모금 홀짝인 다음 얼굴을 찡그리더니 그 음료를 멀찍이 두었다. 연초 3일간은 구도도 일을 할 예정이라 자신도 근무를 잡은 탓에 간신히 오늘에야 쉴 수 있게 되었다며, 가에데는 요 3일 만에 홀쭉 여윈 뺨을 기울이며 백에서 스마트폰을 꺼냈다.

"라인으로 연락이 두 번 왔었어요. 사촌을 만나면 돌아갈 테니 걱정 말라고. 하지만 몇 번이고 꼬치꼬치 캐물어도 그 이상의 답변은 없었어요. 제가 보낸 라인은 다 읽은 걸로 나오는데."

행복한 듯이 미소 짓는 두 사람의 사진이 배경 사진으로 저장되어 있는 가에데의 스마트폰을 빌려 내용을 체크했다. 내용은 그녀가 말한 대로였다. 유령이나 제삼자가 구도인 척을 하고 보냈을 수도 있지만 단정할 수는 없다.

"그의 집에는 가봤어?"

"함께 살아요, 우리. 11월에 구도 씨가 살던 집을 정리하고 제 집으로 들어왔거든요. 결혼할 생각이라면 절약도 되겠다 싶어서. 회사에 알릴 타이밍을 재고 있을 때 이런 일이……." 가에데가 손수건으로 입가를 가렸다. 둘 다 부모님을 여읜 지 몇 년. 가까운 친척도 없다 보니 어느새 유일한 의지처가 되었다. 믿을 수 있는 사람은 서로에게 서로뿐이다.

"하지만 그 사촌이라는 사람이 있지 않아?"

"네, 뭐."

가에데가 얼굴을 찌푸렸다.

"구도 씨보다 꽤나 연상인 사촌으로, 이름은 구도 라이카라고 해요. 가까운 친척이라고는 그 사람뿐이라는데, 저는 만난 적이 없어요. 구도 씨가 말하기를 예술가 기질의 자기중심적인 사람으로 만나도 저는 안 좋은 경험만 할 거라며. 그래서 연락처도 몰라요. 하무라 씨, 부탁이에요. 구도 씨를 찾아주시면 안 될까요? 하루라도 빨리 회사로 복귀해 사죄하지 않으면 해고당할지도 모르고, 무엇보다…… 왜 돌아오지 않는지조차……."

또 그 저주 이야기가 나오나 긴장했는데 나온 것은 은행 봉투였다. 가에데가 그것을 내 쪽으로 밀었다.

"일단 선금으로 10만 엔을 준비했어요. 어머니의 생명보험금은 손도 대지 않고 그대로 있으니 경비도 제대로 지불할게요. 부탁이에요. 그이를 찾아주세요."

가에데가 깊숙이 고개를 숙였다가 바로 "잠깐 실례할게요" 하고 입을 막고는 카페를 뛰쳐나갔다. 뒷모습을 지켜보다가 한숨이 새어나왔다. 이제야 알아차렸지만 가에데는 임신 중이다. 임신부에게 이렇게 부탁을 받으면 거절할 수가 없다.

돌아온 가에데에게 10만 엔을 받았다는 영수증을 써서 건네고 사무소로 돌아왔다. 출산 비용을 내가 갈취한 듯한 기분이었다. 가능한 빨리 결과를 내는 편이 좋을 것 같다.

가에데에게 들은 정보를 간단히 정리했다.

구도 쓰요시는 사이타마 현 가와고에 태생으로, 원래는 고교야구 선수 출신. 도쿄의 교아이 대학교에 진학했으나, 부모님이 연달아 병에 걸려 학비를 댈 수 없어서 중퇴했다. 고등학교 야구부 부장교사의 소개로 12년 전에 히이라기 경비SS에 입사. 이후, 고향인 사이타마 현 영업소에 소속되어 근처의 작은 현장을 전전했으나, 3년 전에 아버지가, 2년 전에는 어머니가 돌아가셨다. 이후 본가를 처분함과 동시에 도쿄로 전근을 희망하여 이동, 나카노에서 가에데와 알게 되었다.

큰 프로젝트에 관련되지 않았던 것은 부모님의 병환 탓도 있었을지 모르지만, 본인의 성격 탓일지도 모른다. 가에데의 이야기를 통해 엿보이는 구도는 다정하면서 힘은 세고, 사소한 일은 신경 쓰지 않는 타입인 모양이다. 항상 웃는 얼굴로, 부탁을 받으면 싫은 내색 없이 들어주고, 몸집은 거대한데 그 몸집으로 남을 위협하거나 하는 것도 어려워한다고 했다.

친구로서는 최고일지 모르지만 일반적으로 필요로 하는 경비원의 모습은 아니다. 이래서는 빈 빌딩의 경비 정도밖에 맡길 수가 없다. 더불어 그 일조차 실수했다. 어딘가에 짱박혀서 나오지 않는 것도 당연한 일일지 모른다.

컴퓨터로 검색한 결과, 가와고에 근처 고등학교 야구부 공식 트위터에서 구도의 이름을 발견했다. 이나무라 신이라는 당시의 부장교사는, 현재는 퇴직해서 본가인 메밀국수집 일을 도우며 상점가의 사회인 야구팀에 참가 중이라는 글이 있었다. 그 상점가에는 '이나무라'라는 이름의 메밀국수집이 있었다.

이나무라 신은 처음에 전화기 너머에서 사랑하는 제자의 개인정보는 반드시 사수하겠다는 자세였지만, 임신 중인 약혼녀의 부탁으로 그를 찾고 있다는 말을 듣자마자 수비 자세가 무너지더니, 약혼녀는 구도 씨에게서 선생님에 대한 이야기를 자주 들었다고 합니다, 라고 말을 이어가니 크게 기뻐하면서 입이 가벼워졌다.

"아니, 구도와는 오랫동안 만나지 못했네. 연하장은 받았지만. 조만간 선생님께 보고드릴 일이 있다는 문구가 적혀 있었는데 그게 약혼녀의 일이었나? 그저께 신년 참배를 갔던 가와고에 하치만구 신사에서 구도의 동기 몇 명과 우연히 만났거든. 그때 연말에 가와고에 역에서 구도를 봤다는 이야기도 나왔는데, 연말연시가 가장 바쁜 경비원이 여기 있었을 리는 없겠지. 3년 전에 도쿄로 상경했었지, 아마? 으음, 부모님이 연달아 돌아가신 탓도 있지만, 녀석에게는 성가신 사촌이 있어서 말이지. 예술가라면서 이상한 그림을 그리거나 고구마밭에서 누드 사진을 찍거나 했었어. 인터넷이나 갤러리에 작품을 전시했던 것 같은데 별로 팔리지는 않았나 봐. 그래서 돈이 궁해지면 뻔질나게 구도를 찾아오는 거지. 구도는 마음이 약하니 다소는 돈을 융통해준 모양인데, 부모님 입원비를 위해 준비해둔 돈을 멋대로 가지고 가거나, 작은아버지나 작은어머니의 치료보다 자신의 예술이 세상을 위해 훨씬 도움이 되는 일이라는 식으로 입을 놀려서, 그 말에는 구도도 화를 내며 연을 끊었지. 하지만 그 여자는 낯짝이 두껍거든. 부모님 장례식에 태연한 얼굴로 와서는 유산 분배를 요구한 거야. 그래서 그 사촌과 거리를 두고자 했던 게 아닐까?"

이나무라는 구도 라이카의 연락처는 알지 못하며, 알 것 같은 사람도 모른다며 아쉬운 듯이 말했다.

"혹시 모르니 야구부 녀석들에게 물어볼까? 가와고에 시내에 아틀리에가 있다고 하니 누군가 알지도 몰라."

모처럼의 호의지만 사양했다. 탐정이 움직이면 풍파가 인다. 그것은 어쩔 수 없지만, 보건대 좁은 인간관계인 마을에 누군가가 행방불명되었다는 소문이 흐르는 것은 최소한으로 막고 싶다. 라이카는 악명이 자자한 데다 자기현시욕도 상당한 것 같으니 분명 쉽게 찾을 수 있다.

통화를 끝내고 검색을 했더니 예상대로 3분도 채 지나지 않아 질릴 정도로 라이카의 얼굴과 몸 사진을 바라보게 되었다.

'자신의 몸 자체가 아트'라는 식으로 생각하는 걸까? 라이카는 눈이 크고 콧대가 오뚝해 맹금류를 연상시켰다. 달마다 머리색이나 눈빛을 바꾸는데, 아무리 이상한 색이어도 그 개성적인 생김새와 잘 어울렸다. 무너지기 시작한 신체 라인을 그대로 노출시켜도 메이크업이 너무 파격적인 탓에 그리 눈에 들어오지 않았다. 그것까지 다 생각해서 그러는 것인지는 모르겠지만.

그녀가 다루는 작품은 도자기에서 조각, 회화, 사진에 이르기까지 다양했다. 액세서리 디자인에 열중해서 스페인에서 공부 중이라는 글이 있나 하면, 가토 도쿠로(일본의 유명한 도예가—옮긴이)에 푹 빠져서 점토와 씨름 중이라는 사진을 올리지 않나, 최근에는 화가인 이구치 가즈마를 신으로 떠받들며 매일같이 절찬 중이었다.

하지만 며칠 전에 "얼마 후 중요한 계획을 실행"이라는 의미심장한 문구를 마지막으로 갱신은 멈춘 상태다.

게시물들을 거슬러 올라가, 재작년 가을에 가와고에 시내의 그녀의 거주지 겸 아틀리에에서 열린 이벤트 공고를 발견했다. 연말에 가와고에 역에서 구도를 목격했다는 소문과 "사촌을 만나면 돌아갈 테니"라는 연락, 그리고 구도의 단순한 성격을 더하니, 이 거주지 겸 아틀리에가 현재 그가 있을 것 같은 가장 유력한 장소라고 생각되었다. 만약 그곳에 없더라도 라이카의 지인을 만나게 될지도 모르고, 라이카가 어디 있는지 알게 되면 그 바로 근처에 구도가 있으리라.

전철을 여러 번 갈아탄 끝에 혼가와고에에 도착했다. 생각보다는 가까웠다. 사무소를 나온 지 약 한 시간 후에는 역 앞에서 택시에 올라타 라이카의 아틀리에로 향했다.

택시는 소송채나 참마가 자라는 널따란 밭 한복판에 있는 오래된 단층집 앞에 멈췄다. 거무스름해진 벽돌담과 안채 사이에는 낡은 자전거나 녹슨 함석이 널브러져 있으며, 사람의 손길이 제대로 닿지 않은 식물이 말라비틀어져 있었고, 현관의 미닫이문은 기운 채 틈이 크게 벌어졌다. 초인종을 아무리 눌러도 반응이 없었다.

담벼락을 따라 집을 한 바퀴 돌았다. 가옥 남쪽은 담벼락이 중간에 끊겨 정원으로 들어갈 수 있게 되어 있었다. 소리를 내며 정원으로 들어가 안채로 다가갔다. 알루미늄 섀시 안쪽에 툇마루가 있고 그 안쪽에 다시 섀시가 있었는데, 그 창은 열려 있었고, 새빨간 매화 모양의 이불을 덮은 탁상난로가 보였다.

그 탁상난로 아래로 쓰러져 있는 구도 쓰요시의 몸이 보였다.

3

"가에데에게 걱정하지 말라는 식으로 연락했는데⋯⋯."

구도는 새빨간 얼굴로 헉헉대며 갈라진 목소리로 그렇게 말했다. 요란한 핑크색 덧옷을 걸치고, 반질반질한 트레이닝 바지를 입고, 머리에는 젖은 수건. 창관에 장기 투숙 중인 한량 같다.

"그런데 설날 아침에 일어났더니 열 때문에 몽롱해서. 설마 그거 꿈이었나요? 큰일 났네."

"연락을 하기는 했는데, 그 내용으로는 무슨 일이 일어났는지 오히려 더 알 수가 없어서 가에데 씨 걱정이 더 커졌지만."

나는 정원에 선 채 멀리서 말했다. 그가 머리에 베고 있던 방석을 툇마루에 놓고 앉으라고 권했지만 단호히 거절했다.

구도는 이따금 심하게 기침을 하며 그 기침을 손으로 그대로 받았다. 빈 도시락 용기와 물병, 산더미 같은 휴지, 약, 수건이나 손수건 등이 널브러져 있고, 얼마간 머리도 감지 않고 세수도 하지 않은 듯한 그의 체취에 탁상난로의 열기가 더해져서 뭐라 말할 수 없는 악취가 발생했다. 냄새만이라면 참을 수 있지만 바이러스는 사양이다. 섣달그믐날부터 오늘까지 여기 쓰러져 있었다면 독감이리라. 가능한 가까이 다가가고 싶지 않다.

"어제까지 목소리도 제대로 안 나왔거든요. 이런 상태로 전화를 하면 더 걱정할 거라 생각해서. 게다가 혹시라도 여기 오기라도 하면 더 문제라."

구도는 나른한 듯이 귀를 긁었다. 임신 중인 애인을 걱정해서 혼자서 버텨내려 하는 것은 대단한 근성이기는 한데……

"왜 유령 빌딩의 경비를 내팽개치고 이런 곳에서 혼자 새해를 맞이하게 된 거지? 회사도 댁이 도망쳤다고 생각하는 것 같던데."

"네? 말도 안 돼."

구도는 탁상난로 위의 물병을 손에 잡았지만 물이 없는 것을 알아차리고 아무렇게나 내던졌다.

"클라이언트가 명령했거든요. 라이카를 데려오라고. 찾아내기 전까지 돌아오지 말라고. 때문에 이렇게 라이카를 기다리는 것도 훌륭한 일…….”

구도가 심하게 기침을 했다. 나는 한 걸음 더 물러난 후 물었다.

“병원에는 갔어?”

“갔는데 문을 안 연 꿈을 꾼 듯한……. 아, 목말라. 한참 동안 아무것도 못 먹었고.”

구도는 빈 밥그릇 옆에 선 강아지 같은 눈망울로 나를 보았다.

어쩔 수 없이 먹을 것을 사러 나섰지만 주위에 점포가 보이지 않았다. 근처 자동판매기에서 차와 스포츠드링크를 사서 돌아왔다. 마스크를 하고, 변장용 도수 없는 안경을 끼고, 숨을 멈추고, 툇마루를 통해 집으로 들어가 마실 것을 구도에게 건넸다.

스포츠드링크를 벌컥벌컥 마시는 구도를 곁눈질하며 쓰레기더미를 넘어 탁상난로 옆을 지나 안쪽으로 나아가니 부엌이 있었다. 낡았고 타일이 군데군데 벗겨져 있었으나, 의외로 깔끔한 개수대 옆에 1구짜리 가스레인지가 있었다. 냉장고 안의 말라비틀어진 파와 양파, 유통기한이 모레까지인 계란, 찬장에는 캔과 즉석밥이 있었다. 성냥으로 가스레인지에 불을 붙이고 죽을 끓였다.

완성되기를 기다리는 동안 구도를 재촉해서 가에데에게 연락을 시켰다. 사죄와 설명과 연애질을 하는 그들의 통화에 귀를 쫑긋 세우고 집 안 쓰레기를 정리했다. 다른 의도가 있어서가 아니다. 훔쳐 듣는 것도 쓰레기통을 뒤져보고 싶어지는 것도 캔버스가 가득 찬 벽장 안을 들여다보고 싶어지는 것도 탐정의 천성이다. 그 결과, 아마 1주일 전부터 라이카는 이 집에 돌아오지 않았다는 결론을 내렸으나, 그 사실을 알았다고 뭐가 어떻게 되는 것도 아니다. 구도를 찾은 것으로 내 일은 끝났다.

통화가 끝날 즈음 죽이 완성되었다. 냄비째 탁상난로로 옮긴 후 돌아갈 준비를 하고 있으니, 이번에는 가에데에게서 내 쪽으로 연락이 왔다.

"역시 프로는 다르시네요. 의뢰한 지 세 시간 정도밖에 안 지났는데 벌써 구도 씨를 찾아내다니."

"그게 일이니까. 경비를 계산한 뒤 잔금을 돌려줄게."

"그 돈으로 라이카 씨도 찾아주세요."

"……뭐?"

가에데가 재빨리 말했다.

"왜냐면 그녀를 찾지 못하면 그이가 큰일이거든요. 자세한 건 구도 씨에게 들어주세요. 잘 부탁드릴게요. 아, 죄송해요. 갑자기 몸이 안 좋아져서."

전화가 끊겼다. 나는 이를 빠득 갈면서 스마트폰을 집어넣었다. 의뢰인이 동일하더라도 의뢰 내용이 별건이면 원래는 별도 요금이다. 하지만 "의뢰한 지 세 시간"이라 강조하면 그 말을 꺼내기 힘들다. 더불어 상대는 임신 중이다.

구도에게 이야기를 들었다. 열 때문인지, 아니면 원체 논리정연하게 말을 잘 못하는지 사정을 파악하기까지 시간이 꽤 걸렸다.

"와세다 길의 '하야시다 빌딩'의 야간 경비를 맡게 된 직후, 라이카에게 연락이 왔어요. 빌딩 앞을 지나가다 우연히 내가 경비를 서는 걸 봤다며. 할 이야기가 있으니 일이 끝나면 나오라고. 거절했지만, 그 인간, 남 이야기를 듣질 않아서요."

그래서 근무가 끝난 30일 아침에 나카노 브로드웨이의 카페에서 라이카와 만났다. 그녀에게는 일행이 두 명 있었다. 받은 명함에 따르면 한 명은 프리랜서 카메라맨 아라카와 요시유키. 다른 한 명은 '산도 개발' 부동산 관리기획과 대리 후치가미 스바루. 카페 계산은 그가 하고, 회사 앞으로 영수증을 끊었다.

"이상한 3인조였어요."

구도가 점잔 빼듯 말했다.

"라이카는 그 나이 먹고 머리는 핑크색이고, 아라카와 씨도 오십은 넘은 것 같은데, 라이카의 머리색과 같은 색 목도리인 거예요. 게다가 다들 커피를 주문했는데, 혼자만 생크림을 토핑한 나고야식 토스트를 주문하고는 리필까지 부탁하더라고요. 후치가미 씨는 양복 전단지 모델이 현실에 그대로 나온 듯한 느낌으로, 진짜 회사원이구나, 하는 느낌? 하지만 마스크를 하고 있어서 얼굴을 제대로 보지 못했지만."

그 후치가미가 오늘밤 10시에 갈 테니 세 사람을 '하야시다 빌딩'에 들어갈 수 있게 해달라고 했다고 한다. 이 일은 상사에게도 동료에게도 절대로 발설하지 말라고도 다짐받았다.

"왜 한밤중에?"

그 추위가 떠올라 온몸을 부르르 떨며 물으니 구도도 고개를 갸웃거렸다.

"글쎄요. 저도 이상하다고 생각했어요. 하지만 그 빌딩은 어차피 산도 개발 건물이고, 경비를 부탁한 것도 거기라서, 산도 개발의 사람이 말하면 그렇게 할 수밖에 없어요."

"하지만 그런 이야기는 보통 위쪽을 통해 들어오잖아? 당신 개인에게 말하는 게 아니라."

"그 사실을 지적했더니 라이카가 멱살을 잡더라고요. 다른 사람에게 알리고 싶지 않으니 이렇게 너에게 직접 부탁하는 거잖아, 하면서 소리까지 버럭 지르는 거예요."

그 자리를 피하려고 했으나 후치가미가 막았다. 그는 엄청 크게 코를 풀면서 "물론 히이라기 경비 쪽에도 이미 이야기를 해두었네. 빌딩에 들어가는 건 예술을 위해서인데, 경비원까지 세워서 일반인의 출입을 금지했는데 예술가들의 출입을 허가했다는 사실이 알려지면 이래저래 성가셔서" 하고 말했다.

그 설명을 듣고 납득이 되어 그날 밤 10시경, 화려한 머리색을 검은 니트 모자로 감추고, 그 밖에도 검은색 옷으로 통일한 라이카와 아라카와가 나타나 안으로 들여보냈다. 두 사람은 계단을 올라가고 구도는 1층에 남았는데, 그 30분 후, 몇 명의 남자들이 세 대의 차량에 나누어 타고 나타났다. 그들이 빌딩에 들어오려고 해서 그것을 막는 구도와 다소의 몸싸움이 있었다.

"나중에 알았는데, 그 녀석들 산도 개발 사원이었더라고요. 차에는 새파란 얼굴의 후치가미 씨도 타고 있었어요. 오키타 부장이라고 불리는 높은 사람에게 혼나더라고요. 그 소동을 틈타 라이카와 아라카와 씨는 비계를 넘어 건물 뒤쪽으로 도망친 모양이에요. 후치가미 씨가 이것저것 다 실토했는지 괜히 나한테까지 불똥이 튀어서 그 도망친 사촌을 데려오라며, 데리고 올 때까지 돌아올 생각하지 말라며 그

114

빌딩에서 쫓겨났어요."

구도는 죽을 다 먹고는 그래도 부족한지 숟가락을 핥았다.
나도 모르게 거친 말투로 말했다.

"그래서?"

"그래서……? 경비를 의뢰한 회사의 높은 사람이 하신 말
씀이니, 별 수 없이 서둘러 영업소로 돌아가 옷을 갈아입고
역으로 달려갔더니, 간신히 막차를 잡아탈 수 있어서 여기
온 건데요?"

"회사 사람들에게는 그 사실을 제대로 전했겠지?"

"그야 산도 개발 사람이 말해줬겠죠. 그런 이유로 라이카
가 돌아올 때까지는 여기 있을 수밖에 없어요. 빨리 돌아왔
음 좋겠는데."

구도가 천연덕스럽게 말했다. 현기증이 일었다. 자신의 입
장이 엄청 곤란해졌다는 사실을 전혀 모르는 모양이다.

연을 끊은 사촌이 침입을 계획했던 빌딩에 '우연히' 경비
를 맡았다. 들이닥친 남자들이 산도 개발이라고 소속을 밝
히지 않았을 리가 없음에도 그들을 막아 라이카 일행이 도
망칠 시간을 벌어주었다. 회사에는 아무런 보고도 하지 않
고 연락도 받지 않았다…….

이게 '저, 바보라서요' 정도로 끝날 문제인가.

나는 탁상난로를 세게 내리친 후 목소리를 낮추고 말했다.

"그래서? 얼마나 받았어?"

구도가 어색한 미소를 지으며 눈을 피했다.

"에, 에이, 갑자기 무슨 말씀이세요."

"조사하면 다 나와. 네 이야기는 순서가 반대잖아. 라이카의 명령으로 모두가 싫어하는 유령 빌딩의 경비를 자청한 거지? 아무도 없는 한밤중에 세 명이 빌딩에서 뭔가를 하려 했고, 그걸 돕기 위해. 왜? 돈 때문에? 그게 아니면 사촌에게 약점이라도 잡혔어? 혹시 옛날에는 연인 사이였다든가? 부모님의 죽음을 계기로 고향을 떠난 건 그녀와의 사이를 청산하기 위해서 아니야? 열 때문에 편한 복장으로 있고 싶은 마음은 알겠지만, 그것만으로는 여자의 트레이닝복을 입거나 하지는 않아. 안 그래?"

구도는 반질거리는 트레이닝복을 입은 채 탁상난로에서 뛰어나와 다다미에 두 손을 대고 무릎을 꿇었다.

"죄송합니다. 가에데에게는 비밀로 해주세요. 부탁입니다."

아라카와와 후치가미의 명함을 내놓으라고 한 뒤, 걸어서 역으로 돌아왔다. 아라카와의 명함에는 주소가 적혀 있었다. 도쿄 무코지마. 가와고에 쪽에서는 가기 힘든 방향이다. 고민 끝에 아사쿠사에서 걸어갈 생각으로 도부도조 선 열차에 탑승했다. 이케부쿠로에서 야마노테 선, 우에노에서 다시 지하철로 갈아타야 한다.

때는 이미 3시가 넘어 열차 안은 붐비기 시작했다. 나는 연결 통로 쪽에 몸을 기대고 생각을 정리했다.

구도와 라이카의 관계는 옛날 일이 아니었다. 라이카는 최근에 구도를 유혹했고, 가에데가 임신한 것도 있어서 구도는 그대로 함정에 빠졌다. 때문에 그 빌딩 경비를 맡게 되었고, 용건이 끝날 때까지 아무도 안에 들어오지 못하게 하라는 라이카의 명령을 거절하지 못했다.

"하지만 정말로 그것뿐이에요."

구도는 무릎을 꿇은 채 울 것 같은 얼굴로 말했다.

"자세한 건 말해주지 않아서 세 명이 그날 밤 빌딩에서 무슨 일을 하려 했는지는 전혀 몰라요."

"뭔가 돈이 될 거라도 가져나올 생각이었던 거 아닐까?"

그런 일이 아니라면 종무식도 끝난 연말 늦은 밤에 대기업 부장이 씩씩거리며 부하를 데리고 오거나 하지는 않으리라.

"글쎄요. 아라카와 씨가 커다란 짐을 들고 있었는데, 카메라 기자재라고만 생각했어요. 애당초 그 빌딩에 가져나올 만한 게 있었나."

그도 그렇다. 나도 잠깐 생각했다가 고개를 저었다. 하야시다 빌딩은 난장판이었다. 돈이 될 것은커녕 커튼이나 블라인드, 소화기를 고정하는 금속 등 일반적인 폐 빌딩이라면 남아 있을 만한 것조차 보이지 않았다. 그럴 법한 것들도 불량 청소년들이 남김없이 밖으로 던졌을 것이다.

"아……."

구도가 자세를 바로 하고 고개를 갸웃거렸다.

"그러고 보니 그때 라이카가 화가 이야기를 했었어요. 이구치 뭐시기……."

"이구치 가즈마."

"맞아요. 그런 이름이었어요. 라이카가 푹 빠져 있더라고요. 이구치는 신이라고 말했어요. 신에게 다가갈 수 있다면 무슨 짓이라도 하겠다고……."

열차가 역에 정차했다. 스마트폰이 울려서 제정신을 차렸다. 경시청의 군지였다. 마침 눈앞에 빈자리가 나서 나중에 연락하기로 하고 앉아서 태블릿 PC를 꺼내 이구치 가즈마를 검색했다.

일본계 미국인 3세인 아버지와 일본인 어머니 사이에서 태어난 이구치는 부모님의 이혼 후, 어머니를 따라 일본으로 귀국. 고엔지 예술대학교 재학 중에 유명한 상을 수상하여 장래가 촉망되었으나, 교통사고를 당해 기억력에 장애가 생기는 등 정신적으로 불안정해졌다. 한곳에 머무르지 않고 방랑을 거듭하며, 고속도로 교량, 철도 고가 밑, 주차장 벽

등에 무단으로 그림을 그렸다.

1993년에 일본을 떠나 유라시아 대륙을 횡단. 프랑스에서 민가 벽에 그림을 그리다 체포당하지만, 이 집은 미술 평론가 미셸 포트리에의 옆집이었다. 당초 이구치의 그림은 그림이라기보다 페인트를 마구잡이로 뿌린 것으로 보였지만, 사실은 그렇게 보이도록 하나하나 세밀하게 점으로 구성되어 있으며, 더구나 일정 높이, 일정 각도에서 보면 사람의 얼굴이 떠오른다는 사실을 알아차리고 포트리에가 감탄을 마지않았다. 이구치의 발자취를 거슬러가 십수 점의 작품을 발견한 후 "이구치의 특징은 착시 기법을 사용하면서, 생명의 환희를 대담한 필치로 표현한 점이다"라며 높이 평가했다.

인터넷에 올라 있는 이구치의 작품 사진을 체크했다. 세상에서 인정받은 2년 후에 사망한 이유도 있어 수는 많지 않다. 그림의 성질이 성질인 만큼 그림을 그리는 도중 쫓겨나거나, 낙서로 생각해서 지웠으리라. 10년 정도 전, 시마네현 어촌 방파제에 이구치의 그림으로 보이는 것이 발견되었으나, 감정도 하지 않고 방치된 채 빛바래고 파도에 침식당했다. 이 이야기는 작년 봄에 벨기에 차량기지 벽에서 뜯어낸 이구치의 그림이 경매를 통해 시카고 미술관이 700만 달러에 낙찰 받았다는 뉴스와 함께 전해졌다.

이거 설마.

나는 하야시다 빌딩을 머릿속에 떠올렸다. 설마 이구치가 그 빌딩 벽에 그림을 남기는 일이 있을 수 있을까? 페인트 자국과 낙서 중에 이구치의 그림이 섞여 있었다는 것일까? 그러고 보니 자살한 중국음식점의 "아들은 사람이 좋아 가난한 학생이나 예술가들에게 공짜로 밥을 주거나, 건물의 한 방을 내주기도" 했다고 했다.

하야시다 빌딩에는 호사가들이 들락거린 탓에 이미 많은 사진이 인터넷이 올라와 있었다. 이구치의 열광적인 팬이었던 라이카라면 사진 속에서 이구치의 흔적을 발견했을 가능성이 있다. 혹은 빌딩 관리를 담당했던 후치가미가 알아차리고 사진을 찍어 라이카에게 보여주었다든가.

아니, 애당초 그 빌딩이 유령 빌딩이 되어버린 것이 이구치의 그림 탓이라면? 빌딩 안에 들어온 사람의 뇌리에 무의식중에 '사람의 얼굴'이 새겨진 탓에 귀신이 나왔다, 혹은 뭔가를 봤다고 생각하는 사람이 속출하고, 거기에 2대 사장의 자살 소문이 더해져서 하야시다 빌딩이 심령 명소가 되었다고 하면 말은 된다.

가와고에를 떠난 지 한 시간 만에 아사쿠사 역에 도착했다. 관광객이나 기모노 차림의 참배객으로 붐비는 거리를 걷고 있으니 다시 군지에게 연락이 왔다. 나중에 전화를 걸기로 하고 고토토이 다리까지 가서 스미다 강을 건넜다. 해가 져서 가로등이나 네온사인이 반짝이고 사람들의 발걸음도 빨라졌다. 그것을 거부하듯이 느긋하게 걷다 보니 달떴던 머리가 식기 시작했다.

대체 왜 흥분하고 그런 거지? 내 일은 구도 라이카를 찾는 것. 그뿐이다.

미토 가도에서 방향을 틀어 무코지마로 들어가니 아사쿠사 외곽의 번잡함이 거짓말처럼 사라지고 통행인들도 줄어거리는 어두워졌다. 스카이트리만이 우뚝 솟아 하얗게 빛났다. 올려다보니 그 위압감은 어쩐지 무서울 정도였으나, 걷고 있는 길에는 마트에서 파는 싸구려 정월 장식을 단 주택들이 늘어서 있었다. 퇴근길로 보이는 여성이 슈퍼마켓 비닐봉투를 들고 발걸음을 재촉했으며, 앞과 뒤에 아이를 태운 자전거가 질주하는 한편, 오른손에 술병을 든 노인이 휘적휘적 걷고 있었다. 노인은 아주 조금 전진했다가 한숨을 쉬고 멈춰 섰다가 다시 조금 전진했다.

아라카와의 명함에 적힌 주소는 5층짜리 빌라의 4층이었다. 1층이 주차장, 2층 위쪽으로는 주거지. 한 층에 네 가구. 회반죽풍의 흰 벽. 오래되어 보이는 건물이지만, 베란다가 스카이트리 방향이라면 집세가 꽤나 비싸겠다는 생각을 하며 입구 쪽으로 돌아갔다. 우편함에서 '아라카와 포토 오피스'라는 팻말을 확인 후, 낡은 엘리베이터를 타고 4층으로 올라갔다.

초인종을 누른 뒤 잠시 기다렸다. 반응이 없어서 한 번 더 누르려고 손가락을 앞으로 내민 순간 달그락거리며 문이 열리고 남자가 나타났다. 얼굴은 마스크, 이마에는 해열 패치. 머리에는 후드, 온몸은 폭신해 보이는 가운 같은 것을 두르고 있어서 보이는 것이라고는 충혈된 눈 주위뿐이다.

그는 괴로운 듯이 기침을 하며 "뭐야?" 하고 말했다. 나는 손잡이에 손을 댄 채 말을 꺼냈다.

"갑자기 죄송해요. 프리랜서 카메라맨 아라카와 요시유키 씨인가요? 부탁을 받아서 구도 라이카 씨를 찾고 있는데요."

아라카와가 눈을 크게 뜨더니 기침을 하며 마스크를 벗었다. 커다란 얼굴이 그대로 드러나며 기침 탓에 비말이 튀었다. 나도 모르게 뒤로 물러나자 문이 세차게 닫혔다. 손이 손잡이에서 미끄러지고 문이 달칵 닫혔다. 그 순간, 자물쇠가 잠기는 소리가 울렸다.

······어라?

혼자 복도에 남겨진 채 멍하니 있으니 스마트폰이 울렸다. 도토종합리서치의 사쿠라이였다.

"하무라, 큰일 났어."

사쿠라이가 호들갑을 떨었다. 조용한 빌라 안에서 큰소리를 낼 수도 없어서 일단 밖으로 나가려고 외부 복도를 걸으며 작은 목소리로 말했다.

"사쿠라이 씨, 내가 지금 좀 바빠서."

그는 내 말을 들으려고도 하지 않고 목소리를 높였다.

"그러니까 큰일이라고 말했잖아. 연말에 네게 부탁했던 경비 아르바이트."

"……나카노의 하야시다 빌딩?"

"오늘 아침, 그 빌딩에서 사체가 발견되었어. 여성의 사체래."

4

"오늘 이른 아침, 해체 공사를 하러 온 작업원이 건물과 비계 틈에서 사체를 발견했대."

나는 빌라 입구 앞을 왕복하며 가에데에게 설명했다.

"그…… 라이카 씨의 사체라고요?"

전화 너머에서 가에데의 목소리가 떨렸다. 태교에 안 좋은 이야기지만 보고를 안 할 수도 없다.

"신원을 확인할 수 있는 걸 가지고 있지 않아서 단정은 할 수 없지만, 40대 중반의 여성, 복장은 검은색, 머리는 핑크색. 구도 씨에게 들은 라이카 씨의 스타일과 동일해."

"말도 안 돼. 그…… 언제 죽었나요?"

"그건 아직 모르겠어."

내일 사법 해부가 실시될 거라고 사쿠라이가 말했다. 검시는 일단 끝났을 텐데도 사망 추정 시각을 알 수 없다는 것은 죽은 지 상당한 시간이 지났다고 보아야 하리라. 과학수사가 발전되었다고 하나, 사망 시각은 사체가 놓인 상황에 의해 좌우된다. 그 추위 속에 방치되었던 사체의 사망 시기를 특정 짓는 것은 쉽지 않을 거란 생각이 들었다.

"언제 죽었는지 모르는 건가요? 그런 거 무책임하잖아요?"

가에데가 갑자기 폭발했다.

"저, 하무라 씨에게 부탁했잖아요. 라이카 씨를 찾아달라고. 그런데 사체라니 그게 뭔가요? 그런 의뢰는 하지 않았어요. 라이카 씨를 산도 개발 부장에게 데려가지 않으면 구도 씨의 입장이 불리해진다고요."

과도한 스트레스를 견딜 수 없게 되었으리라. 완전한 억하심정이지만 그것은 어쩔 수 없다 치고, 이제부터는 더 곤란한 설명을 해야 한다.

"경찰은 내일, 사법 해부를 실시할 예정이라고 해. 즉, 이건 사건이라는 말이지."

"……사건?"

얼마간의 침묵 후 가에데가 중얼거렸다.

"발견된 사체에는 목이 졸린 흔적이 있었어. 온몸에서 상처나 타박상도 발견되었다고 하고. 말하자면 살인이라는 거지. 경찰은 하야시다 빌딩에 출입했던 전원을 조사할 거야. 라이카 씨의 가족에게도 사정을 확인할 거고. 구도 씨는 이중의 의미로 수사 대상자가 된 거야. 이렇게 된 이상은 자발적으로 경찰에 가서 알고 있는 사실을 솔직하게 말하는 편이 좋아."

경찰은 히이라기 경비와 빌딩 소유주인 산도 개발 양쪽 모두에게 이야기를 들을 것이고, 그렇게 되면 구도가 라이카의 부탁을 받아 그녀를 빌딩 안에 들였다는 사실도 들통날 것이다.

"관할은 나카노아라이 경찰서인데 나도 바로 출두해서 구도 씨를 변호해둘게. 조사 내용을 전하고 수사에 적극적으로 협력하면……."

"그런 거 안 돼요."

가에데가 다시 폭발했다.

"왜 일부러 탐정을 고용했다고 생각해요? 그이가 무사히 회사로 돌아올 수 있게 하기 위해서라고요. 경찰 문제로 번지는 일은 있어서는 안 돼요. 우린 결혼해서 아이를 낳고 키울 거라고요. 그 누구도 방해하게 두지 않겠어. 살인사건 따위는 우리와는 상관없어. 그런 거, 하무라 씨가 해결하세요."

"……뭐?"

"돈은 아직 남았죠? 의뢰한 지 반나절 정도밖에 지나지 않

126

았으니. 경찰이 그이에게 도달하기 전에 살인범을 잡아주세요. 잘 부탁해요. 아, 기분이 안 좋아서."

당돌하게 통화가 끊겼다. 나는 어이가 없어서 그 자리에 못 박힌 채 서고 말았다. 살인범을 잡으라고? 뭐야, 그게.

게다가 신속하게 사건이 해결된다 해도 참고인 조사는 피할 수 없다. 경찰은 공무원이다. 그들도 필요한 서류를 작성해야 하고, 그를 위한 권한과 강제력을 갖고 있다. 성가시고 아마 불쾌한 일을 겪게 될 테지만, 구도 입장에서 가장 좋은 것은 자진해서 시민의 의무를 다하는 것이다. 물론 그러는 편이 내게도 가장 좋다.

하지만 의뢰인이 이렇게 말한 이상, 조사를 통해 알게 된 사실을 내가 나서서 말할 수는 없다.

심호흡을 반복해서 진정한 후 사쿠라이에게 연락했다. 사쿠라이는 방금 전 통화 시, 경찰이 히이라기 경비 쪽에 하야시다 빌딩의 최근 1주일간의 경비 상황에 대해 문의를 했고, 히이라기 경비는 경찰보다 먼저 당시 경비를 담당했던 사람에게 직접 이야기를 들으려 한다고 전했다. 하지만 나는 먼저 의뢰인에게 보고하겠다고 양해를 구했다.

"일이 성가시게 되었군."

지장이 되지 않을 범위 내에서 가에데의 이야기를 하니 사쿠라이가 어이가 없다는 듯 한숨을 내쉬었다.

"하무라 주위에는 왜 이렇게 귀찮은 일이 끊이지 않는 거지?"

"무슨 남 일처럼. 그녀에게 백곰 탐정사를 알려준 건 사쿠라이 씨잖아."

처음에 경찰에 문의해달라는 의뢰를 받았을 때 나는 그녀에게 연락처를 알려주지 않고 나카노 역 안으로 도망쳤다. 히터 건으로 사쿠라이와 안면을 튼 가에데가 다시 내게 연락을 하려 했다면 당연히 그 연락처는 사쿠라이에게 물었을 것이다.

"우리 입장에서 히이라기 경비는 가족 같은 거라서. 그쪽에서 문의가 오면 기꺼이 알려줄 수밖에."

사쿠라이가 당당히 말하고는 한숨을 쉬었다.

"그건 그렇고 곤란하게 되었어. 산도 개발 쪽에서 엄청 난리를 치나 봐. 빌딩 해체 공사가 벌써 세 번째 연기거든. 그 일로 히이라기 경비에게 트집을 잡는 거야. 물론 산도는 비싼 돈을 내고 일부러 경비원을 고용했는데 사체가 나왔으니 대체 일을 어떻게 한 거냐고 할 만도 해."

"구체적으로는 산도의 누가 시끄럽게 구는데?"

"오키타 마사지라는 정보관리부 부장. 지금도 수렴청정을 하는 전 회장의 총애를 받고 있어서 사내에서도 나름의 권력을 갖고 있는데, 돈 관련해서는 안 좋은 소문이 많다는 이야기야."

"리베이트라도 요구하는 거야?"

흔한 이야기라 하품을 하며 물어보니 사쿠라이가 목소리를 낮췄다.

"그런 귀여운 수준의 이야기가 아니야. 여기서만 하는 이야기인데, M자금 사기와 관련되어 있는 거 아니냐는 말이 있어."

하품이 쏙 들어갔다.

"M자금……이라는 게 아직도 있어?"

"오래된 소문이지만 이게 의외로 믿는 사람이 많은지 아직도 피해자가 나오더라고."

자금 융통 문제로 고생을 하는 회사 사장에게 극비리에 융자 이야기를 꺼낸다. 전쟁 중에 군부가 국민들에게 공출시킨 귀금속이나 보석이 전쟁 후에 미군정GHQ에 압수되어 점령 후에 공작자금이 되었다. 이것은 미군정의 경제과학국장이었던 마켓 소장의 앞글자를 따서 M자금이라 불렸는데, 미군정이 철수할 때 수조 엔 규모의 자금 일부가 공산주의를 막기 위한 비자금으로서 어떤 고귀한 가문에게 건네졌고, 그 가문 사람의 지시로 만들어진 것이 '뭐시기 경제연구회'라는 것이다. 연구회는 일본에 유익한 기업을 선발하여 융자를 하는 것이 사명이다. 이번에 귀사는 대상 후보 중 하나로 선정되었으나 융자에는 우선순위가 있다. 만약 그 순위를 올리고 싶다면…….

"이런 식으로 말을 꺼내고선 수수료로 수백 만, 수천 만을 뜯어내는 것이 전형적인 M자금 사기인 거지. 최근에는 미 군정과는 관계없이 수수께끼의 거액 자금 관련된 융자 사기 건을 뭉뚱그려 'M자금 사기'라 부르고 있지만."

"보통 그런 이야기에 속나?"

"제삼자가 나중에 들으면 누구라도 그렇게 생각하겠지만, 사기꾼은 그걸 잘 활용하는 거지. 미리 연구회 이야기를, 예를 들면 단골 룸살롱 호스티스를 통해 사장의 귀에 들어가게 하거나, 관련 잡지에 인터뷰 기사를 싣고 싶다며 사장과 접촉해서는 극비리에 융자를 받아 회사를 키운 사람이 있다는 식으로 소문을 흘려두는 거야. 업적이 V자 회복을 한 기업의 실명을 꺼내거나 하면 더 효과적이고. 그런 식으로 몇 주간 여러 형태로 물밑 작업을 한 뒤에 천천히 독에 가두는 거야."

"그래서 오키타 부장은 어떤 역할을?"

"그 인간, 증조모가 귀족 출신인 듯해. 왕족과 함께 찍은 사진을 타깃에게 보여주고 슬쩍 뭐시기 연구회 이야기를 흘리는 거야. 그런 다음, 융자 이야기를 꺼낼 역할을 맡은 인간과 우연을 가장해서 타깃 앞에서 만나 친한 척을 하는 거지. 타깃 입장에서는 상장 기업의 부장과 친한 사람이라 하니 신용도가 올라가는데, 나중에 사기를 친 다음에는 '어딘가의 파티에서 만나서 명함을 교환했을 뿐 잘 모르는 사람입니다' 하고 시치미를 떼는 거야. 지난번에 이름이 거론되었을 때도 그런 식으로 체포를 피했다는 소문이 있어."

이 이야기를 하는 사쿠라이는 어째서인지 즐거워보였다. 이런 이야기는 다들 좋아한다. 재미있고 특별한 느낌이다. 그렇기 때문에 '어떤 고귀한 가문' 이야기에 속하는 것이리라. 그것은 그렇다 치고.

"그런데 좀 이상하지 않아?"

나는 주위를 신경 쓰며 사쿠라이에게 말했다. 아까 목격했던 술병을 손에 든 노인이 길 도중에 멈춰 서서 멍하니 입을 벌리고 하늘을 바라보는 중이다. 어딘가에서 창이 열리는 소리가 들리고 누군가가 심하게 기침을 했다.

"하야시다 빌딩은 입지가 나쁘지는 않지만 일등지도 아닌 작은 빌딩이잖아. 그걸 재건축한다고 부장이 몸소 현지까지 나설 정도의 프로젝트도 아니고. 아무리 뜨내기들이 빌딩 안을 어지럽힌다 해도 비용을 지불해서 빈 빌딩에 경비를 세우는 것도 곰곰이 생각해보니 이상해."

"아, 나도 그 생각은 했어. 하지만 산도가 히이라기 경비 쪽에 돈을 보내고 싶은 사정이 있는 게 아닐까 했거든. 그 왜 히이라기의 대표는 경찰 출신이니까."

사쿠라이가 말을 끊었다. 부동산 개발업자와 경찰 관료가 뒤에서 사이좋게 지낸다는 이야기는 텔레비전 경찰 드라마에서는 익숙한 시추에이션이다. 관료가 개발업자의 편의를 봐주고, 그 보답으로 관계가 없어 보이는 경비회사에 필요하지 않는 경비를 부탁한 뒤 거금을 치른다. 그 돈은 수년 후에 경비회사에 재취업한 관료의 보수가 된다.

있을 법한 이야기이기는 한데…….

"만약 그렇다면 오키타 부장이 소란을 피워서 히이라기 경비의 입장을 안 좋게 만드나?"

"으음. 그 말대로 확실히 묘하네."

사쿠라이가 신음했다.

"이 소동이 커지면 섣달그믐날에 경비를 맡았던 내 책임 문제로까지 번지는 거 아닐까? 어쩌면 그때 이미 사체는 있었을지도 모르고. 그렇게 되면 사쿠라이 씨 입장도 곤란하지 않나? 하지만 오키타 부장의 뒷사정을 알고 있으면……."

'어떻게든 손을 쓸 수 있지 않을까?'

사쿠라이가 내 말뜻을 알아들었다.

"알았어. 조사 좀 해볼게. 하지만 하무라, 히이라기의 나카노 영업소에는 제대로 출두하도록 해. 살인범을 잡은 다음에 가겠다고 하지 말고."

"그런 거 불가능하다니까."

"의뢰인에게 부탁을 받은 이상 무리할 것 같아서."

사쿠라이는 웃으며 전화를 끊고 나도 스마트폰을 집어넣었다. 사쿠라이가 운 좋게 오키타 부장의 약점을 잡을 수 있다면 다행이다. 그것을 교환 조건 삼아 구도의 입장을 조금은 좋게 만들 수 있을지도 모른다.

생각이 거기에 미쳤을 때 갑자기 정신이 퍼뜩 들었다. 우선은 아라카와다. 그에게는 최악의 문전박대를 당한 직후지만, 라이카의 죽음에 대해 알게 되면 대응이 바뀔지도 모른다. 나카노에 가기 전에 다시 한번 더 이야기를 들어보자.

어라, 잠깐만.

나는 내딛으려던 발을 멈췄다.

검은색 일색인 라이카를 구도가 목격한 것은 30일 오후 10시경. 그때 라이카는 아라카와와 함께 빌딩 위층으로 사라졌다. 그 후 오키타와 부하가 달려온 것인데, 구도의 말이 사실이라면 라이카와 마지막에 함께 있었던 것은 아라카와라는 것이 된다. 요컨대 살인범은 아라카와……?

아니, 꼭 그렇다고는 할 수 없다.

아라카와는 비계를 타고 넘어 도망쳤지만 라이카는 도망치지 못하고 오키타나 그 부하들에게 붙잡혀서 그들에게 살해되었을 가능성도 있다. 그렇다고 하면 오키타가 자신들에 대한 의혹을 숨기기 위해 일부러 소동을 벌이는 것도 있을 법한 이야기다. 해체업자가 올 때까지 하야시다 빌딩에 사체를 방치해두다 발견당한 것은 바보짓이지만.

과연 어느 쪽일까.

'이 사실을 알릴 경우 아라카와가 도망치기라도 하면 범인 결정일 텐데' 하고 생각한 순간, 군지에게 연락이 왔다. 다시 건다는 것을 깜박했었다. 이렇게 바쁠 때 무슨 일이람, 하고 생각했지만, 무슨 일이 있을 경우에는 반드시 이용하고 싶은 상대다.

받으려고 한 순간 근처에서 쿠웅, 하는 소리가 들렸다. 아까 그 노인이 이번에는 아라카와의 빌라 베란다 아래쪽 도로를 바라보고 있다. 나도 그쪽으로 움직이며 노인의 시선을 좇았다.

아스팔트에 커다란 가방이 떨어져 있었다. 어디서 온 것인지 위를 보았다. 아라카와가 빌라 4층 베란다 옆 배수관에 달라붙어 있었다. 커다란 륙색을 메고 모자를 쓰고 마스크를 하고 긴 코트를 입고는 허우적대며 발을 내밀어 계단으로 이어지는 연결 턱을 찾고 있다.

"위험해."

외쳤을 때에는 이미 늦었다. 아라카와는 손이 미끄러져 "아아아" 하고 비명을 지르며 낙하했다.

5

"하무라 씨도 나이를 먹을 만큼 먹었으니 범죄에 관련되는 일은 그만두시는 게 어떤가요? 불륜 조사라든가 가출인 조사라든가 평화로운 의뢰도 있을 텐데."

군지가 나카노아라이 경찰서 소회의실 테이블에 커피와 도넛을 내려두며 어이없다는 얼굴로 말했다. '원래 받은 의뢰는 가출인 조사였거든' 하고 맞받아치고 싶었지만 피로와 공복으로 말이 나오지 않았다. 무코지마 파출소, 스미다무코지마 경찰서, 나카노아라이 경찰서로 장소를 이동하며 같은 이야기를 몇 번이나 반복했다.

아라카와의 몸은 회반죽풍의 벽에 미끄러지다 도중에 여기저기 돌출된 곳에 걸려 속도가 줄었다. 끝내는 하늘을 본 채 지면에 떨어졌지만, 등에 멘 류색이 쿠션이 되었다. 그렇다 해도 4층 높이에서의 추락이다. 온몸에 타박상을 입어 꼼짝도 할 수 없는 상태였지만 의식은 있었다.

소동을 알아차리고 얼굴을 내민 근처 주민에게 신고를 부탁하고 아라카와 얼굴 근처에 무릎을 꿇었다. 충격으로 정신이 나가버린 그에게 말을 걸었다.

"당신이 라이카 씨를 죽인 거군?"

그는 괴로운 듯이 고개를 저었다.

"아니야. ……입을 막고 싶었을 뿐이야. 라이카는…… 자신이 잘못한 건 없다며 당당히 나가서 이건 예술이라고 주장할 생각이었어. 말리다가 비계널 쪽으로 억지로 끌고 도망쳤는데, 말을 듣지 않아서 내 머플러로……."

"목을 조른 거지?"

"입을 막았어. 그럴 생각이었어. 정신이 현관 쪽에 팔려 있어서……. 부장님이라고 불린 녀석이 엄청 살기등등한 탓에. 이구치 가즈마 건을 어디서 알고서는 후치가미를 들볶는 거야. 그랬더니 라이카가 엄청 발버둥을 쳤어. 그 녀석, 이구치 이야기만 나오면 흥분해서……. 근처에 있는데 들키면 안된다고 생각해서 얌전하게 만들려고 힘을 주었더니……. 정신을 차렸을 때는 머플러가 그녀의 목에……."

숨을 쉬지 않는 라이카를 내버려두고 도망쳤다. 어떡해야 좋을지 모를 때 몸 상태가 안 좋아져서 몸져누웠다. 오늘 갑자기 내가 찾아와서 라이카의 이름을 꺼냈다. 들켰다고 생각해서 깜짝 놀라 문을 잠그고 상태를 지켜보고 있으니 내가 빌라 입구 주위를 배회하며 누군가와 통화를 하는 것이 아닌가. 그 대화에 '산도'라는 단어가 섞여 있었다. 그래서 깜짝 놀라서 베란다로 도망치려 했다……는 것이리라.

사이렌 소리가 다가왔다. 아라카와가 기침을 하며 입속으로 뭐라 중얼거렸다. 제대로 들으려 했을 때 구급차가 바로 옆에 정차했다. 구급대원이 내려서 나를 밀치고는 척척 작업을 시작했다. 목을 고정하고, 륙색을 벗기고, 아라카와의 몸을 들것에 옮기고는 혈압을 재고, 병원에 연락했다.

그 훈련된 빈틈없는 동작에 방해가 되지 않도록 좀 떨어진 곳으로 이동하며 가에데에게 연락했다.

"살인범을 찾았어."

"……벌써?"

가에데는 말을 잊었다. 스트레스와 임신 호르몬의 영향으로 머리에 피가 올라 순간적으로 내뱉은 의뢰였는데, 설마 실현될 거라고는 생각하지 않았으리라. 그 마음은 이해가 된다. 나도 살인범을 붙잡을 수 있을 거라 생각하지 않았으니까.

사정을 설명하고 이번에야말로 경찰 조사에 협력하겠다고 말했다. 구도도 나카노아라이 경찰서로 출두를 부탁했다.

"이 타이밍에서도 출두하지 않으면 그의 입장은 더 안 좋아질 거야. 알겠지?"

가에데가 대답하기 전에 전화를 끊고 구도에게 연락했다. 그는 라이카가 죽었다는 사실을 알지 못했다. 꽤나 충격을 받은 모양이지만 실감이 없을 것이다. 바로 나카노아라이 경찰서로 출두해서 사촌의 신원을 확인하라고 말하니 귀찮아했다.

"내일 가면 안 되나요? 이미 어두워졌고, 춥고, 멀고. 감기도 아직 안 나았는데."

그 중간에 무언가를 삼키는 듯한 소리가 들렸다. 식기가 부딪히고, 텔레비전 소리로 들리는 웃음소리, 안녕히 가세요, 라는 여성의 목소리.

"······라멘 가게에 갈 정도의 체력이 있으면 문제없어."

"먹지 않으면 낫지 않으니 무리한 거라고요. 역시 감기에는 마늘이 들어간 뜨거운 라멘이 최고죠."

구도가 면을 씹으며 태연히 말했다. 꼭지가 돌았다. 생각해보니 나는 점심도 못 먹었다.

"꿍얼꿍얼 대지 말고 당장 나와. 나오지 않으면 너와 라이카의 관계를 밝혀버리겠어."

"네? 말하지 않겠다고 약속했잖아요? 전 무릎까지 꿇었는데. 가에데는 임신 중이라고요. 상처주기 싫어요. 게다가 탐정에게는 비밀 엄수 의무가 있지 않나요?"

"가에데에게는 말하지 않겠다고 약속했지. 하지만 상대가 법집행기관이라면 이야기는 달라. 더불어 경찰이 가에데에게 말할지 말지는 나하고 관계없는 일이고. 그게 싫다면."

"저, 저기, 바로 갈게요."

처음부터 이렇게 할 것을. 통화를 끝낸 후에야 실감했다. 구도는 가에데를 소중히 생각하고 있다. 병이 옮지 않도록, 걱정하지 않도록 신경을 쓰고 있다. 그렇다고는 해도 정말 둔감한 남자다. 아마 가에데는 두 사람의 관계를 이미 눈치챘을 것이다.

경찰에 문의해달라고 내게 부탁했을 때, 구도가 사라진 이유를 알지 못했던 가에데는 저주 걱정까지 했다. 그런데 구도의 수색을 의뢰하러 왔을 때에는 저주의 '저' 자도 꺼내지 않았다. 아마 그녀는 연초 3일 동안 구도의 짐을 조사해 그와 라이카의 관계를 나타내는 것을 발견했을 것이다. 구도가 전화를 받지 않는 것은 연상의 사촌과 함께 있기 때문이 아닌가 의심했다.

직접 찾아 나서지 않고 탐정을 고용한 것은 두 사람이 함께 있는 장면을 목격하여 결혼을 파탄내고 싶지 않았기 때문이다. 라이카가 죽었다는 이야기를 듣고 그렇게 화를 낸 것도 일이 어떻게 돌아가고 있는지 알 수가 없었기 때문이다. 아니면 구도를 의심했기 때문에……

군지가 가져온 도넛은 달고, 트랜스 지방산 냄새가 났다. 혈당치가 로켓처럼 급상승할 것 같았지만 한 입 베어 무니 멈출 수가 없었다. 순식간에 두 개를 먹어치우고 손가락에 묻은 설탕을 핥으며 시계를 보았다. 아침 8시가 넘었다. 새벽 4시경까지는 기억이 있지만 그 이후에는 기억이 없다. 이 회의실 테이블에 엎드려 자고 말았다.

간신히 목소리가 나올 수 있게 되어 도넛에 대한 감사 인사를 했다. 군지는 당연하다는 얼굴로 "저도 이번 일에 대한 이야기를 들을 수 있을까요?" 하고 말했다. 기절할 것 같았지만 거절할 기운도 없다. 다시 처음부터 이야기를 했다. 군지는 커피를 마시며 묵묵히 이야기를 듣더니, 내 이야기가 다 끝나자 다시 도넛 하나를 권했다. 먹이에 낚여 곡예를 부리는 바다사자의 마음을 알 것 같았다.

"경추나 척추 손상이 의심되는 탓에 아라카와의 부상도 가볍지는 않습니다만, 생명에 지장은 없는 것 같더군요."

도넛을 씹는 내게 군지가 말했다. 구도는 참고인 조사를 마치고 이미 돌아갔다. 경비회사 영업소에 들를 거라고 말했다고 한다. 아라카와는 오후에라도 입원한 병원에서 신문을 받을 것이다. 아마도 며칠 안에 구속 영장이 발부되리라.

"이해가 안 되는 건 아라카와와 라이카는 무슨 이유로 하야시다 빌딩에 들어가려 했던 걸까요? 이구치 가즈마와 관련이 있는 것 같았는데 하무라 씨는 어떻게 생각해요?"

당초 그 빌딩에 이구치 가즈마의 작품이 남아 있어서 그들이 그것을 훔치려 한 거라 생각했다. 산도 개발의 오키타 부장은 작품의 존재를 알아차렸지만 비밀로 했다. 그러고는 외부인의 침입을 막기 위해 경비원을 두었다. 후치가미는 그 이야기를 듣고 작품을 빼돌리려 했다. 인터넷에서 이구치를 검색하다 라이카가 이구치의 광팬이라는 사실을 알고, 그녀라면 이구치의 작품인지 감정해줄 수 있을 거라 생각해 라이카와 그녀의 연인인 아라카와를 끌어들였다.

그런 이야기라고 생각했다.

하지만 생각해보니 설령 작품이 있다고 해도 건축물에 직접 남긴 작품을 라이카와 아라카와 둘이서 해체하는 것은 불가능한 일이다. 그들은 건축 작업자도 아니고 굴착기 같은 중기도 필요하다. 늦은 밤에 벽을 부순다면 엄청난 소리가 나서 주위의 이목도 끌고 만다.

"게다가 라이카의 사진을 다 확인했는데 그녀의 관심은 무엇보다도 자신에게 있는 것 같더라고. 물론 이구치 가즈마의 열광적인 팬이기도 했지만. 만약 그 빌딩이 이구치와 관련이 있다는 사실을 알게 되었다면 그녀라면 어떻게 했을까?"

나는 코트 주머니에서 카메라의 메모리카드를 꺼내 군지에게 건넸다.

"아라카와의 카메라에 들어 있었어."

"……훔친 건가요?"

"낙하 충격으로 부서지지는 않았나 하는 마음에 카메라를 확인해준 거야. 다행히 카메라는 무사했고, 안에 담긴 사진도 볼 수 있었지. 그래서 데이터를 맡아둔 것뿐."

아라카와가 구급대원에게 필요한 처치를 받는 동안 류색을 방해가 되지 않는 곳으로 옮겼다. 그때 탐정의 피가 끓어올라서……. 아니, 친절한 마음이 발동했다.

군지는 나와 메모리카드를 번갈아보았지만, 이윽고 말없이 컴퓨터를 꺼내 메모리카드의 내용물을 확인했다. 사진이 들어 있었다. 몇 장인가 확인하고는 군지가 황급히 컴퓨터를 닫았다. 경찰 치고는 순진한 남자다.

"어이가 없군요."

잠시 후 군지가 벌게진 얼굴을 비볐다.

"12월 30일 한밤중이잖아요? 알몸이라니 춥지도 않았나요?"

"춥지."

나는 힘을 담아 말했다. 안 추웠을 리가 없다. 하지만 라이카는 오히려 그 시련에 도취되어 있지 않았을까? 극단적인 행동을 통해 신에 가까워지려 하는 인간은 옛날부터 많이 있었다. 라이카는 상식에서 벗어난, 아니 벗어나려 한 인간이었다. 한참 연하인 사촌과 자고, 숙부숙모의 입원비를 갈취하고, 머리색이나 눈동자 색을 바꾸고, 의외의 장소에서 누드 사진을 찍는다. 알기 쉬운 '비상식'을 연출하여 뭔가 되려고 허우적댔을지도 모른다.

신을 위해서라면 자신은 뭐든 한다…….

"예술가라는 건 잘 모르겠군요."

"내가 모르겠는 건 오히려 산도의 오키타 쪽이야. 그는 정말로 이구치 가즈마의 작품이 그 빌딩에 있다고 생각하는 건가?"

군지가 딸꾹질을 하더니 눈길을 피했다.

"저기 말이죠, 구도와 라이카와 살인범을 발견해서 하무라 씨의 일은 끝난 거잖아요? 더 이상 쓸데없는 일에 머리를 들이밀지 않는 편이 좋아요."

"……뭐?"

"그거 아세요? 산도에 후치가미라는 대리가 있었는데, 연말부터 행방불명 상태예요. 어디로 사라졌는지 아무도 모른다더군요. 소문으로는 오키타 부장과 함께 있는 것이 목격된 게 마지막이라는 것 같아요."

나는 군지를 노려보았다. 이제 와서 드는 생각인데 이 녀석, 방금 전에 내 이야기를 한 번 들은 것 치고는 이번 일에 대해 너무 잘 알고 있다. 이야기를 아라카와 라이카 쪽으로 몰고 갔을 때 의심했어야 했으나 머리가 미처 거기까지 돌아가지 않았다.

"그러고 보니 내게 용건이 있었던 거 아니야? 그래서 몇 번이나 전화를 한 거고? 그거, 이번 일과 관련이 있는 거지? 아직 전화를 걸지도 않았는데 이렇게 나카노아라이 경찰서로 직접 찾아왔을 정도니까. 무슨 일이야? 혹시 새해 첫날에 내가 소식 확인을 부탁한 구도 쓰요시라는 이름 때문에? 이번 일에 관련되어 있다면 구도에 대해 이것저것 알고 싶었겠지. 그래서 연락한 거야? 아, 그러고 보니 군지 씨, 연말연시에는 수사 2과를 지원 중이라고 했지? 2과는 뇌물수수나 사기 담당이잖아. 오키타 마사지라는 산도 부장이 M자금 사기와 관련이 있다는 소문이……."

"스톱."

군지가 의자에서 펄쩍 뛰었다.

"그러니까 쓸데없는 건 생각하지 마시라고요. 알았죠? 제발 부탁입니다."

6

　이의가 있을지도 모르겠지만 나는 원래 겸허한 인간이다. 불합리한 명령에 따를 생각은 없지만, 부탁을 받으면 이야기는 다르다. 이 일을 오래 해온 경험상, 호기심 때문에 죽은 고양이를 많이 보아왔다. 부르지도 않았는데 참견을 하면 좋은 일이라고는 무엇 하나 없다. 군지 말대로 내 일은 끝났다. 나는 경비를 계산한 후 영수증, 명세서와 함께 잔금을 가에데에게 보냈다. 그로부터 얼마 후 봄바람이 불기 시작했을 무렵, 한 사기 그룹이 검거되었다고 뉴스에 보도되었다.

　수법은 이렇다. 미확인된 이구치 가즈마의 작품을 발견했다는 이야기를 사기 대상에게 전한다. 사기꾼은 컴퓨터로 빈 빌딩의 내부 사진을 보여준다. 사진에는 이구치의 작품이 합성되어 있는데, 감쪽같아서 낙서 속에 진짜 이구치의 작품이 숨어 있는 것처럼 보인다.

작품이 발견된 탓에 사실은 빌딩 주인이 고민 중이다. 빌딩은 상속받은 지 얼마 안 된 건물로, 해체도 결정되어 있다. 이구치의 작품이 있다는 사실을 세무서에 알리고 싶지 않다. 해체와 운반비를 부담해준다면 작품을 무상으로 건네주겠다······.

한 회사 임원은 문제의 빌딩을 보러 갔다가, 빈 빌딩인데 경비원이 배치되어 있다는 사실을 멀리서 보고 이야기가 진짜라고 생각한 결과, 7천 8백만 엔을 사기당했다. 그 밖에도 피해자가 있는 듯, 피해 총액은 3억이라는 말도 5억이라는 말도 있다. 주간지에 따르면 이 건에는 방송에 출연한 적도 있는 미술평론가나 대형 부동산 개발회사의 부장 등이 관련되어 있다고 했다.

그 기사가 나온 얼마 후, 사쿠라이에게 연락이 왔다. 오키타는 불구속될 거라 말했다. 이번에도 미꾸라지처럼 빠져나가나 했는데 그렇지 않았다. 오키타 부장은 연말부터 정월까지 독감에 걸려 누워 있었고, 나았나 했더니 폐렴에 걸려 지금도 입원 중이라 조사를 받을 수 있는 상태가 아니라는 것이다.

"애도 아니고 다 큰 어른이 독감 정도로 그렇게 악화되다니 별 일도 다 있네. 역시 유령 빌딩의 저주일까?"

사쿠라이는 흥미로운 듯이 그렇게 말했지만, 구도 라이카는 살해당하고, 후치가미 스바루는 행방불명, 아라카와 요시유키는 살인을 저질렀을 뿐만 아니라 큰 부상을 입었다. 독감으로 쓰러진 구도 쓰요시는 해고는 면했지만 소문으로는 나카노 영업소에서 다시 가와고에 영업소로 좌천되었다 한다. 하야시다 빌딩의 해체는 다시 연기되어, 비계와 비닐시트로 둘러싸인 채 지금도 와세다 길에 우뚝 서 있다.

나 또한 바이러스에 잔뜩 노출되었으나 다행히 발병은 하지 않았다. 하지만 최근 백곰 탐정사에 일 의뢰가 완전히 끊겼다. 이것이 저주 때문인지 아닌지는 확실하지 않다.

3장

—

도망친 철도 안내서

1

오렌지색 물체가 눈앞에 아른거린다.

뭐지…….

눈을 깜박였다. 초점이 잘 맞지 않는다. 시야도 뇌세포도.

어째서인지 춥다. 얼굴도 차갑다. 다리를 쭉 뻗었다. 퀴퀴한 냄새가 났다. 맨바닥에서 자고 있다는 사실을 깨달았다.

바닥? 왜? 어째서?

신경을 집중하려 했지만 졸음기가 몰려왔다. 머리가 무거웠다. 이런 곳에서 자는 것은 위험하다는 생각과 함께 아무래도 상관없다는 생각도 들었다. 피곤하기도 했고, 조금 정도라면 자도 되는 거 아닐까? 조금 정도라면…….

귓가에서 우렁찬 소리가 들리고 이어서 뭔가가 머리를 탁탁 때렸다. 정신이 퍼뜩 들어 눈을 떴다. 오렌지색 고양이가 이빨을 드러내고 발바닥 젤리를 내 쪽에 보인 채 한 대 더 때리려 했다. 그것을 피해 고개를 들었다. 목덜미가 화상을 입은 것처럼 찌릿찌릿 아팠다. 멍하니 주위를 둘러보았다. 본 적이 있는 책장, 본 적이 있는 바닥 타일, 본 적이 있는 카운터…….

갑자기 공포심이 밀어닥쳤다. 머릿속에는 짙은 안개가 꾸물대고 있다. 나는 왜 서점 바닥에서 자고 있던 거지? 기억이 나지 않는다. 무슨 일이 있었지?

몸을 떨며 천천히 일어나 비틀거리며 카운터에 손을 짚었다. 내 자신을 다스리며 천천히 숨을 내쉬고 들이마셨다. 몇 번인가 심호흡을 반복하다 보니 심박수가 진정되었다.

초조해할 필요는 없어. 무슨 일이 있었는지 떠올려보자. 떠올릴 수 있는 것부터 천천히. 먼저 이름부터…….

내 이름은…… 하무라 아키라. 국적은 일본, 성별은 여자. 기치조지 주택가에 있는 미스터리 전문서점 '살인곰 서점'의 아르바이트 점원이자, 이 서점이 반 장난으로 공안위원회에 신고한 '백곰 탐정사'에 소속된 유일무이한 탐정이다.

탐정사 사무소로 이용 중인 점포 2층의 한 방에 단출한 가재도구와 함께 굴러들어와 서점에 거주하는 탐정이 된 지 수 개월. 원래부터 사람 부리는 것이 험했던 오너 겸 점장 도야마 야스유키였지만, 이 일을 계기로 나를 부리기 더 편해졌다는 사실을 알아차린 모양이다. 고서적 매수에 창고 정리에 이벤트 홍보 등 원래 하던 업무의 부담이 대폭 심해진 것까지는 이해할 수 있다. 하지만 최근에는……

"쓰노다 고다이 선생님께 밸런타인 초콜릿을 전해주시고, 그 김에 도큐 백화점 지하에서 스와 명물 다이샤 전병 좀 사다주세요. 제가 좋아해요."

"어떤 작품의 문고본 해설을 부탁받았는데, 이 책이 기절할 정도로 재미가 없네요. 대신 읽고 줄거리 좀 정리해주세요."

"이노카시라 공원의 벚꽃놀이 명당자리 좀 맡아주세요. 아내가 제게 부탁했는데 저는 요통이 심해서."

등등 도야마의 개인적인 심부름에 치이게 되었다.

탐정 의뢰는 끊긴 지 오래. 무료 봉사에 쫓기느라 다른 곳에서 아르바이트할 시간도 내지 못한 채 저금은 줄어들기만 할 뿐. 사무실에 공짜로 살게 해준 은혜를 잊은 것은 아니지만, 꽃샘추위가 심한 날에 밖에서 세 시간이나 꽃놀이 자리를 맡게 한 끝에 "아, 날짜를 착각했네요. 아하하"라는 전화 앞에서는 끝내 참지 못하고, 벚꽃이 만개한 가운데 끊긴 전화에 대고 소리를 질렀다.

"도야마! 너 따윈 확 자빠져서 꼼짝도 못하게 되어라!"

그 직후 도야마는 전철 안에서 엄청난 복통을 느끼고 구급차로 에머슨회 신주쿠 제2병원으로 실려 갔다. 진단은 담낭염. 곡기를 끊고 링거를 맞으며 염증이 진정될 때까지 입원하게 되었다.

생명에 지장은 없고, 소원대로 도야마는 당분간 꼼짝도 할 수 없게 되었다. 이것으로 모두가 행복하게…… 될 리가 없다. 통증이 완화된 도야마가 이번에는《나폴레옹 솔로 공포의 도망작전》을 가져다 달라느니, 다음에는 화이트헤드의《범죄세계지도》를 가져다 달라느니 끊임없이 연락을 하게 되었다. 나는 죄악감 탓에 서점과 병원을 매일 왕복하게 되었다. 일본 속담에 '남을 저주하면 내 것까지 무덤이 두 개'라던데, 옛말 틀린 것 하나 없다.

그날도 꼭두새벽부터 도야마에게 연락이 왔다. '자는 사람을 깨우면 안 되니 용건만 메일로 보내두자' 같은 배려심 있는 인간이 아니다 보니, 상대가 전화를 받을 때까지 몇 번이고 계속 건다. 성실한 스마트폰이 계속해서 진동하는 것을 무시하기에 봄잠은 덧없다. 나는 별 수 없이 이불에서 기어나왔다.

"아, 일어나 계셨나요?"

전화기 너머에서 도야마가 말했다. 내 혈압이 급상승해서 혈관 여기저기가 폭발하는 듯한 기분이었다.

"일어나 있던 게 아니라 덕분에 깬 건데요?"

"건강한 사람은 숙면을 취해서 부럽네요. 저는 잠은 잘 드는데 아침 일찍 눈이 떠져서요. 일찍 깬다고는 하지만 이것도 수면장애의 일종이라더군요. 한 겨울에도 감기 한번 걸리지 않는 하무라 씨는 이런 고생을 모르겠지만요. 하지만 일찍 일어나면 좋은 아이디어가 샘솟는답니다. 골든위크 이벤트는 '철도 미스터리 페어'를 해야 한다는 생각이 들었어요."

도야마에게 항의해본들 좋은 결과가 나왔던 적이 없다. 나는 힘없이 맞장구를 쳤다.

"……네에."

"철도물은 좋아하는 손님들이 많으니까요. 게다가 홈스에서 크리스티, 크로프츠, 아유카와 데쓰야, 가미오카 부이치, 쓰지 마사키, 시마다 소지, 아리스가와 아리스, 가스미 류이치, 야마모토 고지 등 서점에 있는 책만 모아도 양이 상당할 거예요. 창고 안쪽에 N게이지 철도 모형과 선로 세트가 있으니, 페어용 책을 모아둔 매대에 철도 모형을 설치해 달리게 하는 거예요. 피규어를 사용해서 사건 현장을 재현하는 것도 느낌이 있을 거고요."

"그거 혹시 '니시무라 교타로 기념관'의 철도 디오라마 표절인 게……."

"물론 마니아가 좋아할 책도 모아야겠죠.《미스터리 매거진》의 철도 미스터리 특집을 읽어 예습해두세요. 그 특집, 영상 관련으로는 도움이 꽤 될 거예요. 〈실버 스트릭〉, 〈대열차 강도〉, 〈사라진 여인〉, 〈카산드라 크로싱〉, 〈열차 안의 낯선 자들〉……. 원작 또는 관련 서적과 DVD를 함께 전시하면 충실감이 있겠죠."

"네에……."

도야마는 별로 내켜하지 않는 내 반응 따위는 신경도 쓰지 않고 말을 이었다.

"안타깝게도 페어의 주목 상품은 아직 생각이 나지 않네요. 다카쿠라 겐이 주연을 맡은 영화 〈신칸센 대폭파〉를 영국에서 소설화한《BULLET TRAIN》이라든가, 고단샤문고로 출간된《세계 철도 추리 걸작선》이나《Macabre Railway Stories》같은 앤솔러지도 괜찮을 거고요. 독일에서 드라마화 되어 독일에서만 출간된 존 르 카레의 희곡《ENDSTATION》도 희귀할 거예요. 그리고 도널드 E. 웨스트레이크의 일본 미번역 작품 중, 아프리카에서 커피콩 운반용 열차를 탈취하는《KAHAWA》도 내세울 만한데……왠지 좀 부족해보인단 말이죠. 물건은 없더라도 마니아라면 한번은 두 눈으로 봐두고 싶은 그런 미끼 상품을 발굴해야 하는데 말이죠. 어쨌든 준비 잘 부탁해요."

도야마는 작업을 완전히 내게 떠맡기고는 전화를 끊었다. 3일 후, 서점 SNS에는 "골든위크에 '철도 미스터리 페어' 개최"라고 성대하게 적혀 있었다.

너무 제멋대로라 생각 안 하는 바는 아니지만, 역시나 오랫동안 인기 잡지의 편집장을 맡았던 만큼 도야마의 안목은 확실했다. 바로 뜨거운 반응이 와서 단골의 문의도 많았다. 골든위크라면 갈 수 있다며 멀리서 연락을 해준 손님도 있어서, 철도 미스터리 페어는 살인곰 서점의 간만의 히트작이 될 듯한 예감이 들었다.

그렇게 되면 나도 준비할 의욕이 생긴다. 퇴원은 했지만 자택에서 요양 중인 도야마 대신 창고에서 철도 미스터리 책이나 DVD를 긁어모으고, 리스트를 작성해 도야마에게 보내고, 그 작품이나 이 작품이 빠졌다는 도야마의 클레임에 대응하고 위장약을 먹었다. 열차 모형을 꺼내 상태를 확인하고 피규어로 살인 현장을 만들고 사진을 찍어 도야마에게 보냈다. 피를 더 많이 뿌려달라는 도야마의 요청에 대응한 뒤 위장약을 먹었다. 철도 미스터리 토크쇼를 부탁한 작가에게 연락을 하고, 인터넷에서 작가가 좋아하는 것을 조사하고, 당일 차와 함께 낼 간식을 정하고, 사례금을 넣을 봉투를 준비했다. 도야마에게서는 주야 구분 없이 전화가 오고 위장약을 먹는다. 너무 바쁘다 보니 간판 고양이 밥 주는 것을 깜박해서 고양이 펀치를 얻어맞기도 한다…….

이벤트 전에도 목요일부터 일요일까지는 서점을 열어야 하고, 인터넷 주문도 들어온다. 은행이나 우체국에도 가야하고, 도야마 부탁으로 전시용 책을 가지고 온 호사가나 이벤트 시작 전에 책을 보여 달라는 뻔뻔한 손님 응대도 해야 한다. 간신히 준비가 끝난 것은 이벤트 개시 당일 점심 지나서였다. 약 한 달 만에 서점에 나온 도야마는 이벤트용으로 꾸민 서점 안을 천천히 둘러본 뒤 크게 고개를 끄덕이고는 말했다.

"이 책, 완전히 잘못 놓았네요."

"……어떤 책이요?"

'일단은 노고를 치하하는 게 먼저 아닌가?'

계속된 철야 때문에 나오려는 하품을 삼키며 묻자, 도야마는 계산대 아래 유리 장식장을 가리켰다.

"미노와 씨에게 빌린 이 책 말이에요. 이번 페어의 핵심이거든요."

그것은 모래색에 사전 크기의 낡은 외서였다. 표지에는 검은 잉크로 《THE ABC RAILWAY GUIDE》라고 인쇄되어 있었다.

애거서 크리스티의 《ABC 살인사건》에 등장하는 영국 철도 안내서로, 미스터리 팬 사이에서는 유명한 책이다. 하지만 오래된 것이어도 인터넷 서점에서 싸게 구입할 수 있고, 이 책은 표지의 B자 바로 아래에 직경 1센티미터, 깊이 2센티미터 정도의 검게 그을린 동그란 구멍이 뚫린 데다 책 자체도 비틀렸다. 상태로 말하자면 C급. 그다지 가격을 매길 수 없는 것이다.

"이《ABC 철도 안내서》는 특별하거든요."

도야마가 신이 나서 말했다.

"가미오카 부이치가 1969년에 감행한 세계 일주 도중, 런던 채링 크로스의 고서점에서 구입한 거예요. 자신이 태어난 해이자《ABC 살인사건》이 발표된 해이기도 한 1936년 판을 골랐다고 가미오카의 에세이집《경적과 종이비행기》에 나와 있어요."

가미오카는 도쿄 대학교를 졸업 후 정부의 엘리트 코스를 밟았는데, 스물다섯의 나이로 퇴직. 그 후에는 일정한 직업 없이 잡지에 사진이나 기행문을 투고하며 일본 각지를 방랑했다. 스물아홉 때 그의 기개 넘치는 문장에 주목한 편집자의 권유로 모험소설을 발표. 치밀한 묘사력과 대담한 구성이 좋은 평가를 받았고, 유명한 대중 문학상도 수상하며 일약 인기작가가 되었다. 하지만 여성 문제가 끊이지 않았으며, 세계 일주에 나선 것도 그런 문제에서 도망치기 위해서였다.

"귀국 몇 달 후에 바로 그 '94식 사건'이 터지고 말아요. 두 사람의 애인이 그의 자택에서 맞닥뜨리고 만 거예요. 애인 중 한 명인 노가와 야스노가 화가 머리끝까지 치밀어 올라서 그곳에 있던 권총을 손에 들고, 서재까지 가미오카를 뒤쫓아 가서 쏘고 만 거죠. 가미오카는 미국에서 총에 빠져, 귀국 후에 지인을 통해 태평양 전쟁 참전 병사가 전쟁터에서 가지고 돌아온 94식 권총을 양도 받았는데, 총에 8밀리미터 탄환이 한 발 장전된 채였던 거예요. 탄환은 가미오카의 어깨와 서재의 책장, 그리고 몇 권의 책을 관통했다더군요."

"잠깐만요. 설마 이 구멍이……."

"네. 그 탄환이 착탄된 곳이 바로 이《ABC 철도 안내서》였던 거예요."

나는 신음했다. 사건은 훗날 세상에 알려졌고, 가미오카는 총포 단속법 위반으로 체포되었다. 그 취조를 담당했던 형사와의 잡담에서 힌트를 얻은 그는, 철도와 관련된 연속사건을 부모자식 3대의 경찰이 뒤쫓는《종착역은 아직 멀다》를 썼다. 이 소설은 28개의 언어로 번역되어 일본은 물론 이탈리아나 러시아에서도 영화화되었다.

한편 그 취조에서 가미오카는 총 입수에 관련된 관계자나, 사건 당시 가미오카의 부탁을 받고 비밀리에 치료를 해준 스즈키 가쓰토시 의사, 집에서 맞닥뜨린 다른 한 명의 애인인 구라노 마호코에 대해서도 모조리 자백. 이 행위는 훗날 겁쟁이 같은 짓이라며 비난을 받았다. 결국 주위로부터 신용을 잃은 그는 술독에 빠져 살게 되었다. 몇 년 후, 가미오카는 열차에 치여 사망했다. 술에 취해 일어난 사고라고도, 고독감을 견디지 못한 자살이라는 소문도 있다.

요컨대 이 《ABC 철도 안내서》는 가미오카의 영광과 죽음의 상징이라고도 할 수 있는 보물인 것이다.

"대체 누가 어떻게 손에 넣은 건가요?"

"미노와 시게미쓰 씨는 희귀책 컬렉터거든요. 현재 직함은 마쓰오 그룹의 임원이지만, 원래가 부잣집 고등유민이에요."

요 며칠 바쁘게 보낸 탓에 사라져버렸던 기억이 되살아났다. 3일 전, 미노와라고 이름을 밝힌 단정한 노신사가 도야마에게 부탁받았다며 이 철도 안내서를 서점까지 가져다주었다. 주문 제작 재킷에 빈티지 옥스퍼드 셔츠, 유서 깊은 도련님 학교의 학교 반지, 흑단 지팡이. 리무진을 대기시켜두었다는 이유로 바로 돌아갔지만, 최근 유행하는 셀럽과는 깊이가 다른 부와 계급의 향기가 감돌았다.

"한번 장서를 보여주신 적이 있었는데, 엄청난 컬렉션이었어요. 종이도 잉크도 검은 책이라든가, 표지에 거울을 넣은 책이라든가, 진짜 해초로 만든 책이라든가, 표지에 검은 도마뱀 가죽을 사용한 미시마 유키오의 《검은 도마뱀》이라든가 말이죠. 그런 걸 모으고 있다는 소문이 퍼져서 고서점이나 개인 소장가에게서 직접 연락이 온다고도 했어요. 뭐, 그중에는 사기꾼도 많은 모양이지만요. 자칭 고서점 업자라는 녀석들이 표지가 너덜너덜한 '나쓰메 소세키의 장서'라는 걸 '소설 모델이 된 고양이가 발톱으로 할퀸 책'이라는 그럴싸한 이유를 대며 팔러 온다네요."

도아먀가 웃으며 말했다.

"그런 것에 속으면 기업의 임원 자격이 없죠. 하지만 이 철도 안내서에는 가미오카 부이치의 장서표가 달려 있어요."

도야마가 카운터 쪽으로 와서 유리 케이스의 자물쇠를 열고 철도 안내서를 꺼내 뒤표지를 펼쳤다. 명함 크기의 전통 일본지가 붙어 있었다. 증기 기관차 목판화 위에 옛날 활자로 '부이치 장서'라고 찍혀 있고, 아래 여백에는 파란 잉크에 신경질적인 얇은 서체로 69.7.28이라고 적혀 있었다.

"사실은 저, 출판사를 정년퇴직한 10년 전에 1년간 세타가야의 '마쓰오 책 수집관'에서 비상근으로 근무한 적이 있거든요. 그때 가미오카의 장서나 유품을 그곳에서 인수했어요. 가미오카 장서표의 상징은 이것과 마찬가지로 판화가 미나미 야스노리에게 주문한 증기 기관차였어요. 숫자도 가미오카의 필체와 닮았습니다. 가을에는 '마쓰오 책 수집관'

에서 가미오카의 특별전이 열리니 시의적절하다고 생각해 미노와 씨에게 억지로 빌렸어요. 그러니 더 눈에 띄는 곳에 전시해야죠."

상단 중앙에 공간을 만들고 《ABC 철도 안내서》에 '가미 오카 부이치 장서(비매품)'라는 표찰을 붙이고, 표지의 구멍 과 표지 안쪽의 장서표 양쪽이 한번에 다 보이도록 거울까 지 배치했다. 도야마가 사진을 찍어 그 내력과 함께 SNS에 업로드하자 철도 안내서는 서점을 찾는 사람들의 주목을 모 아, 《ABC 철도 안내서》 사진이 널리 퍼졌다.

굉장하다, 팔면 안 되냐, 대체 누구의 소장품이냐, 만약 판 다면 얼마냐 등등 인터넷에서 화제가 되었다. 덕분에 서점 에 있던 가미오카 부이치의 모든 책들은 완판. 그 덕인지 골 든위크 전반전인 3일 동안 예상을 훨씬 뛰어넘는 매출을 기 록했다.

월요일은 휴무라 점심 넘어 일어난 나는 책 재고의 보충 을 위해 외출했다. 피로 탓에 온몸이 나른했지만 기분은 상 쾌했다. 가급적 근래에 출간된 책을 취급하는 중고서점의 100엔 균일가 코너에서 가미오카를 비롯해 철도 미스터리 페어용 책들을 몇 권이나 발견했다.

다음 날부터 다시 연휴가 계속되므로 이날도 휴가를 낸 사람이 많았는지 거리는 사람들로 붐볐다. 간만에 외식을 할까 했으나 포기하고, 대신 역 빌딩에서 식료품을 평소보다 양껏 샀다.

맑고 건조한 5월 치고는 더운 날이었다. 나에 대한 선물이라고 변명하며 돌아오는 길의 편의점에서 소다맛 아이스캔디를 사고, 녹기 전에 도착하기 위해 서둘렀기 때문에 3시 전에는 돌아왔다. 식료품이 든 에코백을 계단에 올려두고, 구해온 책을 서점에 두려고 숄더백에서 꺼낸 열쇠로 서점 문을 열었다. 그대로 안으로 들어갔는데…….

낫으로 싹둑 베어낸 것처럼 기억은 거기서 완전히 끊겼다.

침을 삼키고 서점 안을 둘러보았다. 책장도 철도 모형도 위화감 없이 전날 모습 그대로였고, 열쇠와 백은 바닥에 떨어져 있었지만 지갑도 스마트폰도 무사했다.

대체 무슨 일이지? 왜 바닥에서 자고 있었지? 설마 무슨 병인가?

지병이 있는 것도 신경 쓰이는 증상이 있는 것도 아니지만, 40대 중반을 넘긴 나이다. 무슨 일이 일어난다 해도 이상하지 않다. 업무상 부상이 많고 이벤트 준비로 과로도 했다. 그러고 보니 혈관이 찢어진 것은 아닌가 하는 느낌도 있었다. 결국 뇌가 한계를 넘어 블랙아웃한 것인가?

간판 고양이가 배가 고프다며 울었다. 나는 제정신을 차리고 고양이를 내려다보았다가 그제야 알아차렸다. 카운터 유리케이스 안에 있어야 할 《ABC 철도 안내서》가 온데간데 없었다.

2

"도둑맞았다고요? 빌려드린 철도 안내서를요?"

미노와의 단정하고 품격 있는 얼굴이 순식간에 험악해졌다. 나는 들려던 고개를 다시 숙였다.

"네, 그렇습니다."

"이게 대체 무슨 일이죠? 도야마 씨는요? 왜 혼자인가요?"

"화가 나시는 것도 지당하지만, 먼저 제가 설명을 드리고자 급히 찾아뵈었습니다."

미노와 씨의 집, 아니 저택은 고마바도다이앞 역에서 걸어서 수 분. 호화저택이 늘어서 있는 곳에 있었다. 부지 면적은 500평, 지어진 지는 25년 정도일까. 운치가 있는 손으로 구운 벽돌담에 철문. 겹벚나무에 꽃이 만개해 바람이 불 때마다 땅거미가 진 정원이 담홍색으로 일렁였다.

나는 대문에서 정원에 인접한 선룸으로 안내되었다. 흰 하녀복을 입은 하녀가 안내해주었다면 LA의 사립탐정 같은 기분을 느꼈을지도 모르지만, 나타난 것은 미노와를 많이 닮은 중년의 딸이었다. 선룸도 상당히 호화로운 곳으로, 기둥도 바닥도 희고, 벌레잡이통풀이나 바나나, 부겐빌리아 같은 열대성 식물이 무성했고, 검은 등나무 의자에 파인애플 쿠션을 올린 리조트풍 소파가 놓여 있었다.

미노와는 그 소파에 앉아 여름의 세상에서 1년에 한 번 피는 벚꽃을 바라보며 저녁 식사 후의 엽궐련을 피우던 참이었다. 그 우아한 한때를 내 방문으로 망치고 만 것이다. 화가 나는 것도 당연하다.

하지만 화가 난 것은 미노와만이 아니다.

철도 안내서가 사라진 것을 알아차리자마자 나는 시계를 확인했다. 3시 7분이었다. 서점에 도착한 것이 3시 직전이었으니, 의식을 잃은 것은 고작 10분 정도라는 것이 된다.

카운터 안쪽으로 들어가 보았다. 금전출납기는 멀쩡했으며, 금전출납기 뒤쪽 책장에 진열된 희귀본도 무사, 컴퓨터도 건드리지 않았다. 하지만 카운터 아래 유리 케이스 문이 열려 있고 주위에 유리 파편이 떨어져 있었다.

유명한 철도 미스터리 작가의 사인본이나 직필 원고, 오리엔트 급행 철도 모형을 꺼내 유리 파편을 털어냈다. 다른 것들은 모두 무사했다.

특히 《오리엔트 급행과 문학》 세트가 무사해서 한시름 놓았다. 사사키 기쿄라는 서지 마니아의 저서로, 거의 동일한 내용이지만 소프트 커버의 침대차 책, 식당차 책, 그리고 살롱차 책, 이렇게 세 종류의 특별 장정본을 하나로 엮은 것이다. 우표나 표가 부록으로 들어 있거나 아크릴 상자가 들어 있는 등 상당히 공을 들인 책으로, 그중에서도 131부만 찍은 살롱차 책의 표지 안쪽에는 볼 베어링 장치가 되어 있어, 흔들면 칙칙 하며 기차가 달리는 듯한 소리가 울린다. 이벤트 마지막날 있을 경매에 세 권 세트로 출품할 예정으로, 이미 단골 여럿에게서 문의가 있었다.

서점 안을 다시 한번 확인하며 돌았지만 달리 이상한 점은 없었다. 장식한 책이나 선로, 피규어도 그대로였다. 돈이 될 것 중 사라진 것이라고는 가미오카 부이치의 《ABC 철도 안내서》뿐이었다.

"경찰에 신고했습니다."

입을 꾹 다문 미노와에게 나는 아직도 저릿한 통증이 느껴지는 목덜미를 보여주었다.

"전기충격기를 가져다 댄 상처라더군요. 제가 서점에 들어가려 한 순간 누군가가 뒤에서 전기충격기를 이용해 덮친 악질적인 범행의 증거입니다. 도둑맞은 게 오래된 책 한 권이라는 것 때문에 경찰은 처음에 관심을 가지지 않았지만, 이것 때문에 강도사건으로 바뀌었습니다."

"그건 정말 큰일이었네요. 안 그래요, 아버지?"

은쟁반을 들고 온 미노와의 딸이 부드러운 동작으로 찻잔을 세팅한 뒤 안됐다는 듯이 말했다. 미노와는 표정을 바꾸지 않고 콧방귀를 뀌었다.

"강도사건으로 바뀌었다 한들 경찰이 제대로 수사를 할 거라는 생각은 안 드는군. 근처에서 비슷한 사건이 발생했다면 모를까. 그게 아니라면 서점이나 당신 개인에 대한 원한에 의한 사건으로 결정짓겠지. 하물며 철도 안내서를 찾아줄 거라는 생각도 안 들어."

"그렇다면 아버지가 누군가에게 부탁을 하면 좋지 않을까요?"

딸이 무거워 보이는 은주전자를 우아하게 들어올려 한 손으로 차를 따르며 말했다.

"경찰청의 미쓰미네 씨는요? 아니면 우도 씨. 현역 과장 아니던가요? 연락처를 알고 있는데 전화를 걸어볼까요?"

스마트폰을 꺼내려는 딸에게 미노와가 가시 돋친 말투로 말했다.

"그런 애송이에게 부탁할 마음은 없어. 아야코, 됐으니 참견은 말고 그만 돌아가거라. 이 일은 혼자서 괜찮아."

"네, 알았어요. 하지만 아버지가 가격을 매길 수 없는 보물이라며 손자에게까지 자랑했던 장서 중 한 권이잖아요? 되찾고 싶다면 고개 한 번 숙이는 정도야 뭐 어때요. 줄어드는 것도 아니고. 그럼 천천히 말씀 나누세요."

미노와는 미소를 짓고 나가는 아야코를 배웅한 뒤 말했다.

"'94식 사건'은 알고 있겠지? 가미오카는 사건의 뒤처리를 소꿉친구였던 스즈키 의사에게 맡겼다고 자백했네. 그리하여 스즈키 의사도 경찰의 취조를 피할 수 없게 되었지. 때문에 악평이 돌아서 갓 개업한 스즈키의 병원은 큰 손해를 입었어. 그래도 스즈키 본인은 죽을 때까지 가미오카의 유품이라며 뒤처리를 위해 가져온 구멍이 뚫린 《ABC 철도 안내서》를 소중히 장식했다더군. 나는 그 이야기를 듣고 흥분해서 가미오카를 전문적으로 다루는 고서점에 그 책의 입수를 의뢰했네. 책이 집에 도착했을 때는 하늘로 날아오를 것 같은 기분이었지."

미노와는 울분을 풀 길이 없는 듯한 표정으로 나를 노려보았다.

"도야마 씨는 그걸 골든위크 동안 빌려달라고 말했네. 호사가의 눈을 끌 만하지만 고가는 아니고, 서점의 자물쇠는 따기 힘든 랩슨 자물쇠고, 점원은 유능한 탐정이니 안심하라고. 그래서 빌려줬는데……. 그 유능한 탐정이라는 게 자넨가?"

"유능한지 어떤지는 모르겠는데 탐정은 당하기만 하고 끝내지는 않습니다. 철도 안내서는 되찾겠습니다. 반드시."

나는 백에서 태블릿 PC를 꺼냈다.

"돈이 될 만한 것 중 사라진 건 《ABC 철도 안내서》뿐인데, 그 밖에도 사라진 게 하나 더 있습니다. 제가 서점으로 돌아오기 직전에 사서 에코백 맨 위에 올려두었던 아이스캔디도 사라졌습니다. 오늘은 종일 더웠고, 범행 후에 목이 탄 범인이 훔쳤을지도 몰라요. 그렇게 생각해서 경찰이 돌아간 뒤 근처 CCTV 영상을 뒤졌죠."

서점에서 번화가로 이어지는 길 도중에 스도 아키코라는 이웃이 하는 서예교실이 있다. 교실 옆 주차장에서 원생의 자전거가 몇 번인가 도둑맞은 일이 있어서 경비회사를 찾기에 내가 히이라기 경비SS를 소개했다.

영상을 출력했다. 15시 5분 17초. 서예교실 앞에 20대 초반으로 보이는 륙색을 짊어진 젊은 남자가 나타났다. 최신 방범 카메라로 찍은 영상은 천연색으로, 파란색 아이스캔디가 깨끗하게 찍혔다. 확대하니 그 젊은 남자의 단정하고 품격 있어 보이는 얼굴도, 아이스캔디를 든 손에 낀 유서 깊은 도련님 학교의 학교 반지도 확실히 구분할 수 있었다.

"손자분, 맞죠?"

미노와의 얼굴이 굳어버리는 것을 확인한 후에 나는 최대한 부드럽게 말했다.

"많이 닮았기에 조사해보았습니다. 아드님의 아들로, 이름은 미노와 도시야. 미노와 씨 모교이기도 한 대학교 3학년. 현재는 아드님의 해외부임 탓에 히가시아자부의 고급 맨션에 혼자 살고 있더군요."

"설마 거기까지……. 확실히 도시야를 많이 닮았지만……. 아니, 그 아이가 이런 짓을 할 이유가 없어. 뭔가의 착각일세."

미노와 도시야는 경계심 없이 SNS에 실명과 함께 얼굴 사진은 물론, 자주 다니는 헬스클럽이나 카페, 그리고 할아버지 이름까지 공개했다. 쓰레기를 무단투기하지도 않았다. 이래서 좋은 집안에서 자란 아이가 좋다. 탐정의 수고를 덜어주기 때문이다. 나는 아이스캔디 봉투와 막대를 담은 지퍼백을 꺼냈다.

"근처 편의점 외부 CCTV에도 이 젊은이가 쓰레기통에 쓰레기를 버리는 장면이 찍혔더군요. 저와 손자분 지문, 손자분의 DNA가 검출되지 않을까 합니다. 경찰에게 건넬까요? 아니면?"

택시는 아자부 터널을 빠져나와 롯폰기의 메인 거리를 달려 아자부주반 역을 지나, 닛신스토어 살짝 지나서 좌회전했다. 대부분의 도쿄 거리는 앞길에서 골목으로 조금만 들어가면 주택가가 나온다. 하지만 이곳은 바로 근처에 도쿄타워가 붉게 빛나고 있는 탓인지, 보이는 얼굴이 외국인들뿐이라 그런지, 마그마 위에 있는 것 같아 진정되지 않았다. 내포한 에너지의 양이 교외 주택가와는 전혀 다른 것처럼 느껴진다. 실제로 거칠게 말싸움을 하는 남녀나 피에 물든 티슈가 길가에 버려진 것을 차창 너머로 확인했다.

"아직도 안 받는군."

방금 전부터 반복해서 전화를 걸던 미노와가 옆에서 중얼거렸다.

"도시야는 내 전화는 반드시 받았는데 무슨 일이지."

도시야의 SNS에는 범행 시간대에 더위나 아이돌의 가십 등 평범한 화제가 띄엄띄엄 적혀 있었다. '저는 범행과는 관련이 없습니다'라는 식의 일종의 알리바이 공작처럼 보였고, 만약 그렇다면 교활하다 할 수 있다. 하지만 전기충격기에 당해 눈을 뒤집어 까고 쓰러진 내 앞에서 셀카를 찍은 뒤 "탐정을 기절시켰습니다. 오예!"라는 식으로 SNS에 업로드하는 것보다는 훨씬 낫다. 요즘 세상, 그런 일도 얼마든지 일어난다.

하지만 해가 질 무렵부터는 SNS도 침묵 중. 미노와가 손자를 감싸며 연락이 안 된다고 거짓말을 하며 시간을 벌고 있을 가능성도 생각했지만, 미노와는 명백하게 동요 중이다. 택시가 맨션에 도착한 뒤에도 손을 떨며 정면 현관 옆의 자동개폐장치 패널에 열쇠를 제대로 집어넣지 못하고, 엘리베이터를 향해 걸어가는 것도 지팡이에 기대 간신히 걸었다.

집은 16층이었다. 문은 잠겨 있지 않았다. 미노와가 불을 밝혔다. 백곰 탐정사 사무소보다 넓은 현관에는 엷은 핑크빛 대리석이 깔려 있고 천장에는 샹들리에가 달려 있다. 그 환한 불빛 아래 집 안쪽을 향해 핏자국이 점점이 떨어져 있었다.

지팡이를 손에서 놓친 미노와를 추월해 핏자국을 따라 갔다. 복도 안쪽 거실로 달려가니 시야 한가득 멋진 야경이 펼쳐졌다. 이 전망이라면 대부분의 인간, 특히 젊은 여성이라면 압도될 것이 분명하다. 푹신한 카펫이 깔린 거실 끝 쓰레기통 앞에 콘돔 박스와 무지개빛 머리끈이 떨어져 있었다.

창 아래로는 쇼파가 있었다. 미노와가 내 어깨너머로 "도시야"라고 부르니, 그는 깜짝 놀라 자리에서 일어났다. 미노와는 눈에 띄게 안도의 한숨을 내쉬고 손자 옆에 앉았다.

"넌 대체 뭘 하고 있는 거냐. 전화도 안 받고. 그 피는 어떻게 된 거야? 대체 무슨 일이야?"

"할아버지, 죄송해요. 자고 있었어요. 괜찮아요. 이건 단순한 코피."

도시야는 코에서 티슈를 뽑더니 쓰레기통을 향해 아무렇게나 던졌다. 그런 다음 주위를 둘러보고는 내게 말했다.

"죄송한데요, 그쪽에 스마트폰 없나요?"

"도시야!"

미노와가 다시 큰소리로 말했다. 도시야는 귀찮은 듯이 할아버지를 보고는 내 쪽으로 시선을 돌렸다. 그제야 알아차리고는 얼굴이 새파래졌다.

"일단 사정을 설명해주실까요?"

내가 우뚝 선 채로 말했다. 도시야는 "그, 그게, 죄송합니다" 하고 무릎을 꿇었다. 그러다 바닥에 떨어진 스마트폰을 발견하고는 가지러 가서 화면을 보며 돌아와서는 다시 깜짝 놀라 무릎을 꿇었다. 나는 그의 정수리에 대고 부드럽게 말했다.

"미노와 씨는 우리 서점 오너의 지인이고, 철도 안내서는 애당초 미노와 씨 겁니다. 하지만 전기충격기로 폭행당한 건 저라서요. 무슨 말인지 알겠죠?"

"아니, 그게, 당신이 화를 내는 건 당연하지만, 그건 게임 같은 거라서."

도시야가 쩔쩔매며 말했다.

"인터넷에서 그 철도 안내서가 화제가 되었고, 엄청 갖고 싶다는 댓글도 있었잖아요? 그래서 그건 우리 할아버지 거라고 친구에게 자랑했더니, 그 서점에서 철도 안내서를 가지고 나올 수 있는지 내기를 하게 되어서…….."

미노와가 한숨을 내쉬자 도시야가 황급히 말을 이었다.

"왜냐면 손자가 할아버지의 물건을 가지고 나온들 범죄가 아니고, 할아버지께는 나중에 살짝 돌려드리면 되고, 할아버지는 서점의 오너에게 빚을 만들어둘 수 있으니 그 희귀한 기차 책을 경매 전에 양도받을 수 있을 거고."

"……설마《오리엔트 급행과 문학》3종 세트?"

"네. 흔들면 기차가 달리는 듯한 소리가 나는 책. 할아버지가 갖고 계신 책은 내가 어렸을 때 갖고 놀다가 고장을 내서 소리가 나지 않게 되었거든요."

나는 미노와를 보았다. 노신사는 눈길을 피했다. 그렇군. 그런 거였나. 하지만…….

"그렇다면 철도 안내서가 아니라 그걸 가지고 갔으면 되잖아?"

"무슨 말씀이세요. 그건 범죄잖아요. 다른 사람의 물건을 가지고 가면 안 된다고요."

도시야가 착한아이 같은 얼굴로 말했다. 발로 차버리고 싶어서 발가락 끝이 간질거렸다. 약점을 만들고, 그 약점을 가지고 우위에 서서 상대의 것을 빼앗는다. 이 또한 사기나 마찬가지인 데다, 애당초⋯⋯.

"전기충격기로 사람을 기절시키는 건 범죄가 아니고?"

"그런 게 나올 줄은 몰랐어요."

도시야가 무릎을 꿇는 것에 지쳤는지 소파에 기댔다.

"도사키 선배⋯⋯. 그 지인과는 일이 잘 풀리면 3만 엔을 주기로 약속하고 함께 살인곰 서점으로 갔거든요. 어떤 구실로 철도 안내서를 얻어낼지 계단 뒤쪽에 숨어 기대하며 보고 있었어요. 그랬더니 당신이 돌아오자마자 뒤에서 전기충격기라니. 말릴 틈도 없이 유리 케이스를 부수질 않나. 그래서는 완전한 범죄라고요. 때문에 약속한 돈과 철도 안내서를 맞바꾸어 먼저 돌아온 거예요."

기절한 나를 두고, 아이스캔디를 핥으며.

"그래서?"

결국 말투가 거칠어졌지만 도시야는 느긋한 어투로 말을 이었다.

"그래서 근처에서 가볍게 한잔하고 돌아왔더니 도사키 선배가 맨션 앞에서 기다리고 있더라고요. '너, 이 일은 범죄가 아니라고 했잖아? 그런데 상황을 살피러 서점에 돌아갔더니 경찰이 와서 강도사건이라고 떠들고 있던데, 대체 어떻게 해줄 거냐'며. 하지만 일을 강도사건으로 만든 건 도사키 선배잖아요. 그렇게 말했더니 갑자기."

도시야가 자기 코를 가리켰다.

"피를 보니 도사키 선배가 더 흥분해서는 3만 엔으로 끝날 거라고 생각하지 말라며 내 가방을 뺏고……. 죄송해요, 할아버지."

나와 미노와는 얼굴을 마주보았다. 미노와가 주저하며 물었다.

"도시야, 설마?"

도시야가 고개를 끄덕였다.

"빼앗겼어요.《ABC 철도 안내서》."

3

　도사키에 대해 알고 있는 것이라고는 SNS상의 연락처뿐
이라고 도시야가 말했다. 집이 어디냐 물어도 모른다, 풀 네
임을 물어도 모른다……. 답답해서 소리를 지르고 싶었지만
집 앞에서 기다리고 있었다는 것은 도시야의 집주소를 알고
있었다는 뜻이다. 그 사실을 지적하니, 도시야는 그제야 두
달 전 헬스센터 사우나에서 컨디션이 안 좋아졌을 때 도사
키가 집까지 데려다주었다고 실토했다.

　"도사키 선배, 나쁜 사람은 아니에요. 사람이 쉽게 흥분해
서 그렇지."

　그는 '네메아 스포츠짐 에비스 점'으로 향하는 택시 안에
서 그렇게 말하며 조수석에 앉은 내게 스마트폰을 건넸다.
머리를 스트로베리 블론드로 물들이고 한껏 인상을 쓰고 있

는 건장한 남자가 흰자위가 가득한 눈초리로 이쪽을 노려
보고 있다. 어쩌면 전기충격기를 사용해준 일에 감사해야
할지도 모른다. 직접 목을 조르는 것보다는 훨씬 낫기 때문
이다.

"그는 학생이야?"

"'대학생이라니 팔자 한번 좋군'이라고 했으니 아닐 거예
요. 항상 죽어라 운동을 하는데 대회에 나가는 것도 아닌 듯
하고. 대체 뭘 하는 사람일까요."

도시야는 순한 개 같은 눈으로 백미러를 통해 나를 보았
다. 능청거리는 것도 작작하라고 말할까 했다.

도시야는 철도 안내서를 우리 서점에서 '가지고 나가는
것'에 대해 도사키와 내기를 했다고 했지만 거짓말이리라.
아마 도시야는 도사키가 돈만 주면 협박하는 일도 거리끼지
않는 '세미 프로'라는 것을 알고 3만 엔에 고용했을 것이다.
이런 험상궂은 얼굴로 '부탁'하면 아무리 점원이 '유능한 탐
정'이라 해도 떨면서 철도 안내서를 내놓을 것이라 생각하
고. 전기충격기는 예상 밖의 사태였을 것이고, 본명이나 그
밖의 인적사항을 모르는 것도 사실일 테지만, 헬스센터에서
알게 된 사실을 밝히기를 주저한 것은 그쪽 주변을 파고드
는 것이 싫었기 때문이다.

백미러 너머로 뒷자리를 슬쩍 살폈다. 어두운 차 안이어서

가 아니라, 도시야와 나란히 앉아 있는 미노와의 안색은 어두웠다. 이쪽도 어떤 의미로는 '너구리 영감'이다. 우리 서점에서 철도 안내서가 도난당했다는 사실을 듣고 화를 내기는 했지만, 그의 분노하는 표정은 마치 그림으로 그린 것 같았다. 딸이 경찰청의 지인에게 전화를 걸려고 했더니 그것도 황급히 막았다.

미노와가 도시야에게 철도 안내서를 가지고 오라고 명령했다고까지는 생각되지 않지만, 그렇게 유도한 것이 아닐까? 점원이 '유능한 탐정'이라는 사실이 알려지지 않았더라면 도시야도 도사키를 고용하는 귀찮은 일을 피해, 할아버지에게 부탁받았다는 식으로 말하고 자신이 가지고 오는 길을 선택했으리라.

할아버지의 것을 손자가 가지고 나오는 것은 범죄가 아니다. 그 결과, 미노와는 도야마에게 빚을 만들어둘 수 있고, 《오리엔트 급행과 문학》을 경쟁자들을 제치고 손에 넣을 수 있다. 그런 것을 도시야의 머리로 생각해냈을 리가 없다. 게다가 도시야가 찍힌 영상을 보여주었을 때 미노와의 첫마디는 "설마 거기까지……"였다. CCTV 영상을 확보해서 가지고 올 거라고는 생각하지 못했다는 의미였으리라.

택시가 고마자와 길에서 안쪽 골목으로 들어갔다. 인파가 많은 유흥가를 이리저리 꺾으며 달렸다. 나는 좌석에 몸을 기댔다. 아무래도 상관없다. 지금은 잠자코 있자. 중요한 것은 철도 안내서를 되찾아 살인곰 서점의 이벤트를 성공시키는 것. 미노와와 손자가 불평하기라도 하면 그때는 내가 당하기만 하지 않는다는 것을 보여주면 된다.

택시가 길을 꺾었다. 운전기사가 "아" 하고 말했다. 눈앞에 붉은 회전등이 빛나고 있다. 구급차와 경찰차가 '네메아 스포츠짐 에비스 점'이 입점해 있는 상업빌딩 앞에 멈춰 있었다. 들것에는 머리를 흰 천으로 감싼 중년 남성이 흐릿한 눈동자로 누워 있었다.

서둘러 택시에서 내려 빌딩 입구를 둘러싸고 있는 인파로 섞여 들어 그들이 하는 말에 귀를 기울였다. "쉽게 흥분하는 금발 마초"가 술에 취해 나타나, 운동 기구 사용 문제로 다른 회원과 시비가 붙어 상대를 때린 모양이다. 그 후에도 난동을 멈추지 않아 경찰과 헬스센터 직원 합계 여덟 명이 달려들어 뜯어말린 모양이다.

이윽고 스트로베리 블론드의 근육질 남성이 경찰에게 둘러싸인 채 계단을 내려왔다. 양손을 천으로 가린 도사키는 오만한 태도로 경찰차를 향해 걸어갔지만, 휘청거리다 트림을 했고, 그대로 경찰차 안에 떠밀려 들어갔다. 차 문이 닫혔을 때의 바람을 타고 술 냄새가 내가 있는 곳까지 풍겼다.

피해자를 태운 구급차가 사이렌을 울리며 출발했다. 직후에 도사키의 것으로 보이는 스포츠백과 비닐봉지에 든 전기 충격기를 손에 든 다른 경찰이 나타났다. 그가 올라타자 경찰차도 출발했다. 나는 내가 타고 온 택시로 돌아가려고 발걸음을 서둘렀지만 도착하기 전에 택시가 경찰차 뒤를 따라 출발하고 말았다.

큰소리를 지르며 뒤쫓았지만 택시는 멈추지 않았다. 미노와도 도시야도 나를 알아차리지 못했을 리가 없을 텐데 앞만 바라본 채 미동도 하지 않았다. 경찰차 회전등과 택시의 미등은 고마자와 길로 사라졌다.

나는 그 자리에 오도카니 서 있을 수밖에 없었다.

저 자식들, 경찰서로 가서 도사키의 짐에서 《ABC 철도 안내서》를 되찾을 속셈이다. 그것도 나를 빼놓고. 내가 되찾으면 약점을 잡힌다. 손자가 강도사건에 관련된 사실이 공표되는 것이 싫다면 철도 안내서를 내놓으라고 할 줄 알았나? 자신들처럼 나도 다른 사람의 약점을 잡고 흔들 거라고?

웃기지 마.

저 방향이라면 경찰차는 관할인 에비스미나미 경찰서로 향했으리라. 경찰청의 고위층에게 연락을 하고 밑에까지 명령이 하달되어 도사키의 짐에서 철도 안내서를 되찾기까지에는 다소 시간이 걸린다. 그 전에 그들 앞에 나타나서 한껏 놀라게 해주마.

다른 택시를 찾아 주위를 둘러보았다. 구급차와 경찰차가 사라지니 방금 전까지 사람들이 모여 있었던 헬스센터 앞 공간에는 네메아의 스태프 티셔츠를 입은 여자만 홀로 서 있을 뿐이었다. 택시가 사라진 방향을 냉소 띤 얼굴로 바라보고 있는 앳돼 보이는 여자는 머리카락을 무지개색 머리끈으로 묶었다.

나를 알아차리고 그녀도 내 쪽을 보았다. 도시야의 택시를 쫓아가던 것도 목격했으리라. 그녀의 입이 삐죽거렸다.

"어머나, 당신도?"

목에 걸고 있는 스태프 키는 명찰 겸용으로, '마미야'라고 적혀 있었다. 20대 초반, 어쩌면 10대 후반일지도 모른다. 고등학교 때는 운동부에서 몸을 단련한 탓에 화장이나 연애를 시작한 지 얼마 되지 않은 듯이 보였다. 마미야 입장에서 나는 어머니와 비슷한 나이일 테니 놀랄 만도 하리라.

"나는 탐정이야. 미노와 도시야를 쫓았던 건 일 때문이고."

"탐정? 그 자식, 무슨 짓을 했기에?"

"절도."

내 말에 그녀는 붙임눈썹을 깜박였다.

"도시야는 부자거든. 그것만은 확실해. 그런데 왜 물건을 훔쳐?"

"너는? 무슨 짓을 당했어?"

마미야의 입술이 일그러졌다.

"그 자식, 먼저 말을 걸을 때는 언제고 쉬운 여자는 싫다며. 샌님인 척을 하는 짜증나는 자식이야."

마미야는 거침없이 내뱉고는 다시 냉소를 지었다.

"혹시 그 절도라는 거 도사키 씨와도 관련 있어?"

"아마도."

"붙잡히면 도시야는 어떻게 돼? 교도소에 가려나?"

"그렇지는 않을걸. 아, 하지만 엄청 고생하기는 할 거야."

서둘러 첨언하니 마미야의 입꼬리가 살짝 올라갔다.

"그래? 그럼 좋은 걸 알려줄게. 도사키 씨는 오늘 왔을 때 술을 한잔 걸친 상태라 기분이 좋아 보였어. 도시야에게 빼앗은 게 돈이 꽤 됐다며 밀렸던 회비도 완납하고 내게 팁까지 주더라고."

아일리시 펍 'Dubliners' P'는 헬스센터에서 한 블록 정도 떨어진 상업빌딩 지하에 있었다. 피쉬 & 칩스를 손에 들고 에일 맥주를 마시고 다트를 즐기는 것이 도시야나 도사키의 일과 같은 거라고 마미야가 말했다.

만난 지 몇 분 만에 그녀의 냉소는 꽤나 세련되었다고 생각하며 검은 벽에 금색으로 펍이라는 글자만 새겨진 계단을 내려갔다. 도사키가 도시야에게《ABC 철도 안내서》를 빼앗아 판매한 돈으로 술에 취하기까지 걸린 시간은 불과 서너 시간. 그 짧은 시간 안에 거래가 완료되었다는 것을 생각해 보건대 상대와 직접 거래를 했고, 술집이 그 장소로 이용되었을 가능성이 높다. 근처에 도사키의 단골집이 어딘지 물었고, 마미야가 알려준 세 곳 중 하나였다.

골든위크의 징검다리 휴일이다 보니 다른 두 곳은 쉬는 날이었다. 이곳은 혼잡할지도 모르겠다는 생각에 두텁게 페인트를 칠한 문을 여니 의외로 한산했다. 퇴근길에 들렀던 손님들이 마침 돌아간 시간대였으리라. 벽의 대형 텔레비전이 축구 중계 중간에 '화이트 페전트 호텔'의 부정 회계와 관련된 뉴스를 내보내고 있었고, 제임스 조이스 티셔츠를 입고 조이스풍 동그란 안경을 쓴 젊은이가 카운터에 기대 나른하게 그것을 바라보고 있었다.

빈 카운터 자리에 앉아 기네스 생맥주를 주문한 다음, 아직 저녁 전이라는 생각에 셰퍼드 파이를 추가했다. 오븐에서 굽기 때문에 시간이 좀 걸린다는 조이스 군에게 네메아 스포츠짐 아가씨에게 소개받았다고 말했다. 그는 도사키를 알고 있어서 난동부리다 체포되었다는 이야기를 듣고 즐거워했다.

"아까 왔었거든요, 도사키 씨."

조이스 군은 기네스 잔을 내 앞에 두고 슬림핏 바지를 입은 다리를 뻗어 카운터 건너 자리에 앉았다.

"3만 엔으로 쌓인 외상을 청산해준 건 다행인데, 그 탓에 다시 빈털터리. 더는 외상이 안 된다고 말했음에도 잔말 말고 술이나 달라고 위협을 해서 말이죠. 사장님이 계시면 도사키 씨도 얌전한데. 우리 사장님, 바이킹의 자손이라 키가 2미터거든요. 그래서 어떡해야 하나 곤란했는데, 처음 보는 남자 손님이 그럼 자신이 사겠다며 지폐를 내밀더군요. 도사키 씨도 즐거운 듯이 둘이 마셨어요. 그러다 그 손님은 돌아갔는데, 도사키 씨의 지갑에 어느새 또 돈이 생겨나 있더라고요."

조이스 군이 생각난 듯이 말을 끊었다.

"어라, 혹시 나도 공모죄로 걸리는 건가? 주문하는 대로 다섯 잔이나 뽑아줬는데."

"음주운전으로 사고를 낸 게 아니니 술집에서 손님에게 술을 팔았다고 죄가 되지는 않아."

기네스 거품을 음미하며 말하니 조이스 군은 안도한 모양이다.

"그렇겠죠? 도사키 씨는 오늘의 돈은 내일로 넘기지 않는 성격이라 있으면 있는 대로……. 아니, 없어도 마시기는 하는데. 게다가 오늘은 다른 손님에게도 얻어마셨고."

"흐음. 그 손님, 씀씀이가 호탕하네. 혹시 호텔의 부정 경리 담당이라든가?"

조이스 군이 웃으며 손을 내저었다.

"아니, 고서점 업자였어요. 오래된 진귀한 책이라면 비싸게 사겠다고 말했거든요. 언뜻 보기에 부자로는 보이지 않는 후줄근한 아저씨였는데."

나는 놀라움을 감추기 위해 기네스를 마셨다.

《ABC 철도 안내서》 구매자를 도사키가 직접 불러냈다고만 생각했다. 아니면 도시야와 도사키의 철도 안내서 건과 관련된 사정을 알고 있던 인간과 여기서 만나서 건넸다고만. 그런데 어디선가 우연히 고서점 업자가 나타나서 철도 안내서를 갖고 있는 도사키에게 술을 샀다고? 그것도 여기서 다섯 잔은 더 마시고 헬스센터의 밀린 회비를 지불할 수 있을 정도의 돈을 내줄 수 있는 고서점 업자가?

생각에 잠겨 기네스를 벌컥벌컥 마시고 있다는 사실을 깨닫고 황급히 이야기를 돌렸다.

"우리 집에도 책이 많은데 구입 안 해주려나. 그 고서점. 연락처 몰라?"

"명함이 있어요. 도사키 씨가 떨어뜨리고 갔거든요."

조이스 군이 카운터 안쪽에서 명함을 꺼내 내 앞에 놓자 키친 타이머 벨이 울렸다. 이윽고 매쉬 포테이토와 치즈와 양고기가 구워진 달콤한 냄새가 지글거리는 소리와 함께 내 앞으로 이동했다. 하지만 셰퍼드 파이가 내 앞에 놓일 때까지 내 시선은 명함에 못 박힌 채 꽂혀 있었다.

'살인곰 서점 점장 도야마 야스유키'.

4

"저 아니거든요."

다음 날 아침, 서점에 나온 도야마가 약을 삼키며 그렇게 말했다.

"왜 제가 그 철도 안내서에 돈을 지불해야 하죠? 미노와 씨의 손자가 벌인 일이니 그 손자 또는 간단히 당해버린 하무라 씨가 되찾아와야죠. 게다가 퇴원한 지 1주일도 안 됐는데 밤에 에비스 변두리까지 나갈 리가 없잖아요?"

"그건 알아요."

나는 어제의 CCTV 영상을 모니터에 출력하는 작업을 하면서 말했다. 살인곰 서점 명함에는 곰이 식칼을 들어올리고 있는 그림이 인쇄되어 있는데, 이 마크는 2년 전에 일러스트레이터 스기타 히로미 씨가 다시 그려준 것이다. 도사키가 받아든 명함의 마크는 그 이전 것이었다.

"그런데 도야마 씨의 명함을 두고 갔다는 것으로 보아 문제의 '고서점 업자'는 도야마 씨가 아는 사람이에요. 그 녀석도《ABC 철도 안내서》를 노리고 어제 이 서점 근처에 있었던 거죠. 낡은 명함을 어쩌다 가지고 있었다고는 생각하기 힘드니까. 그곳에서 도사키의 범행을 목격하고 그들의 대화를 엿들은 거예요. 그런 다음 뒤를 쫓아, 펍에서 도사키에게 접촉해서 철도 안내서를 입수하는 데 성공한 거죠."

"서점 명함은 엄청 뿌렸으니까요."

도야마는 텔레비전 시청용 안경을 꺼내며 말했다.

"그렇다 해도 고서점 업자가 철도 안내서에 큰돈을 지불한 게 이해가 안 돼요. 가미오카 부이치라면 상태가 좋은 초판 사인본이라도 잘 쳐줘야 3천 엔. 직필 원고여도 서명이 들어간 에세이가 7만, 8만 엔 정도잖아요? 뒷세계 옥션에는 도난품도 출품된다고 하는데, 그《ABC 철도 안내서》에 한해서는 내력이 증명되지 않는 한 쓰레기나 마찬가지예요. 열광적인 팬이라면 그래도 갖고 싶어 할지 모르지만, 우리가 도둑맞았다고 공표하면 그리 비싸게 받을 수도 없죠. 그렇게 되면 돈을 벌 수가 없어요. 다만…… 가을에 '마쓰오 책 수집관'에서 가미오카의 특별전이 열릴 예정이라 했었죠?"

세타가야에 있는 '재단법인 마쓰오 책 수집관'은 마쓰오 재벌의 당주였던 마쓰오 하쓰칸 옹의 컬렉션에서 시작된 사립 도서관이다. 미술품도 많고 이따금 기획전을 연다. 나도 대학생 때 운수가 좋아진다는 두루마리 전을 보러 간 적이 있다. 소시가야오쿠라 역에서 버스를 타고 마쓰오 책 수집관 입구에서 내렸지만 도서관 자체는 언덕 정상에 있었다. 넓은 부지는 녹림으로 우거졌고 언덕길이 끝없이 이어진다. 우아한 미술전을 견학할 생각이었으나 숨이 꼴딱 넘어갈 정도의 등산이 되었다.

"그런 곳에서 특별전이 열리면 잡지에서 특집 기사를 내기도 하고 저서는 복간되겠죠. 재평가가 이루어져 가미오카의 시장 평가도 올라갈 거예요. 게다가 그 철도 안내서라면 마쓰오 책 수집관이 원할 테니 그곳에 파는 방법이 있어요."

"그런 거 원래 주인인 미노와 씨가 가만 있을 리 없잖아요."

도야마가 모니터 화면을 보며 말했다.

"그건 그런데 말이죠."

골든위크 기간 중 평일 오후, 뒷골목이지만 살고 싶은 마을 상위권인 기치조지의 인구 밀도는 높다. 모니터 화면에는 끊임없이 사람들이 오갔다.

"가미오카가 죽은 뒤, 유품이나 장서는 저택과 함께 조카인 하루마 씨가 관리했는데, 10년 전 저택의 노후화 탓에 철거가 결정되어 기증 이야기가 거론되었어요."

문학관이나 대학 도서관 등이 관심을 나타냈으나, 당시 마쓰오 책 수집관의 시오다 소 관장이 가미오카의 팬이기도 해서 기증처는 그곳으로 선정되었다.

"그 일로 하루마 씨가 몇 번이나 수집관에 와서 가미오카와의 추억에 대해 이야기하던 중 《ABC 철도 안내서》 이야기가 나왔어요. 스즈키 의사는 소꿉친구를 그리워하며 철도 안내서를 소중히 보관했지만, 그 가족은 가미오카를 좋게 생각 안 했죠. 하루마 씨가 부탁하면 넘겨줄지도 모른다고 하기에 갑자기 흥미가 동한 시오다 관장이 우리 소장품에 꼭 추가하면 좋겠다며 의욕을 보여, 바로 연락해서 스즈키 의사의 아들에게 구두 약속을 받아냈어요. 그런데 훗날 구입하고자 연락을 하니 의사의 부인이 나타나서 철도 안내서를 버렸다며 쌀쌀맞게 거절했다더군요."

"버렸다고요?"

도야마가 모니터 화면을 가리키며 "아" 하고 외쳤다.

"멈춰주세요. 저, 지금 그 사람 알아요. 고서점 업자일지도 몰라요."

정지 화면에는 초로의 남성이 찍혀 있었다. 나도 화면에 집중했다.

"……건너편 쓰루노 댁 남편분인데요."

"어라."

영상을 다시 재생시키자 "그로부터 몇 년 뒤의 일입니다 만" 하고 도야마가 이야기를 재개했다.

"마쓰오 책 수집관에서는 분기 별로 회원이나 후원자를 초대해서 기부금 모집 파티를 열어요. 저도 초대받았는데요, 그곳에서 미노와 씨의 장서 이야기가 나왔어요. 그 자리에 있던 몇 명인가가 고마바의 저택에 초대를 받아 장서를 구경하기로 했죠. 자랑할 만한 훌륭한 컬렉션이었는데 그곳에서 철도 안내서를 발견했을 때 얼마나 놀랐는지……. 앗, 지금 이쪽으로 걸어오던 사람, 본 적이."

"뒷집 시노다 댁 아들이에요. ……그래서요?"

"하루마 씨의 이야기는 관장과 저, 게다가 어쩌다 수집관을 찾았던 미노와 씨도 함께 들었거든요. 아마도 미노와 씨는 그 이야기를 들은 직후 아는 업자를 통해 수집관보다 먼저 그 책을 입수한 게 아닐까요? 그쪽에는 책을 버렸다고 말하게 시켜서 포기하게 만든 거겠죠."

"하지만 그걸 용케 도야마 씨에게 보여줬군요. 책 수집 경위를 들킬 텐데."

"범죄인 것도 아니고, 들켜도 상관없다고 생각한 게 아닐까요? 아니, 오히려 몇 년이 지났으니 공개하고 싶어진 걸지도요. 미노와 씨의 장서 구경 투어 다음에 시오다 씨에게 이 이야기를 했더니 '눈앞에서 빼앗기다니' 하며 이를 갈며 분해했어요. 그 두 사람, 여러 의미로 사이가 안 좋거든요."

"흐음, 시오다 씨도 수집가인가요?"

"그보다는 이건 마쓰오 그룹 내의 권력 투쟁의 결과 같은 거예요."

"네? 권력 투쟁?"

그러고 보니 미노와 시게미쓰는 마쓰오 그룹의 임원이라고 들었다.

"미노와 씨는 어머니가 마쓰오 일족 출신. 시오다 씨는 도쿄 대학교 법학부 졸업 후 마쓰오 상사에 입사해서 실력으로 두각을 나타냈죠. 그룹 내에서 창업주 가문과 신세력의 대립이 발발할 때마다 각자가 등 떠밀려 나오는 구도가 만들어진 거예요."

시오다가 정부 관료의 지지를 업고 마쓰오 전공 사장에 취임하면, 미노와가 창업주 집안 인맥의 추천을 받아 마쓰오 건설 사장이 된다. 한쪽이 마쓰오 부동산 CEO가 되면, 다른 한쪽이 마쓰오 모터스 사장이 된다.

"지금은 둘 다 그룹 임원 자리에 이름을 올리고 있지만, 일선에서는 은퇴한 거나 마찬가지라 겉으로 파도가 몰아치는 일은 없어요. 그러나 시오다 씨가 마쓰오 책 수집관 관장이 되었을 때는 꽤나 떠들썩했어요. 그곳은 마쓰오 하쓰칸 옹의 별저나 컬렉션을 재단에 기증하는 형태로 생긴 것으로, 부지 내에는 하쓰칸 옹이 묻힌 무덤도 있는 마쓰오 가문의 성지거든요. 일족 중 한 노파가 항의하러 오기도 했을 정도였죠."

도야마가 의미심장한 미소를 지었다. 나는 그제야 이해가 되었다.

애당초 왜 우리 서점이 미노와에게서 철도 안내서를 빌릴수 있었는지 의문이었다. 아무리 달리 필요한 책이 있어도 애서가는 다른 사람에게 소중한 책을 결코 빌려주지 않는다. 경비가 엄중한 미술관이라면 혹시 모를까, 유능한 탐정이니 랩슨 자물쇠라는 이유로 작은 서점의 전시용으로 빌려주는 일은 있을 수 없다. 불특정 다수의 마니아가 드나들 경우 도둑맞을 위험성이 생길 수밖에 없다.

하지만 도야마가 시오다와 미노와의 관계를 이용한 것이라면…….

"앗, 이 사람."

도야마가 세 번째로 큰소리를 지르며 모니터 화면을 가리켰다. 약간 뒤로 돌려 아이스캔디를 핥으며 걷는 도시야 바로 뒤쪽에서 두꺼운 안경을 쓰고 뻐드렁니에 거북목인 남자가 걸어오는 장면에서 정지시켰다. 조이스 군이 말한 "언뜻 보기에 부자로는 보이지 않는 후줄근한 아저씨" 그 자체였다. 하긴 우리 손님의 4할 정도가 그 묘사에 부합하는 사람들이기는 하지만.

"틀림없어요. 이 사람, 미카와시마의 '료조코梁上公 서방'의 2대 주인이에요."

도야마가 안경을 벗고 흥분한 듯이 일어났다.

"선대는 몇 년 전에 돌아가셨지만요. 죽은 자에게 채찍질을 하는 것 같지만 평판이 안 좋았거든요. 사람의 부고 정보를 한발 먼저 입수해서 장례가 끝나기도 전에 트럭을 몰고 가서 돈이 될 만한 장서를 실어내가는 고서점 이야기 모르세요? 나중에 유족이 항의를 해도 고인과 약속을 했다며 버티는."

"고서 업계에서 드물게 들리는 전설이군요."

"하지만 트럭 옆에 트럭을 대고 가져가는 고서점 이야기는 거의 못 들어봤죠?"

나는 눈을 크게 떴다.

"죽은 동업자를 탈탈 털어간 건가요?"

"서점 이름이 잘 말해주지 않나요? '료조코', 즉 대들보 위 손님은 도둑을 뜻하니까요. 자신이 갖고 있는 책의 가치를 올리기 위해 도립 도서관의 책을 가지고 나가 불태웠다는 이야기도 들은 적이 있어요. 젊었을 적 위조지폐 건으로 교도소에 들어갔다가 그 인맥으로 장물을 거래한다든가, 반대로 고서 거래를 위해 찾은 집의 정보를 그쪽 업계에 판다든가. 어디까지나 소문이지만."

이 이야기가 사실이라면 웃어넘길 수 있는 정도가 아니다.

"아들과는 전에 어딘가에서 인사를 나눈 적이 있으니 그때 명함을 건넸겠죠. 2대는 아버지와는 달리 평범하게 서점을 이어나가는 것 같았는데."

스마트폰으로 료조코 서방 홈페이지에 들어가 보았다. 오래된 고서점인 듯 게시판도 정보의 양도 많지 않다. 갱신할 생각도 없는 듯 구체적인 책 이름은 나와 있지 않고 다루는 장르만 열거되어 있었는데, 그중 필두가 현대문학, 그것도…….

"여기 혹시 가미오카 부이치 전문이었나요?"

"아, 맞다. 그랬죠."

도야마와 나는 얼굴을 마주보았다. 도야마가 고개를 갸웃거렸다.

"그러고 보니 하루마 씨가 말했어요. 가미오카의 장서표가 부착된 책이 시장에 나돌고 있다고 알려준 사람이 있어서, 서둘러서 가미오카의 저택을 찾아갔더니 뒷문 자물쇠가 부서져 있고, 귀중한 장서 상당수가 사라졌다고. 이쪽 지식이 있는 녀석이 한 짓이 틀림없다고……. 잠깐만요. 하무라 씨,

어디 가시나요?"

"물론 미카와시마죠."

나는 재킷을 걸치고 백을 집어 들었다.

"이 고서점의 2대 사장을 붙잡아 이야기를 듣겠어요. 잘
되면 철도 안내서도 되찾을 수 있을지 모르고요."

"안 됩니다."

도야마가 단호히 말했다.

"그 건 관련해서 의뢰가 온 게 없으므로 탐정 일이 아닙니
다. 하무라 씨의 개인적 흥미의 범주이니 서점 일을 우선해
주세요. 살인곰 서점은 이제 곧 개점 시간이거든요."

짜증을 참으며 서점 일을 처리했다.

개점과 거의 동시에 차례차례 손님이 찾아왔다. 모두가
즐거운 듯이 철도 미스터리에 대해 이야기꽃을 피운 결과
매상도 나쁘지 않았다. 이벤트를 위해 고생한 보람이 있었
다고 생각해야 하나 내 자본주의 미소는 금세 마모되었다.
《ABC 철도 안내서》는 어디에 있냐고 몇십 번이나 질문을
받았고, 소유주의 개인 사정 탓에 오늘은 없다고 몇십 번이
나 대답해야 했기 때문이다. "뭐야, 그것 때문에 왔는데" 하
고 시비를 거는 성가신 손님도 있었지만, 자세한 것은 점장
님에게 들으라며 2층 살롱에 있는 도야마에게 떠넘겼다. 그

래도 너무 바빠서 점심식사는커녕 화장실에 갔다 올 시간조차 없었다.

5시가 되어 손님의 발걸음도 뜸해지자 인내심에 한계가 찾아왔다. 살롱으로 올라가니 서점의 또 한 명의 오너인 도바시 다모쓰와 단골인 가가야 등이 담소 중이었다. 특히 도야마는 살짝 살집이 있는 그 성가신 손님을 '구라노 군'이라고 부르며 운노 주자의 단편 〈급행열차 전복마〉에 대해 즐거운 듯이 이야기를 나누고 있었다.

이 정도라면 카운터 요원은 차고도 넘친다. 나는 점심을 먹고 올 테니 뒷일은 부탁한다고만 말하고 대답도 기다리지 않고 서점에서 뛰쳐나왔다. 전철을 여러 번 갈아탄 끝에 미카와시마까지 약 한 시간이 걸렸다.

료조코 서방까지는 역에서 도보로 8분 거리인 모양인데, 이때가 되니 눈앞이 아찔할 정도로 배가 고팠다. 점심을 먹겠다고 하고 나온 것이니 제대로 밥을 먹자는 생각에 주위를 둘러보니, 전철 고가 바로 옆에 '미카와시마 우동'이라는 간판을 내건 작은 가게가 있었다. 도쿄의 동쪽 지리는 원체 잘 모르기는 한데 미카와시마 우동이라는 것은 처음 들었다. 카운터 자리만 있는 그 가게로 들어가 카레 우동을 주문했다. 인생 최고의 카레 우동이었다.

생각지도 못한 소득에 경쾌한 발걸음으로 목적지를 향했

다. 하늘에는 저녁놀이 펼쳐졌다. 공기는 건조했고, 구름도 적고, 별빛이 환했다. 헤드라이트나 가로등이 불을 밝히기 시작하고, 대량 생산된 자재로 조립된 건물의 인쇄된 간판들이 예쁘지만 특징 없는 거리에 시적인 악센트를 주었다.

료조코 서방은 멀리서도 한눈에 알 수 있었다. 무너지지 않는 것이 신기할 정도로 오래된 목조 2층 건물로, 그곳만이 한발 먼저 밤에 빨려 들어간 듯이 보였다. 1층 차양 위에 낡은 법랑 간판이 걸려 있었지만, 가게 이름도 쥐가 책 위에 올라가 있는 일러스트도 흐릿해서 알아보기 힘들었다.

이런 서점에 대체 하루에 어느 정도의 손님이 찾아올까? 오히려 단골을 제대로 확보한 탓에 뜨내기 상대는 도외시하는 걸까 생각하며 다가가니 안에서 손님이 나왔다. 눈이 마주쳤다. 바로 그 "구라노 군"이라 불렸던 젊은이다.

구라노 군이 나를 알아차렸는지 바로 고개를 돌리고 급히 길을 건너다 역 방향에서 오던 경차와 접촉했다. 차가 급브레이크를 밟았지만 구라노 군을 치고 말았고, 그가 길에 넘어졌다.

온몸이 차갑게 식었다. 누군가가 비명을 지르고, 누군가가 탄식했다. 구라노 군은 다행히 바로 일어나서 서점에서 나왔을 때에도 들고 있던 단행본 사이즈의 숄더백을 주워들고는 통통한 몸을 흔들며 역을 향해 내달렸다.

뒷모습을 바라보다 제정신을 차렸다. 나는 서점 안으로 뛰어들었다.

유리 위에 흰 페인트로 료조코 서방이라고 적힌 낡은 나무문은 50센티미터 정도 열려 있었다. 오래된 책 냄새에 생활 냄새나 먼지, 하수구 냄새가 섞인 뭐라 표현하기 힘든 악취가 떠돌았다.

벽에는 붙박이 책장, 중앙에는 2열로 늘어선 책장, 그리고 통로에 세 개의 책장. 중앙 통로 안쪽에 책으로 뒤덮인 카운터가 있고, 장부인 듯한 노트 위에 노트북과 주판이 올라가 있었다. 1990년대 초부터 상품이 전혀 바뀌지 않은 것처럼 느껴질 정도로 빛바랜 문고본이나 낡은 전집 책만 눈에 들어왔다.

카운터 옆에 통로가 있었다. 점주의 생활 공간과 연결된 곳이리라. 보면 볼수록 정말 전형적인 옛날 헌책방이었다. 전형적이지 않은 것은 책 더미나 서류가 무너져 여기저기 어질러져 있다는 것 정도일까.

시이나 린조, 쇼노 준조, 미야와키 순조를 주워 올리고, 발로 밟아 찢어진 택배 전표 등을 모아 카운터에 올려놓고는 안쪽으로 나아갔다. 바닥보다 30센티미터 정도 높은 다다미 방 중앙에는 아직도 이불이 덮인 탁상난로가 있었다. 그 주위로 식기가 깨진 채 음식과 함께 널브러져 있고, 바로 위전등이 희미하게 흔들리며 방구석에 웅크리고 있는 남자를 비췄다.

"괜찮으세요?"

남자가 천천히 고개를 들었다. 안경은 없었지만 튀어나온 이와 거북목의 "후줄근한 아저씨"였다. 얼굴에는 마른 피가 달라붙은 채 붓고 멍들었으며, 오른팔에도 얇고 긴 구타흔이 검붉게 남아 있었다.

남자는 왼팔로 힘없이 주위를 더듬거리더니 깨진 안경을 쓰고 내 쪽을 보았다. 그 목에서 가느다란 비명 같은 소리가 튀어나왔다.

"아니에요. 이제 여기에는 없어요. 없다고요. 제발 봐주세요."

5

골든위크 마지막날 비가 내렸다.

일주일 동안 신록은 청엽으로 바뀌었고, 살인곰 서점의 자그마한 분재조차 싱그럽게 빛을 발했다. 선명한 복숭아빛 철쭉이 비를 맞으며 달콤한 향기를 내뿜었다.

궂은 날씨였지만 철도 미스터리 페어는 절정을 맞아, 2층 살롱은 사람들의 훈김으로 갑갑할 정도였다. '철도 안내서 트릭의 한계와 가능성'이라는 테마의 토크쇼는 원만하게 막을 내리고, 살인곰 서점 명물인 고서 경매가 이어졌다. 이를 위해 서점 책장에 진열하지 않고 따로 빼두었던 책이 도야마의 능수능란한 진행으로 경매가 이루어진다. 그렇다고 희귀본만 있는 것은 아니다. 쉽게 구입할 수 있는 책에 어떤 이야기를 담는가가 중요하다.

도야마가 의사봉을 세게 두들겼다.

"그럼 다음, 옥션 번호 3번. 도널드 E. 웨스트레이크의《뉴욕을 털어라》가도카와문고, 1975년 4월 재판본입니다. 정신병원의 정원을 기차가 통과하는 장면은 포복절도. 빛이 바래고, 활자도 작고, 사람에 따라서는 노안경과 확대경이 필요할지 모르지만 그 가치는 충분하죠. 그럼 50엔부터 시작합니다."

"51엔"이라고 누군가가 말하자 그 즉시 누군가가 "100엔"이라고 외쳤다. 이것이 110이 되고 120이 되니, 다들 눈사태가 밀려오는 것처럼 경매에 참가했다. 즐기는 것이다. ……몇몇을 제외하고는. 미노와와 도시야는 파이프 의자에 앉아 안절부절못했고, 머리에는 붕대, 팔에는 보호대를 한 '료조코 서방'은 고개를 숙인 채고, 시오다 소는 왜 자신이 여기에 있는지 영문을 모르겠다는 얼굴로 옆에 앉은 회색 머리의 고상한 여성과 대화를 나누었다.

"그럼 다음, 옥션 번호 13번. 소겐추리문고《오리엔트 특급 살인》과《푸른 열차의 비밀》. 1978년 68쇄와 1977년 49쇄. 당시의 소겐추리문고다 보니 작가 표기는 애거서 크리스치군요. 보시는 대로 증기기관차 사진에 'POIROT'라는 이름이 올라가 있고, 기관차 사진 또한 좌우가 반대인 독특한 표지가 장점. 세트로 10엔부터 시작해보겠습니다."

누군가가 "5엔"이라고 외치자 다들 웃었다. 나는 커피메이커 전원을 켜고 간단한 요깃거리를 준비하기 시작했다. 대부분이 슈퍼마켓에서 사온 과자류지만, 커피 케이크 표면에는 《스트랜드 매거진》의 '열차 안에서 대화를 나누는 홈스와 왓슨' 일러스트가 프린트되어 있다. 주문 제작 케이크 점에 데이터를 보내 만든 것이다. 비가 내리는 가운데 가지러 다녀오는 데 고생했지만, 그럴 가치가 충분했다.

"다음, 옥션 번호 28번. 《프레스 비블리오메인》 창립 20주년 기념 출판, 사사키 기쿄의 또 하나의 걸작인 《탐정소설과 철도》입니다. 어린 산양의 가죽 장정에 루비가 박힌 170부 한정본이 아니라 소프트커버입니다만, 이쪽도 희귀한 책이죠. 한정 570부 중 507번째 책입니다."

문이 열리고 '구라노 군'이 살롱으로 슬며시 들어왔다. 바람막이를 입고 모자를 깊이 눌러써 얼굴을 감췄지만, 뺨이 모자 밖으로 크게 나와 있다. 그는 나나 '료조코 서방'을 곁눈질하고는 그대로 뒤쪽으로 이동했다.

도야마는 헛기침을 한 뒤 옥션을 계속 진행했다. 차례로 책이 낙찰되는 가운데 예상치 못한 가격으로 팔리는 책들이 나왔다. 고분샤문고의 《돌아온 기러기》라는, 재미는 있지만 희귀하지는 않은 앤솔러지에 2천 엔이라는 가격이 붙고, 아유카와 데쓰야의 《검은 트렁크》, 초판에 띠지 포함본이라는 엄청 희귀한 책이 모두가 멍하니 있는 사이 800엔에 낙찰되고 말았다.

"옥션 번호……. 몇 번이었더라? 드디어 마지막에서 두 번째 출품작입니다. 릴리언 잭슨 브라운의 《고양이는 기적 소리를 울린다》 하야카와문고, 2000년 9월 2쇄본. 거금을 들여 부활시킨 증기기관차와 그 주인의 실종을 둘러싼 이야기는 물론 〈9호 증기기관차 사고〉라는 삽입곡이 흥미진진합니다. 크레이그 라이스의 《스위트홈 살인사건》에서 부모와 자식이 노래하는 〈구식 97호 기관차의 전복〉과 비교해보는 것도 좋을 겁니다."

웅성거림과 웃음소리 속에 이 책은 철도 마니아가 낙찰받았다.

도야마가 나를 보았다. 나는 고개를 끄덕였다. 도야마는 땀을 닦고 물을 한 모금 마신 다음 일동을 둘러보고는 "그럼"하고 말했다.

"드디어 여러분께서 기다리시던 오늘의 주목 상품 《오리엔트 급행과 문학》 3종 세트 차례가 돌아왔습니다. 아, 조용히 해주세요. ……그 전에 인터넷에서 예고한 대로 여러분께 보여드리고 싶은 게 있습니다. 이것입니다."

도야마는 연탁 밑에서 책을 꺼냈다. B 문자 아래 검은 구멍이 뚫린 바로 그 철도 안내서다.

미노와와 도시야가 몸을 들썩였고, 시오다가 신음했다. '료조코 서방'이 고개를 들었다가 다시 숙였다. 도야마가 말했다.

"이《ABC 철도 안내서》에 대해서는 다들 알고 계실 겁니다. 다만 전시된 건 골든위크가 시작된 29일부터 5월 1일까지의 3일간이었습니다. 그 다음 날 서점 휴무일인 월요일 오후, 이 철도 안내서는 살인곰 서점에서 도망쳐 행방을 감추었죠."

도야마가 도시야를 물끄러미 바라본 후 말을 이었다.

"뒤를 쫓은 결과, 철도 안내서는 어떤 사람이 가지고 있다는 사실이 판명. 거기서 다시 다른 사람을 통해 또 다른 사람에게 건너갔다가 일단 그 모습이 사라졌습니다. 그러나 며칠 후, 의외의 장소에서 모습을 나타냅니다. 5일 목요일 오전에 세타가야에 있는 사립 도서관 '마쓰오 책 수집관'에 도착한 것이죠. 하리야 씨."

시오다 옆에 앉아 있던 회색머리의 여성이 일어섰다.

"마쓰오 책 수집관 사서인 하리야 히나코입니다. 방금 도야마 씨가 말씀하신 대로 3일 전 우리 쪽에 택배가 도착했습니다. 보낸 사람 이름은 가미오카 부이치였습니다."

일동이 술렁였다. 하리야가 나를 힐끔 보았다.

3일 저녁, 미카와시마의 료조코 서방에서 나는 바로 구급차를 불렀다. 점주의 타박상을 의심한 구급대원이 경찰에 연락했고, 달려온 경찰에게 참고인 조사를 받았다. 초지일관 '방문했더니 이 상황이었다'를 관철. '구라노 군'을 목격한 사실은 물론 철도 안내서 이야기도 하지 않았다. 경찰이 돌아간 후에는 병원에 가서 가족이 없는 '료조코 서방'을 위해 입원 보증인에 사인을 하고, 다음 날 아침에도 일찍 일어나 미카와시마까지 다시 가서, 서점에서 갈아입을 옷가지와 그밖의 것들을 챙겨왔다.

내가 멋대로 베푼 선의였지만 이 정도쯤 하면 뭔가 정보를 줄 거라 생각했다. 그러나 '료조코 서방'은 괴롭힘당한 쥐처럼 몸을 동그랗게 웅크릴 뿐 어떤 질문에도 대답하려 하지 않았다. 별 수 없이 서점 바닥에 떨어져 있던 택배 전표를 봤다고 말했다. 당일 오전 중에 발송된 것으로, 수취인은 '마쓰오 책 수집관', 발송인은 '가미오카 부이치'라는 전표. 때와 장소에 따라서는 태양보다 북풍 쪽이 효과적이다. '료조코 서방'은 그제야 입을 열었고, 나는 마쓰오 책 수집관으로 가서 하리야 사서에게 면담을 요청했다.

"택배 내용물은 가미오카의 장서표가 부착된 책들이었습니다. 가미오카의 장서는 일부가 소실되었다고 하니, 아마 그 사라진 장서일 겁니다. 귀중하고 진귀한 서적일 뿐만 아니라 가미오카의 필적으로 보이는 기록과 메모도 발견되었죠. 가미오카 부이치 연구에는 빼놓을 수 없는 자료라 생각합니다. 마쓰오 책 수집관을 대표하여 보내주신 분께 심심한 사의를 표합니다."

하리야가 우아하게 고개를 숙였다. '료조코 서방'의 뺨이 살짝 붉게 물들었다. 도야마가 헛기침을 했다.

"그 가미오카의 장서와 함께 이 철도 안내서가 들어 있었던 건데요……."

"이젠 됐잖습니까."

갑자기 미노와가 일어서서 말을 가로막았다.

"그 철도 안내서는 내 겁니다. 마쓰오 책 수집관에 발송되었다 해도 그 사실은 변하지 않아요. 지금 바로 돌려주시죠."

"잠깐만."

도야마가 대답하기 전에 시오다가 끼어들었다.

"철도 안내서는 원래 마쓰오 책 수집관 겁니다. 내가 관장을 역임했을 때 소유주였던 스즈키 의사의 아드님과 전화로 기증 건에 대한 약속을 받았죠. 그걸 점잖은 척하지만 수법은 비열한 누군가가 아는 고서점에게 명령해서 몰래 빼돌렸는데, 용케도 그 낯짝을 이곳에 들이댈 생각을 하셨군."

미노와가 손에 힘줄이 불거질 정도로 흑단 지팡이를 꽉 쥐었다. 나는 언제라도 달려들 수 있게 자세를 취했지만, 간신히 자제한 모양이다.

"그래, 내가 빌려준 거요. 그러니 돌려받는 데 무슨 문제가 있지?"

"아니, 마쓰오 책 수집관에 도착한 이상 지금은 수집관의 것이야."

"구두 약속은 효력이 없어. 도쿄 대학교 법학부인지 뭔지 모르겠지만, 고급 관료인 동창생이 뒤를 봐주지 않으면 제대로 된 계약 하나도 따오지 못하는 주제에 잘도 지껄이는군."

이번에는 시오다의 관자놀이가 경련했다. 그러나 이쪽도 간신히 참았다.

"그렇군. 관과 소유주 사이에 구두 약속이 있었다는 사실을 알고 있었던 건가? 그렇다면 이야기가 빠르지. 당신은 마쓰오 가문 일원이다. 이렇게 된 이상 몰래 빼돌려서 미안하다고 하쓰칸 옹의 영전 앞에서 사죄를 하고, 마쓰오 책 수집관에 기증하면 돼."

"웃기지 마. 돈을 낸 건 나고, 철도 안내서는 이 서점에서 도둑맞은 물건이다. 도난품을 수집관에 넘길 수는 없지."

신기한 논리를 펼치던 미노와가 "도시야"라는 한 마디와 함께 고개를 까닥였다. 도시야가 엉거주춤 일어나 좁은 파이프 의자 사이를 지나 앞으로 나와 철도 안내서로 손을 뻗었다. 그러나 다음 순간 그는 "으악" 하고 비명을 질렀다. 노기등등한 얼굴의 '구라노 군'이 어느 틈에 문을 등지고 서서 뒤에서 팔로 도시야의 목을 졸랐기 때문이다.

"그, 그 철도 안내서, 내, 내가 가져가겠어."

도시야가 발버둥치다 근처에 있던 손님을 발로 차서, 좁은 살롱은 대혼란에 빠졌다. 근처에 있던 손님들은 나 살려라 도망쳤다. 그 와중에 파이프 의자가 쓰러져 몇 명인가가 넘어졌다. 다른 쪽 문을 누군가가 열어 비가 실내로 불어 닥쳤다. 도야마가 철도 안내서를 몸으로 감싼 채 연탁에서 뒤로 물러서자 '구라노 군'이 울 것 같은 목소리로 울부짖었다.

"가지고 가지 마. 가, 가져간다는 게, 진짜로 가진다는 게 아니라, 비, 빌려달라는 것뿐이야. 아버지가 암으로 입원해서, 그 철도 안내서가 필요해."

"손자를 놓아줘."

미노와가 흑단 지팡이를 들어올리자 '료조코 서방'이 비명을 질렀다. 구라노 군이 땀을 흩뿌리며 외쳤다.

"나, 나는, 포, 폭력을 휘두르려는 게 아니야. 믿지 못하겠지만, 그건 내가 아니야. 이 서점 주인에게 저 사람이 《ABC 철도 안내서》를 찾아 미카와시마의 고서점에 갔을지도 모른다는 말을 듣고 뒤를 쫓은 거야. 미카와시마에는 고서점이 두 곳밖에 없어서 추월할 수 있었던 거라고. 하지만 그건 내가 한 짓이 아니야."

구라노 군이 나를 똑바로 쳐다보았다. 도시야는 그 두터운 팔에 목이 졸려 얼굴이 시뻘게졌다.

우와.

"마지막날인 오늘,《ABC 철도 안내서》에 대해 특별 발표가 있습니다"라고 SNS에 적어 미노와와 도시야를 끌어내고, 시오다, 하리야, '료조코 서방'을 초대했다. 그것으로《ABC 철도 안내서》를 되찾아 살인곰 서점의 이벤트를 고조시키는 목적을 달성했다고 생각했다. 물론 SNS를 본 구라노 군이 올 거라는 사실도 예측했지만, 설마 갑자기 난동을 부릴 줄은 예상 못했다.

나는 발밑을 신경 쓰며 앞으로 나아갔다.

"괜찮아. 나도 알아. 네가 도망친 직후 '료조코 서방' 주인 얼굴의 피는 이미 마른 상태였고 팔에 남은 멍은 얇고 길었어. 네가 서점에 도착하기 훨씬 전에 누군가가 얇고 긴 봉 같은 걸로 때린 거겠지."

미노와가 들어올린 지팡이를 황급히 내렸다. 그걸 옆 눈으로 살핀 후 나는 말을 이었다.

"네 단행본 사이즈의 가방에는 긴 흉기를 감출 수 없었어. 저기, 팔에 힘 좀 빼지 않을래? 그 사람을 죽일 생각이 없다면……."

너무 접근한 탓인지 구라노 군이 도시야의 목을 더욱 세게 조였다.

"알았으면 됐어요. 일단 철도 안내서를 조사하고 싶어요. 조사한 다음에는 마쓰오 책 수집관? 거기 제대로 돌려줄 테니까."

도야마가 슬금슬금 앞으로 나와서 품에 안고 있던 철도 안내서를 연탁 위에 올려놓았다. 구라노 군이 도시야의 몸을 밀며 그쪽으로 다가갔다. 미노와가 다시 지팡이를 들어 올려서는 근처에 있던 파이프 의자를 내리쳤다. 금속음이 울려퍼졌다.

"무슨 소리야. 조사한다고? 뭘 조사한다는 거야? 웃기지 마."

"그럼 당신에게 돌려줄게."

갑작스러운 상황에 힘이 들어갔는지 도시야의 울대에서 신기한 소리가 울렸다. 이번에는 얼굴이 새파래지기 시작했다. 나는 양팔을 벌려 달래듯 위아래로 움직이며 말했다.

"구라노 군, 내 말을 들어. '94식 사건' 현장에 있었던 가미오카 부이치의 다른 한 명의 애인은 구라노 마호코였지? 네 친척이니?"

"하, 할머니예요."

구라노 군이 흐느끼며 말했다.

"혹시 네 아버지는 자기 친아버지가 가미오카라고 생각하

214

는 거 아니야? 너는 그걸 조사해주고 싶은 거고. 그를 위해서 철도 안내서가 필요한 거지? 94식 사건 때 탄환은 가미오카의 어깨를 관통해《ABC 철도 안내서》에 착탄했어. 말하자면 그 철도 안내서에는 가미오카의 DNA가 부착되어 있다. 그렇게 생각한 거지?"

내 말에 몇 명인가의 손님이 신음했다. 구라노 군이 코를 훌쩍였다.

"아, 아버지는 할아버지에게 너는 할머니가 바람을 피워서 낳은 자식이라며 맞으며 자랐어요. 게다가 할아버지는 나쁜 짓을 해서 교도소에 들어갔고요. 이번에는 범죄자의 자식이라며 주위 사람들에게 괴롭힘당했는데, 그러다 94식 사건에 대해 알게 되어, 어쩌면 자신은 범죄자의 자식이 아닐지도 모른다고, 세계적인 작가의 아들일지도 모른다고…… 아버지는 그걸 알고 싶은 거야. 돌아가시기 전에 진실을 밝히고 싶어."

흥분한 구라노의 팔뚝 안에서 도시야의 발버둥이 서서히 약해지기 시작했다. 나는 초조해졌다. 차근차근 순서에 따라 발표하고 싶었지만 이렇게 된 이상 별 수 없다.

"네 마음은 잘 알겠어. 하지만 그 철도 안내서에서 DNA는 검출되지 않아. 왜냐면 그 철도 안내서는 가짜거든."

누군가가 숨을 삼켰다. 미노와가 험상궂은 눈초리로 나를 노려보았다. 구라노 군의 움직임이 딱 멈췄다. 경찰차 사이렌 소리가 가까워지며, 다른 한쪽 문으로 나갔던 손님들의 움직임으로 살롱 바깥이 소란스러워졌다.

"스즈키 의사의 유족에게 확인했어. 가미오카의 자백 후, 스즈키 씨 집안은 정말로 힘들어졌거든. 개업을 위해 빌린 돈을 갚을 수 없어서 친정 땅을 팔고, 아이들은 사립학교 입학도 취소되고. 그런데 가미오카는 사죄의 말 한마디 없었지. 그런 상황에 마쓰오 책 수집관에서 구입 이야기가 나왔고 그딴 인간의 유품이 앞으로도 소중히 보관될 거라 생각하니 화가 났을 거야. 부인은 철도 안내서를 갈가리 찢은 다음 타는 쓰레기로 버렸다고 해."

"그럼 부인이 버렸다고 한 말이 사실이었나."

시오다가 끼어들었다. 나는 고개를 끄덕였다.

"가미오카 부이치 전문이라는 늙은 고서점 업자가 찾아와서 꼭 철도 안내서를 팔아달라고 했을 때도 같은 말로 돌려보냈다더군요."

그 늙은 고서점 업자는 '료조코 서방'의 선대로, 위조지폐를 만든 경험도 있다는 소문이 있을 정도니 솜씨가 좋았으리라. 인터넷 서점으로 주문하면 《THE ABC RAILWAY GUIDE》는 10년 전 것이라도 얼마든지 구입할 수 있다. 그에게는 가미오카 부이치의 장서표가 부착된 책들이 얼마든지 있었다. 뜨거운 김을 쐬인 장서표를 벗겨 내고, 벗겨낸 장서표에 날짜를 적은 뒤 다시 붙인다. 책에 구멍을 뚫은 다음 책을 약간 일그러뜨린다. 그것으로 이 세상에 한 권밖에 없는 귀중한 《ABC 철도 안내서》 완성이다.

"뭐야. 그럼 당신, 그 고서점 업자에게 가짜를 산 거야?"

시오다가 눈이 동그래져서 미노와를 보았다. '료조코 서방'이 중얼거리듯 말했다.

"가짜라는 표현은 좀 그렇네요. 그건 아버지가 만든 예술품입니다. 아버지는 손님의 요구를 맞춰주는 천재였으니까."

"그래서 버리지 않기를 바랐어." 료조코 서방은 병원 침대에 누워 그렇게 말했다.

선대의 3주기가 지난 후 장부나 일기를 조사하다 그는 아버지가 생전에 감췄던 많은 사실을 알게 되었다. 가짜 《ABC 철도 안내서》를 고객인 미노와에게 팔았다는 사실을 알고, 미노와를 찾아가 그 사실을 밝혔다. 그것은 아버지의 예술품이라고.

미노와는 하늘에서 땅으로 떨어지는 기분이었으리라. "그 책이 집에 도착했을 때는 하늘로 날아오를 것 같은 기분"이었다고 했는데, 그것은 희귀한 책을 손에 넣었다는 기쁨 이상으로 시오다의 코를 납작하게 만들었다는 만족감 또한 컸을 것이다. 그래서 방심한 탓에 완전히 속고 말았다.

물론 화도 났지만, 그보다도 속았다는 그 사실 자체가 좋지 않았다. 도야마의 말처럼 사기꾼에게 속은 얼간이는 '기업의 임원 자격이 없다'는 말을 듣게 될 테니까. 하물며 지금은 하쓰칸(白鵬, 흰꿩이라는 뜻-옮긴이) 옹의 이름에서 유래한 '화이트 페전트 호텔'의 부정 회계 문제로 세상이 떠들썩한 와중이다. 앞으로 창업주 가문과 신세력과의 사이에 주도권 다툼이 거세지려는 찰나에……

때마침 도야마에게 연락이 와서 철도 안내서 전시를 부탁받았다. 그래서 미노와는 생각했다. 철도 안내서를 버리면 '료조코 서방'이 동네방네 떠들어댈 가능성이 있고, 그렇게 되면 자신이 속았다는 사실이 세상에 알려질 가능성이 있다. 그보다는 살인곰 서점에 전시를 한 다음 서점 측이 도난당한 것으로 하면, 그 와중에 가짜로 바뀌었다고 주장해 상황을 혼란에 빠뜨릴 수 있다. 도야마가 설득을 잘했기 때문도 《오리엔트 급행과 문학》 3종 세트가 갖고 싶었기 때문도 아니다. 가짜라는 것을 알고 있었기 때문에 '애장서'를 우리 서점에 빌려준 것이다.

그러나 사태는 생각지도 못한 방향으로 흘렀다. 철도 안내서는 예상 이상의 주목을 끌고 말았다. 도시야가 이용한 도사키는 엉망진창인 남자였고, '유능한 탐정'은 너무나 빨리 손자의 가담 사실을 밝혀냈다. 우리 SNS를 통해 철도 안내서가 대여된 사실을 알고 신경이 쓰인 '료조코 서방'이 상태를 살피러 왔다 책 강탈을 알아차리고, 끈질기게 철도 안내서 뒤를 쫓아 입수하고 말았다.

미노와가 철도 안내서를 버리거나 파괴할 가능성을 예상한 그는 아버지가 남긴 가미오카의 장서와 함께 가을에 가미오카의 특별전을 개최할 예정인 마쓰오 책 수집관에 철도 안내서를 보냈다. 미노와가 미카와시마로 달려왔을 때는 이미 발송이 끝난 다음이었고, 료조코 서방은 아무리 폭행을 당하더라도 어디로 보냈는지 결코 입을 열지 않았다……

"가짜…… 말도 안 돼……."

구라노 군의 팔에 힘이 빠져 도시야의 몸이 바닥으로 쓰러져 내렸다. 목이 위아래로 움직이는 것으로 보아 호흡에 문제는 없는 듯했다. 동시에 양쪽 문을 통해 경찰들이 들이닥쳤다.

4장
—
불온한 잠

1

　세타가야 길에서 버스를 내렸다. 신력 오봉(우란분, 일본의 경우 신력 오봉은 양력 7월 15일 전후, 구력 오봉은 8월 15일 전후—옮긴이) 초입이었다. 여름의 전초전 같은 더위와 습기에 고생하며 언덕을 올랐다.

　호화로운 단독주택이 늘어선 주택가였다. 예전에는 중심지 외곽이었을 텐데……. 풋콩이나 말라바시금치, 가지를 심어놓은 밭이 아직 곳곳에 남아 있고, 풍요의 신을 모신 신사나 지장보살을 모신 낡은 절도 눈에 띄었다. 길가에 자동판매기가 줄지어 있고, 페트병이 버려져 있고, 눈을 부릅뜬 정치가의 얼굴이 낡게 변색된 채 블록 담에 절조 없이 붙어 있다. 무사시노는 최근 어디나 이런 광경이다. 아름다움도 시적인 정취도 무엇 하나 느껴지지 않는다.

목적지에는 바로 도착했다. 선향 냄새를 느끼고 멈췄다가 '이와오'라는 팻말을 확인하고는 눈을 의심했다. 활기 넘치는 2세대 주택일 거라 생각했는데, 눈앞에 있는 것은 손질이 제대로 되지 않은 오래된 목조주택이다. 물받이에 강아지풀이 자라나 있고, 처마 끝에는 긴꼬리산누에나방이 달라붙어 있고, 이미 말라서 뻣뻣해진 여성 속옷이 삼백초 군생지 위에 축 늘어져 있다. 곰팡이와 하수도가 뒤섞인 냄새가 코를 찔렀다.

조사 시작부터 기세 좋게 벽에 막혔다. 기대하지 말자고 스스로를 달래며 초인종을 눌렀다. 인터폰을 받은 것은 나이가 느껴지는 여성이었다. 방문 이유를 밝히니 숨을 삼키는 듯한 기척과 침묵 후에 대답이 돌아왔다.

"……하라다 히로카 씨. 알아요. 옛날 이웃인데 돌아가신 분이죠."

바싹 마른 채 방치된 세탁물을 보고 집주인의 인지능력을 의심한 것은 실수였던 모양이다. 그녀의 언변은 유창했다.

"그 건으로 잠시 여쭙고 싶은 게 있습니다. 시간은 얼마 안 걸릴 거예요."

"네, 네, 괜찮습니다. 지금 문을 열게요."

구식 인터폰 수화기를 제자리에 돌려놓는 '찰칵' 하는 소리를 들으며 나는 조사가 제 방향으로 굴러가기 시작한 듯한 느낌을 받았다.

내 이름은 하무라 아키라. 국적은 일본, 성별은 여자. 기치조지 주택가에 있는 미스터리 전문서점 '살인곰 서점'의 아르바이트 점원이자, 이 서점이 반은 농담으로 시작한 '백곰 탐정사'에 소속된 유일무이한 탐정이다. 탐정사 사무소로 사용하고 있는 서점 2층으로 주거지를 옮긴 지 반년이 지났다.

거주지와 일터가 함께인 것은 좋지만은 않다. 우쭐해진 오너가 개인적으로 부려먹기까지 하니까. 물론 장점도 크다. 일단 집세가 들지 않는다. 통근이 없다. 점심을 집에서 먹을 수 있으니 버려지는 식자재도 나오지 않는다. 읽을 책이 부족하지 않다. 근처에는 농가의 직판소도 슈퍼마켓이나 백화점도 있다. 탐정 의뢰가 거의 없는 현재, 수입은 서점의 아르바이트 비와 대형 조사회사의 하청 일뿐이라 쥐꼬리만 하지만 지출 비용도 꽤나 줄었다.

더불어 이곳으로 이사 오기 전후에 내가 화재나 그 밖의 사정으로 가재도구를 모조리 잃었다는 사실을 알게 된 이웃들이 괜찮다면 쓰라며 여러 가지 것들을 나누어주었다. 달리 보자면 그들에게도 불필요한 것을 버릴 기회가 찾아온 것인데, 그래도 고마웠다. 여기저기서 낡은 스웨터만 서른 장가까이 받게 되었고, 직후 진드기에 물렸다고 해도 말이다.

그중에서도 스즈키 부부는 유명한 전통 가구점의 서랍장,

진짜 페르시아 융단, 브랜드 가구점의 소파 세트를 주었다. 스즈키 부부는 80대의 전직 교사로, 아이는 없고, 다섯 집 옆의 낡은 전통가옥에 살고 있는 서점의 단골이다. 딱 한 번 탐정사 의뢰인이 된 적도 있다. 몸집이 작은 부부가 즐거운 듯이 대화하며 서로를 의지하며 걷는 모습은 이 동네의 익숙한 풍경이다.

하지만 부부는 낡은 단독주택에서의 삶이 힘들어졌다며 올해 지바 현에 있는 보소 반도의 실버타운 입주를 결정했다. 그 준비를 겸해 필요 없게 된 가구류(와 스웨터)를 내게 준 것이다. 팔면 다소 돈이 될 테지만 아는 사람이 소중히 써주는 편이 더 좋다며. 덕분에 파티션 설치와 도배와 같은 DIY로 간신히 정비를 완료하니 백곰 탐정사 사무소의 품격이 갖춰졌다. 나는 부부에게 진심으로 감사 인사를 하고, 이사할 때는 뭐든 하겠다고 자청했다.

그러나 부부가 함께 이사하는 날은 오지 않았다. 꽃샘추위가 찾아온 날 아침, 구급차 사이렌이 스즈키 댁 앞에서 멈췄다. 남편이 전날 밤, 목욕을 마친 후 잘 자라는 인사를 하고 잠자리에 든 뒤 그대로 일어나지 못한 것이다.

유언도 있었기에 장례식은 간소히 치러졌다. 얼마간은 제자들의 조문이 끊이지 않았지만 7월이 되니 그것도 끊겼다. 결국 부인인 시나코는 장마가 끝나면 해변가 아파트로 혼자 이사하기로 했다. 그래서 날이 좀 개었을 때 도울 일은 없는지 찾아뵈었더니, 돌아가신 남편의 장서 처리를 부탁받았다.

"그런 잡동사니를 인수해달라고 부탁해서 미안해요."

책을 끈으로 묶고 리어카에 실은 뒤 매수 금액을 말씀드리니 시나코는 그 약소한 돈을 받아들고는 지갑에 넣으며 말했다. 전과 다르게 그녀의 손가락 관절이 눈에 확 띄었다.

"그 잡동사니를 판 건 거의 우리 서점인 걸요."

"어머나, 그러고 보니 그러네."

시나코가 웃음을 터트리며 가볍게 내 어깨를 두드렸다.

"우린 매일처럼 그 서점을 찾았는데. 저녁에 농산물 직판소를 들렀다 공원을 가로질러서. 때로는 마루이 백화점 뒤에 있는 크레이프를 하나 사서 반씩 나눠먹기도 했고. 론론 시장에서 저녁 찬거리를 사고는 마지막에 살인곰 서점에 들러 책을 고르는 거야. 근처에 서점이 생겼을 때 얼마나 기뻤는지. 이사할 곳에는 근처에 서점이 없더라고. 그게 유일하게 안타까운 점이야."

틀어 올린 백발이 한숨과 함께 흔들렸지만, 시나코는 바로 말투를 바꾸었다.

"어머나, 미안해라. 쓸데없는 이야기를. 하무라 씨, 혹시 시간 좀 있어요? 조사를 의뢰하고 싶은데."

조사 의뢰! 이 얼마나 오랜만에 듣는 아름다운 울림이란 말인가.

들뜬 기분으로 사들인 장서를 서점으로 옮기고, 노트와 서류를 챙겨 돌아왔다. 시나코는 두 사람 몫의 보리차와 ecco 신발 상자가 놓인 식탁에서 나를 기다렸다.

"사실 내게는 엄청 신경 쓰이는 일이 있거든."

시나코가 맞은편에 앉아 등줄기를 곧추세우고는 말을 꺼냈다.

"12년 전 봄, 사촌 여동생이 죽었다는 연락을 받았어. 달리 가족이 없어서 유골은 물론 그녀의 집도 내가 떠안게 되었지."

그 집은 세타가야 길 근처의 주택가에 있었다. 버스 정류장까지 걸어서 3분. 근처에는 쇼핑몰이나 학교도 있어서 편리했지만, 통로 폭이 1미터라는, 좁고 긴 땅에 날림공사로 지은 오래된 집이다. 당시에는 갱지로 만든다 해도 비싼 고정자산세가 가산될 때고, 건축 제한 탓에 신축도 어려웠다. 그 물건은 매수인이나 임차인은커녕 부동산업자조차 맡으려 하지 않았다.

"한번은 필요한 서류를 찾으러 갔는데, 손질을 하지 않은 정원은 정글 같아서 집에 도착하는 게 고작이었어. 이웃들도 민폐라는 식으로 말하고. 결국 사촌 여동생이 남긴 돈으로 심부름업자를 고용하기로 했지."

동쪽에 이웃한 이와오 댁이 소개해준 심부름업자는 '세이조 이마이 서비스'. 대표인 이마이 요시타카는 이와오의 지인으로, 퇴직한 소방관이었다. 자택을 사무소 삼아 개업한 참으로, 혹시나 하는 마음에 부탁했더니 단 몇 시간 만에 웃자란 나뭇가지를 쳐내고, 잡초를 뽑아내고, 쓰레기는 정리해서 재활용센터에 실어 나르는 등 일처리가 깔끔했다. 비용도 예상했던 돈보다 훨씬 적게 들어, 이후 관리를 부탁하게 되었다. 그러던 중 이마이가 괜찮다면 그 집을 자신에게 빌려주지 않겠냐며, 창고 겸 사무소로 쓰고 싶다고 했을 때도 그 자리에서 바로 오케이했다는 것이다.

"이마이 씨가 사용해준다면 집 걱정은 하지 않아도 되고, 집세도 들어오니까. 여기저기 고치는 비용은 들었지만 마이너스가 되지 않는 것만으로도 감사할 지경이었거든."

덕분에 세타가야의 집에 대한 일은 신경 쓰지 않아도 된 지 1년 후, 갑자기 젊지 않은 여자 목소리로 이상한 전화가 걸려왔다.

"이름도 밝히지 않고, 화가 난 고양이처럼 씩씩대며 댁은 대체 무슨 생각으로 그런 여자를 집에 들이냐며 화를 내는 거야. 전혀 짐작 가는 바도 없고, 정신이 이상한 사람인가 했지만, 찬찬히 들어보니 세타가야의 집 이야기더라고. 그래서 세이조 이마이 서비스로 연락을 해서 캐물었더니, 갑자기 이마이 씨가 허둥대는 거야."

시나코는 왜소하고 약해 보이지만 전직 교사에다 현재도 두뇌 명석. 적당한 변명으로 속일 수 없는 사람이다. 계속 이마이를 추궁했더니…….

"하라다 히로카라는 여성을 거기 살게 하고 있다는 사실을 인정했어."

하라다 히로카는 당시 40세. 이마이가 현직이었을 때 단골이었던 술집에서 알게 된 사이인데, 문제의 전화가 있기 몇 달 전에 그 술집에서 재회했다는 것이다. 히로카는 당시 도야마의 공영 아파트 단지에 있는 친구 집에서 살았는데, 화재가 나서 그 집에서 나오게 되었다는 것이다.

"이마이 씨는 그럼 우리 사무소를 쓰라고 한 거겠지. 작은 부엌과 샤워실도 있고, 사무소라고 했지만 창고처럼 사용했으니 평소에는 아무도 이용하지 않아. 다음 살 곳을 찾을 때까지만이라는 약속을 하고 그렇게 한 모양인데."

그런데 히로카는 그대로 그곳에 눌러앉아서는, 이마이가 업무용 자재를 가지러 가면 단정치 못한 네글리제 차림으로 모습을 보이게 되었다. 이렇게 되면 애인을 다른 집에 두고 있는 거라고 오해받을 수밖에 없다. 이마이 왈, 가족이나 이웃의 이목도 있어서 그만 나가달라고 몇 번이나 부탁을 했는데 전혀 듣지 않았다는 것이다. 그렇다고 억지로 내쫓을 수도 없어서 질질 시간을 끌게 된 모양이다.

"하지만 스즈키 씨에게까지 폐를 끼치고 말았으니, 이번에야말로 제대로 처리하겠다고 이마이 씨가 말하니 믿고 맡겼거든. 그 이후, 연락은 없었지만 이상한 전화도 걸려오지 않았고, 해결된 거라 믿었어. 그런데 그로부터 3주 정도 지난 어느 날, 갑자기 경찰에게 연락이 와서는 세타가야의 집에서 여성이 죽었다지 뭐야."

사체를 발견한 것은 오랜만에 사무소를 찾은 이마이로, 히로카의 소지품이 남아 있는데 본인은 없고, 샤워룸에서 악취가 나서 경찰에 신고했다. 더운 계절이기도 해서 시신은 심각한 상태였으나 별다른 외상은 없었다. 집에 자물쇠는 잠겨 있지 않았지만 누가 침입했던 흔적도 없고, 창문이 없는 샤워룸은 안쪽에서 잠겨 있었다. 치과 기록을 통해 시신이 하라다 히로카 본인이라고 확인되자, 이 일은 급성 심부전으로 인한 사망으로 정리되었다.

"나중에 물어보니 이마이 씨는 내가 전화한 직후 히로카 씨를 만났다더라고. 히로카 씨는 집에서 나갈 생각이었는지 짐을 정리하기 시작했다는 거야. 직후에 모시고 살던 이마이 씨의 장모님이 돌아가시고, 이마이 씨는 요로결석으로 병원에 실려 가는 등 악재가 연달아서 얼마간은 그녀에 대해 신경 쓸 여유가 없었다고 했어."

석연치 않았던 시나코는 담당 경찰에게 직접 그 전화에 대해 이야기했지만, 감식 작업은 신중히 이루어졌다는 것, 제삼자의 침입 흔적은 없었다는 것 등 알아듣지 못하는 아이를 타이르는 듯이 설명하고는 그것으로 끝. 이마이에게서는 임대 계약 해지 요청이, 동쪽에 이웃한 이와오 댁에서는 2세대 주택을 신축하려 하니 부지를 사고 싶다는 타진이 왔다. 그런 불길한 집은 빨리 없애버리는 것이 제격이고, 장래 그곳이 아이들의 웃음소리가 끊이지 않는 집이 된다면 죽은 사람에 대한 공양도 될 거라는 남편의 권유에 시나코는 집의 철거를 떠안는 조건으로 땅을 이와오 댁에 양도했다.

"그런데 말이지, 히로카 씨에게 친척은 없어서 시신은 관청에서 처리했고, 1년 후에는 무연고 사망자로 정리되었어. 그 사실을 알게 되니 왠지 마음에 걸리는 거야. 철거 직전, 살짝 집에 가보았거든. 그랬더니 텅 빈 핑크 슈트케이스가 있고, 덮개 안쪽 주머니에 이런 게 남아 있더라고."

시나코는 신발 상자에서 빛바랜 캐릭터 손수건, 뜨개실, 색종이와 광고 전단지로 만든 종이학 십여 마리…… 옛날 초등학생의 보물을 꺼내 하나씩 식탁 위에 늘어놓았다.

"이걸 보고 생각했어. 가까운 친척은 없더라도 어딘가에 누군가 그녀를 생각하고 있는 사람이 있지 않았을까? 함께 산책을 하거나, 쇼핑을 하거나, 차를 마시고 크레이프를 반

쪽씩 나눠 먹는 상대가. 아직 마흔이라는 젊은 나이였으니, 상대도 설마 그녀가 죽었다고는 생각 못 하는 게 아닐까? 그렇게 생각하니 견딜 수가 없어서 몰래 가지고 돌아왔지."

시나코는 사랑스러운 듯이 '보물'을 바라보았다. 그 늙은 얼굴에 70년 전 옛날 소녀의 모습이 살짝 보였다.

"하지만 이사하기로 한 이상 이것도 버릴 수밖에 없어. 실제로 버리려고 했는데 하무라 씨가 생각나더라고. 탐정님, 하라다 히로카에 대해……. 그녀를 소중히 생각하고 있는 사람에 대해 알아봐줄 수는 없을까? 그런 사람을 찾게 되면 이 보물을 건네주고 싶어."

시나코는 사촌 여동생이 남긴 돈이라며 50만 엔이 담긴 봉투를 건넸다. 유산은 꽤 있었지만 집 유지비로 대부분이 사라졌다. 여유도 없으니 조사는 이 돈의 범위 안에서 부탁하고 싶다며 시나코가 면목 없다는 듯이 말했다.

계약서를 작성하고 신발 상자를 받아들었다. 시간이 꽤나 흘러버린 힘든 의뢰이기는 했으나 의뢰는 의뢰다. 폴짝폴짝 뛸 것 같은 기분을 억누르며 백곰 탐정사 사무소로 돌아와 바로 검색을 시작했다. 하라다 히로카 관련은 제로, 세이조 이마이 서비스는 몇 번을 검색해도 유명한 슈퍼마켓밖에 검색되지 않았으며, 시나코에게 받은 이마이 요시타카의 연락처는 더 이상 사용되지 않았다.

직접 찾아가보기로 하고, 신주쿠에서 오다큐 선을 타고 기타미 역에서 내렸다. 하지만 이마이의 주소지에는 이미 다른 사람이 살고 있었고, 전에 살던 사람에 대해서는 부동산에 물어보라는 말과 함께 인터폰이 끊겼다. 세이조가쿠엔앞 역의 부동산은 이마이가 소방관이었을 때부터 알고 지내던 사이지만, 5년 정도 전에 뇌경색으로 쓰러졌다고 들었다고 말한 것 이외에는 일절 입을 열지 않았다.

조금 더 정보를 수집하고 정리한 다음에 행동에 옮겼어야 했다고 후회하며 슈퍼마켓에서 돈가스 샌드위치와 물을 사서 역 빌딩 안에 있는 벤치에 앉아 늦은 점심을 때웠다. 먹다가 히로카가 죽은 집이 있던 세타가야 길의 주택가까지 멀지 않다는 생각이 들었다…….

이와오 댁의 인터폰이 끊긴 다음 잠시 기다렸다. 문패 아래로는 가족 모두의 이름을 적는 평화로운 시절의 우편함이 남아 있었다. 개인정보 운운할 필요 없이 이와오 다다오, 하쓰에, 노리오라고 적힌 흐릿한 문자를 바라보고 있으니 이윽고 문이 열리고 뺨이 홀쭉한 여성이 나타났다. 70대 후반이 아닐까. 빛바래고 군데군데 얼룩진 핑크 셔츠를 보풀투성이 바지 위에 입었다.

아마도 이와오 하쓰에일 것이다. 여성은 무릎을 감싼 채

꿇어앉고는 현관 앞 마룻귀틀에 방석을 놓아주었다. 주위에는 우산이나 신발이 시멘트 바닥 구석에 차곡차곡 쌓여 있고, 신발장 위나 계단으로 이어지는 공간에는 박스째 든 생수나 화장실 휴지, 코드가 그대로 나와 있는 전기 청소기가 아무렇게나 놓여 있다. 아이는커녕 다른 가족의 기척조차 느껴지지 않았다.

"그 건은 10년도 더 된 일인데, 이제 와서 뭘 조사하는 거야? 유족도 없는 걸로 알고 있는데 누구에게 부탁받았지?"

"유족이 아니어도 히로카 씨를 지금도 마음에 담고 있는 사람이 있다는 뜻입니다. 절대로 잊지 못하는 사람이."

시나코의 의뢰라는 사실은 숨긴 채 권유받은 방석에 앉으며 말했다.

"이와오 씨와 이마이 씨는 친한 사이였다더군요. 히로카 씨에 대한 것도 뭔가 듣지 않았을까 해서 찾아뵈었습니다만, 남편분은 댁에 계신가요?"

대답은 없었다. 다만 하쓰에의 숨소리가 거칠어지며 하악, 하악, 하며 울리기 시작했다. 몸 상태가 안 좋아졌나 하는 생각에 몸을 돌렸을 때 눈앞에 끈 같은 것이 내려오더니, 다음 순간 그 끈이 내 목을 졸랐다.

2

"11년 전, 여성 변사체, 샤워룸. 아, 기억나요."

줄곧 교도미나미 경찰서 소속이라는 초로의 경관이 땀을
흘리며 말했다.

"장마철이었던가. 악취가 난다는 신고를 받고 이 집 서쪽
에 있던 합판에 털이 난 것 같은 집으로 달려갔거든요. 신고
자는 전직 소방관으로, 샤워룸의 좁은 틈에서 벌레나 체액
이 새어나오는 걸 보고 보통 일이 아니라 생각한 거겠죠. 샤
워룸을 억지로 열려 하지 않고 우리들의 도착을 기다렸습니
다. 병사였어요, 그 여성. 이름이 뭐라 했죠?"

"하라다 히로카. 그냥 병사는 아니었던 것 같은데."

나는 목에 손을 대고 거친 목소리로 말했다. 제복 경찰은
못 들은 척하며, 구급대원들이 들것을 구급차에 싣는 모습

을 바라보았다. 들것에 묶인 하쓰에는 하악하악 성난 고양이 같은 숨소리를 내는 사이사이에 계속해서 소리 질렀다.

"왜 그딴 여자를 들락거리게 한 거야! 그딴 재수 옴 붙은 년이 뭐가 좋다고."

"두 번 다시 내 앞에 나타나지 마!"

"절대로 거기서 나오지 마!"

하쓰에는 뭔가를 아래로 쥐고 있는 듯한 형태로 오른손을 계속 휘둘렀다. 예를 들면 식칼 같은 것을. 이런 여자가 갑자기 정원에 나타나서 저주의 말을 내뱉기라도 하면 공포에 질린 나머지 샤워룸으로 도망쳐서 안에서 잠그기는 했지만, 거기서 나오지 못한 채 열사병 같은 상태가 되어 정신을 잃고 그대로 죽는 것도 이상하지는 않다. 사후 3주일이 지나서 발견되었으니, 하쓰에의 흔적도 무성한 잡초로 뒤덮였으리라.

다음 날, 교도미나미 경찰서에 출두해 소회의실에서 담당자와 이야기를 나눈 덕에 다소 자세한 사정을 알 수 있었다.

나를 부른 담당자는 시오자와라는 피부가 반들반들한 아직 앳된 청년이었다. 같은 방에는 상사로 보이는 남자도 있어서 우리를 관찰했다. 나는 이 참고인 조사에서, 하쓰에가 갑자기 등 뒤에서 청소기 코드로 목을 졸랐다는 것 엉겁결에 몸을 숙였더니 엎어치기 한판을 걸어버린 상태가 되었는지 하쓰에가 시멘트 바닥으로 내동댕이쳐졌다는 사실을 몇 번이고 반복했지만, 시오자와는 싱글거리며 고개를 저었다.

"에이 또 그러신다. 당신, 탐정이잖아요? 무술 달인인 거 아닌가요? 그렇지 않고서는 갑자기 목이 졸렸는데 냉정하게 한판 엎어치기를 먹일 수가 없죠."

"아니, 정말로 우연히……."

"괜찮아요. 피의자가 목을 졸랐다는 증거는 거기 확실히 남아 있으니까요."

시오자와가 목소리를 낮추고 볼펜으로 내 목을 가리켰다. 현재 내 목에는 청소기 코드 자국이 검붉은 한 줄기 흔적으로 남아 있다. 주변에는 코드를 떼어내려고 내 손으로 긁은 상처, 이른바 '요시카와 선'이 남아 있었다. 사인이 액사縊死일 경우, 자살인지 타살인지를 구분하는 용어로, 미스터리 광이라면 익숙한 법의학 용어인데, 실물을 보는 것은 처음이었다. 셀카를 찍어서 살인곰 서점 SNS에 올리고 싶을 정도였다.

"먼저 손을 댄 게 이와오 하쓰에라는 사실은 거의 확정적이니까요. 안심하고 말씀하셔도 괜찮습니다. 사실은 침착하게 둘러메친 거죠? 당신에게 뭐라고 하는 게 아니에요. 제가 만약 탐정을 고용한다면 만일의 경우 제대로 싸울 수 있는 사람을 고를 거고, 남에게 그런 사람을 추천할 테니."

'그 수법에 넘어갈 것 같냐.'

설령 이번 일로 하쓰에가 허리나 척추에 손상을 입어 반신불수가 된다 해도 몸을 지켰을 뿐인 내게 법적인 책임은 없다. 어디까지나 정당방위다. 다만 내가 무술의 달인이라면 과잉방어가 적용될 수 있어 상황은 달라진다. 바꾸어 말하자면 경찰이 내 약점을 쥐고 흔들 수 있다.

"11년 전 하라다 히로카 씨의 죽음이 당시 경찰이 판단한 대로 자연사가 아니라 사건이었다는 사실을 공공연하게 떠들어낼 생각은 없습니다. 그럴 입장도 아니고. 그러니 그쪽이야말로 안심해도 됩니다."

하쓰에가 지껄여낸 말로 추측해 보건대 히로카에 대한 살의가 있었다고는 단언할 수 없고, 직접 공격을 한 것도 아니니 살인죄가 성립할지 의심스럽다. 사건 당시의 판단 착오가 이제 와서 큰 문제로 발전할 거라고는 생각하기 힘들지만, 조직의 인간에게는 그들 나름대로의 사정이나 불안감이 있으리라.

내 예상이 적중했던 모양이다. 상사가 자리에서 벌떡 일어나 그대로 소회의실에서 나갔다. 시오자와는 상사를 눈으로 배웅한 뒤 한숨을 내쉬고 "정말 어쩔 수 없군요" 하며 어째서인지 불평을 늘어놓기 시작했다.

하쓰에의 진술이 두서가 없었던 모양이다. 남편 다다오의 신혼 시절의 바람, 임신 중의 바람, 술집 여자가 찾아왔던 이야기, 그리고 하라다 히로카에 대한 이야기가 이리저리 뒤섞여, 상황별로 에피소드를 분리하는 것만으로도 큰 고생을 했다고 한다.

"하쓰에의 히로카에 대한 증오는 죽은 지 10년이 넘은 지금도 전혀 사라지지 않았더군요. 그 마음은 알겠어요. 35년의 결혼 생활 동안 쭉 남편의 바람기 때문에 고생하다 간신히 맞이한 노후에는 부부가 사이좋게 지낼 수 있겠다 생각했더니, 마지막 여자가 등장해서 사랑의 도피를 계획했으니까요. 그야 분노할 만해요."

"당사자인 이와오 다다오는 이 건에 대해 뭐라고?"

"그는 사체 발견 몇 달 뒤인 그러니까⋯⋯ 2005년 10월 7일에 가출한 이후 연락두절 상태라고 합니다. 아들인 노리오는 분가해서 따로 살고 있는데, 어머니와는 오랫동안 만나지 않았다더군요. 남편도 아들도 하쓰에가 벌인 짓을 알고 있었던 것 같아요. 며느리 말로는 노리오는 절대로 자기 자식을 어머니 곁에 두려 하지 않으려고 엄청 신경 썼다고 하니까."

시나코가 떠안은 땅을 2세대 주택을 만들겠다는 구실을 들이대며 산 것은, 시나코의 입을 막기 위해, 혹은 범죄 현장을 없애기 위해서였다. 스즈키 부부가 기대했던 아이들의 웃음소리가 울려 퍼지는 집이 될 가능성은 애초에 없었던 것이다.

"말하자면 가족들은 알고서도 하쓰에가 한 짓을 은폐한 건가요?"

"남편에게는 죄책감도 있었을 것이고, 당시 이미 아이가 있었던 아들 입장에서는 어머니가 사람을 죽게 만들었다는 사실을 감추고 싶었겠죠. 하지만 남편에게도 아들에게도 너무나도 무거운 진실이었는지 결국 가족은 뿔뿔이 흩어지고 말았습니다."

하쓰에는 죄의식과 언젠가 진실이 밝혀질지도 모른다는 공포를 안은 채 혼자 그 집에 남겨졌다. 그러니까 히로카를 지금도 마음에 담고 있다는 사람이 있다는 말에 무너지고 말았다. 짚 한 가닥을 올렸을 뿐인데 등뼈가 부서질 정도로 무거운 짐을 계속 짊어져 왔으리라.

그렇다고 해도 말라비틀어진 채 걸려 있던 세탁물이 하쓰에의 정신이 황폐해진 증거라는 사실을 알아차리지 못했을 줄이야. 나도 둔해졌다는 생각을 하며 시오자와에게 말했다.

"실종일이 정확히 특정되어 있다는 사실은, 가족들이 이미 다다오의 실종신고를 했다는 말이겠군요? 혹시 발견되면 제게도 연락해주면 좋겠는데요."

"그건 너무 뻔뻔한 거 아닌가요? 이와오 다다오의 개인정보도 수사과정에서 알게 된 사실이라서요. 탐정에게 알려줄 수는 없죠."

지금까지 나불나불 입을 놀린 주제에 시오자와가 볼 멘 표정을 지었다. 나는 침을 삼키다 아직도 남아 있는 목 통증에 얼굴을 찡그렸다.

"아까도 말씀드렸다시피 하라다 히로카 건으로 경찰에게 폐를 끼칠 생각은 없습니다. 적어도 저는."

"그게 무슨 뜻이죠?"

"내 의뢰인은 80대의 전직 교사로, 두뇌 명석. 11년 전에도 하라다 히로카의 죽음에 의문을 품고 당시 담당자에게 제보를 하기도 했습니다. 이번 건, 아직 보고하지는 않았지만 어떻게 보고하느냐에 따라 엄청난 일이 벌어질지도 모르겠네요. 그러니 잘 부탁해요."

나는 명함을 건네고, 작성된 조서에 사인을 하고, 목에 스카프를 두르고 교도미나미 경찰서에서 나왔다. 덥지만 교살 흔을 그대로 드러내놓고 다니면 지나다니는 사람이 깜짝 놀라고 말리라.

비가 내리는 가운데 교도 역을 향해 걸어가 역 근처 쇼핑몰 벤치에 앉아 지금까지 얻은 정보를 정리했다. 다다오가 발견되기까지 이쪽 방면은 막다른 길이다. 다른 접근법을 생각하자.

의뢰를 받자마자 내게 하청 일을 알선해주는 대형 조사 회사 '도토종합리서치'의 사쿠라이 하지메에게 연락을 해서 하라다 히로카의 호적이나 주민등록 등 기본 자료를 알아봐 달라고 했지만, 다소 시간이 걸릴 것이다. 그 밖에 알고 있는 사실이 뭔지 메모를 확인했다. 이마이 요시타카는 어딘가의 술집에서 히로카와 재회했다. 그녀는 신주쿠 도야마의 아파트 단지의 친구 집에서 살다가 화재가 발생해 집에서 나왔다…….

십수 년 전에 입에서 입을 거친 소문이다. 별 기대 없이 스마트폰으로 검색을 했다. 놀랍게도 그것으로 보이는 기사가 있었다.

2004년 11월 15일, 신주쿠 구 도야마 욘초메의 아파트 단지 ○○동 101호실의 기타노 라이 씨(28세) 집에서 화재가 발생했다. 불은 기타노 씨의 집 현관 주변을 태운 후 소화되었지만, 기타노 씨의 집에 동거하던 여성(39세)이 연기를 마시고 병원으로 실려 갔다. 최초 발화 장소인 현관에는 불이 날 위험성이 없었기 때문에 방화 가능성도 염두에 두고 소방서와 경찰이 화재 원인을 조사 중이다…….

검색을 계속했지만 사건이 해결되었다는 뉴스는 나오지

않았다. 아파트에서의 방화는 대형 참사를 일으킬 수 있기 때문에 수사에 공을 들였으리라. 그럼에도 미해결. 문득 불을 붙인 것이 그 동거 여성이었을지도 모른다는 생각이 머릿속을 스쳤다.

이번에는 기타노 라이에 대해 검색을 하다 '네이처 아티스트 RAI the NORTHFIELD 씨'의 SNS를 발견했다. 상반신을 헐벗다시피 한 셀프 사진과 자기 자랑 사이사이에 자연과의 일체화를 노래하는 시, 혼의 정화를 목표로 한다는 구실로 강의 모래톱에서 야영한 이야기, 별빛 하늘 아래서 섹스를 테마로 한 전통 시 등이 올라와 있다. 캠프 도구는 모두 고가 브랜드. 그다지 친하게 지내고 싶지 않은 타입이다.

진절머리를 내며 SNS 기록을 거슬러 올라가다 보니, 자택 근처의 '야마노테 선의 최고봉 하코네 산'(가나가와 현에 있는 동명의 산과는 별개―옮긴이) 등산이 300번을 넘었다는 글을 발견했다. 표고 44.6미터로는 300번을 올라도 그리 자랑이 안 될 텐데도 그는 파란 스탬프가 찍힌 등산 증명서를 손에 들고 자랑스러운 표정이다. 장소는 신주쿠 도야마. 기사에 실린 아파트 단지 근처다.

네이처 아티스트라는 활동으로 거금을 벌 거라는 생각은 들지 않기에 라이가 아직도 공영 아파트 단지에 살고 있을 가능성은 높다. 화재로 이사를 했을지도 모르지만 이렇게나 눈에 띄고 싶어 안달난 사람이다. 분명 바로 찾을 수 있다.

오다큐 선을 타고 신주쿠에 갔다. 택시를 기다리는 행렬을 지나쳐 서쪽 광장을 가로지를 때 12시가 되었다. 큰 맘 먹고 메트로 식당가의 사라시나 메밀국수 집에 들어갔다. 여기는 쑥갓튀김 메밀조차 800엔이나 한다. 하지만 만년 파리만 날리는 백곰 탐정사에 오랜만에 의뢰가 들어온 데다, 죽을 뻔했던 다음 날이다. 이 정도 사치는 부려도 괜찮으리라.

아직 위화감이 남은 목에 흰 메밀국수를 기세 좋게 삼켰다. 삼키지 못하고 목에 걸렸다. 벌을 받은 모양이다.

혀로 이 사이에 낀 파와 사투를 벌이며 버스를 탔다. 비는 계속 내리고, 끊임없이 흘러내리는 물방울을 와이퍼가 열심히 닦아내는 중이다. 좌석에 앉아 스마트폰을 꺼내 다시 한번 도야마 부근의 지도를 확인하고는 기가 죽었다. 도야마의 공영 아파트 단지는 상상 이상의 매머드 단지였다. 비가 내리는 상황에서는 밖에서 탐문을 하려 해도 사람이 없고, 불러 세워도 멈추지 않는 데다가 무엇보다 너무 넓다.

전과 동일한 집에 지금도 라이가 살고 있기를 바라는 사이 버스가 두 번째 정류장에 정차했다. 천둥이 이따금 울리고 비가 더 거세게 쏟아지는 가운데 단지와 공원이 뒤섞인 길을 걸었다. 하코네 산으로 보이는 듯한 다소 높은 장소도 보였지만 울창한 나무들 사이라 제대로 확인할 수 없었다.

공원 나무 위에서는 중형견 크기의 까마귀 떼가 모여 빗소리에 대항하듯 짖어대고 있었다.

버스가 다니는 길에서는 고층 아파트가 보였지만, 안쪽 깊숙한 곳에 있는 것은 엘리베이터가 없는 5층 높이의 저층 아파트 단지였다. 목적지는 그 낡은 아파트였다. 오래 거주한 사람이 많은지 화분이나 베란다 채소밭, 갈대 등 베란다가 각각 개성을 발휘했다.

1층 가장 끝 베란다에 바비큐 그릴과 카누, 접이식 의자와 테이블이 꽉 들어찬 것을 확인한 후에 입구 쪽으로 돌아갔다. 우편함에는 갈색으로 변색된 '기타노'라는 글자가 남아 있었다. 계단을 올라가 왼쪽 집 초인종을 누르고 노크를 하고 소리를 내 불렀다. 이윽고 달각 하는 소리와 함께 문이 살짝 열렸다. 체인이 걸린 틈 사이로 눈썹이 없는 여자의 얼굴이 보였다.

"실례합니다. 기타노 라이 씨를 찾아왔는데요, 부인이신가요?"

빗소리에 묻히지 않게 크게 말했다. 아직 젊은 여자가 고개를 끄덕이고는 뭐라고 말했다. 종교인가 세일즈로 들렸다.

아내가 있을 거라고 예상하지 못한 나는 바로 떠오른 구실을 입에 담았다.

"보험 관계를 포함한 조사를 하는 자입니다. 여기서 화재가 있었던 십여 년 전, 하라다 히로카 씨가 병원으로 이송되었죠? 그 건으로 기타노 씨와 이야기를 나누고 싶은데요."

빗소리 탓에 소리가 잘 전달되지 않는다는 것을 기회 삼아 화재보험이나 손해보험과 같은 단어를 적당히 늘어놓으니 여자가 작은 목소리로 "잠시 기다려 주세요" 하고 말하고는 문을 닫았다. 그 바람에 카레나 방충제나 체취가 뒤섞인 타인의 집 냄새가 풍겼다. 목이 자극되면 아직도 통증이 느껴진다. 갑자기 화가 치밀어 올랐다. 남의 사정에 고개를 들이미는 일을 하는 이상 위험한 상황에 처하는 일도 종종 있다. 때문에 나도 재빨리 이변을 깨닫고 회피할 수 있도록 오랫동안 스스로를 단련해 왔다……고 생각했다. 그런데 이 꼬락서니 하고는.

반성을 하고 있자니 체인을 푸는 소리가 들렸다. 집 안 냄새에 목이 자극되는 것을 피하고자 한 걸음 물러남과 동시에 문이 열렸다.

여자보다 먼저 식칼이 나타났다.

3

 반사적으로 문으로 달려들었다. 식칼을 쥔 여자의 손이 문에 끼었다. 여자는 신음소리를 내며 안쪽에서 문을 발로 찼다. 식칼이 문과 마찰을 일으켜 불꽃을 튀기며 온몸의 털이 곤두서는 듯한 기분 나쁜 금속음을 냈다. 작지만 날카로운 식칼이었다. 두터운 칼날이 눈앞에서 문틈을 위아래로 이동했다.

 "빌어먹을 년."

 문 안쪽에서 여자가 으르렁대듯 말했다.

 "갑자기 찾아와서는 뻔뻔한 얼굴로 눌러앉다니. 모두 네 탓이야. 이제 와서 무슨 볼 일이야. 돌아오지 마. 또 불태워버리기 전에."

 우와.

힘을 너무 주다가 상대의 팔을 부러뜨리고 싶지는 않지만, 그렇게 여유가 있는 상황이 아니다. 문에 등을 대고 다리에 힘을 주어 온몸으로 문을 막으며 있는 힘껏 소리를 질러 도움을 요청했으나 목 때문에 소리가 제대로 나오지 않았고, 복도에서 보이는 비는 공포마저 느끼게 할 정도로 거세게 쏟아져 모든 소리가 그 폭음에 묻히고 말았다. 때마침 홀딱 젖은 기타노가 돌아와서 다행이었지, 그렇지 않았다면 어제 이상의 소동이 벌어졌을지도 모른다.

기타노는 사진으로 본 것보다 키도 크고 힘도 셌다. 한눈에 사태를 파악했는지 나를 밀쳐내고 식칼을 휘두르던 팔을 잡고는 여자의 몸을 안고서 구겨 신은 신발을 차듯이 벗고는 집 안으로 들어갔다. 후들거리는 무릎을 질타하며 나도 따라 들어갔다. 10년 전에 불탄 흔적인지 신발장이나 주위 벽이 검게 변색되어 있었다.

현관 왼쪽에 욕실 겸 화장실, 그와 마주 보는 곳에 2평 정도의 방, 복도를 곧장 나아간 곳에 부엌과 안방. 전통적인 옛날식 아파트 구조다. 벽을 따라 화려한 드레스가 엄청나게 걸린 행거가 설치되어 있다. 아웃도어 물품이 쌓인 베란다가 보였다. 물건으로 넘쳐났지만 싱크대나 환풍기 주변은 우리 집보다 깨끗했고, 벽에는 클립으로 고정한 가스나 전기 영수증이 질서정연하게 늘어서 있다. 영수증 수령인은

'기타노 오토코 님'으로 되어 있었다.

기타노 라이는 방에 오토코로 보이는 여자를 집어던지고는 빼앗은 식칼을 손에 든 채 물었다.

"그런데 당신 누구?"

"보험 관계를 포함한 조사를 하고 있습니다."

나는 식칼에서 눈을 떼지 않고 재차 말했다. 순식간에 떠올린 변명치고는 꽤나 잘 둘러댄 것 같다. 보험회사 소속의 조사원이라 밝힌 것은 아니지만 그렇게 받아들이는 사람도 있으리라.

"단순한 조사원이라, 예를 들면 식칼로 위협당하거나 또 불태우겠다며 방화를 시사하는 발언을 들었다 해도 신고할 의무는 없습니다. 하라다 히로카 씨에 대해 묻고 싶은 게 있을 뿐이라."

기타노는 순간 긴장한 채 꿀꺽 침을 삼켰다.

"하라다 히로카……라니, 꽤 오래전 이야기를 꺼내는군. 10년도 더 지난 화재보험 관련해 이제 와서 뭘 조사할 필요가 있지? 미지급된 보험금이 있는 것도 아니잖아?"

"이쪽 조사 대상은 어디까지나 하라다 히로카 씨입니다. 기타노 씨에게 폐를 끼칠 일은 없습니다. 약속드리죠."

냉정한 말투를 가장했다. 실제로는 뒷골로 식은땀이 계속 흐르고 온몸의 관절이 계속 웃고 있었지만, 상대는 알아차리지 못한 모양이다. 기타노는 싱크대 문 안쪽에 식칼을 꽂고는 잠시 기다리라고 말하고 자리를 비웠다. 오토코도 자리에서 일어나 그 뒤를 따랐다. 얼마간 부부가 속삭이듯이 이야기를 나누는 듯하더니 이윽고 옷을 갈아입은 기타노가 혼자 돌아왔다.

"확실히 당시 그 여자는 우리 집에 있었어."

그는 알아듣기 힘든 작은 목소리로 말했다.

"어떻게 알게 된 사이인가요?"

"아는 사이라기보다……. 당시 아내가 임신을 해서, 나는 출산 비용을 벌기 위해 오메에서 뉴타운 택지 조성 일을 하고 있었거든. 가라쿠 산이라는 곳인데, 현장이 장난 아니게 엉망진창이었지. 지반 조사를 제대로 안 했는지 파면 물 반, 모래 반인 거야. 굴착기도 자주 기울어서 부상자가 끊이지 않았어. 도망치는 녀석이 속출한 덕에 오히려 잘 대해주더라고. 중기를 사용하는 도쿄 내 다른 현장보다 벌이가 쏠쏠했는데, 땅끝 같은 산 속이었으니 기숙사에 살 수밖에 없었지. 기분 전환이라고 해봤자 근처 '먼 모래'라는 스낵으로 마시러 가는 것뿐이었고. 거기 마담이 내가 임신 중인 마누라를 두고 일하러 왔다는 사실을 알고 그 여자를 소개해준 거야."

기타노는 단숨에 거기까지 말하고는 스포츠 워치를 소중

한 듯이 팔에서 풀러 천으로 감쌌다.

"아내의 오토코라는 이름은 '막내'라는 뜻이야. 아홉 명의 형제자매 중에서 막내다 보니 그런 이름이 붙었지. 부모가 어떻게 대했을지는 대충 상상이 가지? 아이가 생겼어도 부모에게는 의지하지 못했어."

"그래서 히로카 씨에게 부탁했나요?"

"그래. 마담 소개였으니 괜찮을 거라 생각해서."

"말하자면 당신은 히로카 씨를 고용한 건가요? 설마 공짜로 임신부 도우미를 자청할 리는 없을 거고.."

기타노가 헛기침을 했다.

"아니, 그게……. 당시 뉴타운 현장 소장이 근처의 오소기 가도 변에 집을 빌렸거든. 그 여자는 거기 살다가 부인에게 들켜서 쫓겨난 참이었지. 그 여자에게는 갈 곳이 없었고, 우린 사람이 필요했고. 좋은 거래였어. 유감스럽게도 아내와의 상성이 최악이었지만. 아내는 빨리 내보내라며 두 달 동안 매일 같이 전화를 걸었지."

기타노의 말투는 마치 남 일을 말하는 것 같았다. 나는 어이가 없었다.

"말하자면 당신은 상사의 애인인 데다 잘 알지도 못하는 히로카를 갑자기 임신 중인 아내에게 보냈고, 아내가 싫어했음에도 계속해서 함께 살게 했다고?"

내 말에 기타노가 당황해서는 눈동자를 굴리며 띄엄띄엄 말했다.

"그게…… 말이 좀 심한 것 같네? 마담 소개라고 했잖아? 게다가 아내를 혼자 집에 놔두는 것보다는 나을 거라고 생각했거든. 아내가 빨리 내보내달라고 한 건 단순한 불평이라고 생각했어. 설마 유산할 정도의 스트레스였다고는 생각 못했어."

경험상 허세가 심한 사람일수록 얼굴을 직접 마주대고 하는 거짓말은 서툰 편이다. 하지만 어디서부터 어디까지가 거짓말인지 전혀 감이 잡히지 않았다.

"아무 일도 안 했어."

어느 틈엔가 오토코가 나와서 불쑥 말했다.

"그 빌어먹을 여자, 아무것도 안 했다고. 부탁도 안 했는데 병원에는 따라왔지만. 그때 나를 사진으로 찍어서는 남편에게 보냈어. 한 거라고는 그것뿐. 내가 그 여자에게 밥을 해줬고, 어지른 옷이나 먹다 남긴 과자봉지도 정리했고, 세탁기에 던져놓은 옷은 내가 말리고, 걷고, 개켰지. 그 여자, 고맙다는 말은커녕 왜 블라우스를 다려놓지 않았냐며 불평까지 했다고."

오토코의 목소리가 점점 커지다 비명이 되었다. 기타노가 다가가서 어깨에 손을 올렸으나 오토코는 그 손을 뿌리치고 말했다.

"그 여자 탓이야. 내 탓이 아니야. 이 집에 눌러앉아서 꼼짝도 안 했기에 불로 좀 겁을 줬을 뿐. 신발장 위의 아로마 오일도 그 여자가 깬 거라, 그래서……."

기타노가 거칠게 오토코의 어깨를 감싸 안고 "괜찮아" 하고 그녀의 머리에 대고 말한 뒤, 나를 보고 연극 같은 말투로 말했다.

"그만 돌아가주지 않겠어? 아내는 그 여자의 일만 떠올리면 이렇게 되거든. 또 식칼을 휘두르기라도 하면 곤란하잖아?"

묻고 싶은 것이 아직 많았다. 기타노는 히로카의 이름을 거의 입에 담지 않고 '그 여자'라고 말했다. 그 이름이 오토코에게 유산과 방화의 기억을 떠오르게 하기 때문일 텐데, 과연 그뿐일까? 스낵 먼 모래의 마담과 히로카의 관계는? 그 밖에도 히로카에 대해 기억하고 있는 사실은 없는지? 두 달이나 함께 살았던 오토코는 그녀에게 개인적인 이야기를 듣지는 않았는지?

그러나 오토코의 히스테리가 연극이라고는 생각되지 않았다. 기타노가 오토코를 감싸 보인 것도 완전히 연기는 아니리라. 수도·광열비의 계약자는 기타노가 아니라 오토코다. 기타노는 평일 낮에 신발을 대충 구겨 신고 외출했었다.

비싼 아웃도어 상품. 오래전에 한 시대를 풍미했던 소형차를 살 수 있을 정도의 가격을 자랑하는 스포츠 워치. 업소여성의 전투복으로도 보이는 드레스들. 아마도 이 부부, 오토코가 벌고 기타노는 무위도식. 그런 삶을 지키기 위해서라면 기타노는 얼마든지 거짓말을 하리라.

나는 자리에서 일어서서 "마지막으로" 하고 말했다.

"그 현장 소장의 이름을 가르쳐주셨으면 합니다."

신주쿠 역으로 돌아가는 버스에 타서 이메일을 체크했다. 사쿠라이가 히로카에 대한 자료를 보냈다. 역시 사쿠라이. 일처리가 빠르다.

그러나 히로카의 호적에 아버지의 이름은 없었다. 어머니인 고 하라다 이치카의 호적도, 히로카의 본적이나 주민등록도 '오메 시 사루나리 지구 가라쿠 산 1번지'로 모두 동일했다. 뉴타운 현장 소장인 이시쿠라 후미히코가 빌린 오소기 가도 변의 아파트, 신주쿠 도야마, 세타가야 길 근처 등 히로카는 내가 알고 있는 것만 주소지를 세 번 바꾸었는데 단 한 번도 신고를 하지 않은 것이다.

실망감에 빠져 있을 때 버스가 종점에 도착했다.

재해로 느껴질 정도로 엄청 쏟아졌던 비가 거짓말처럼 그치고, 구름 사이로 엷은 햇살이 백화점 차양을 비추었다. 젖은 아스팔트에서 농후한 습기가 올라와 온몸을 감싼다. 해가 떠 있는 시간이 길어졌다고는 하나, 앞으로 몇 시간 후면 밤이 된다. 올해 첫 열대야가 오지 않기만 바랄 뿐. 내 사무소 겸 거주구에 에어컨은 없다. 마음이 넓은 이웃들도 에어컨을 나누어주지는 않았고, 만약 받았다 해도 나 스스로는 설치할 수 없다.

'젊었을 적에는 선풍기 한 대로 여름을 견뎌냈는데.'

속으로 중얼거리며 카페에 들어갔다. 인공적인 냉기와 습도 속에서 설탕을 넣은 커피를 마시니 다시 살아난 것 같았다. 힘을 얻은 나는 검색을 시작했다. 기타노가 택지 조성에 관여했다는 뉴타운이란, 오메 북쪽에 있는 '도쿄 웨스트포레스트 뉴타운'이라는 사실을 바로 알아낼 수 있었다. "정년퇴직 후의 여유 있는 노년층을 대상으로 경비회사와 간호사가 상주하는 실버타운으로서 주택도시정비공단이 민간기업과 공동으로 개발"한 모양이다.

분양 타입의 타운하우스로, 한 달 관리비가 깜짝 놀랄 정도였다. 그래도 도심보다는 싸고, 임대와는 달리 쫓겨날 일도 없다. 뉴타운은 여생을 자연 속에서 살고 싶다는 사람에게 인기를 얻어, 2006년 10월 판매가 시작된 제1기 28호에는 신청이 쇄도했다. 그 후 2기, 3기, 4기로 건설이 계속되어 현재는 140세대 200명 이상의 주민이 살고 있다.

백발에 플란넬 셔츠, 청바지를 입은 남편이 데님 원피스를 입은 아내와 '함께 화덕에서 구운 피자와 산지 채소 샐러드를 놓고 친구들을 접대하고 있습니다' 하고 말하고 싶은 듯한 선전 사진으로 가득한 홈페이지를 구석구석까지 살펴본 끝에 간신히 써먹을 만한 정보를 발견했다. 이 뉴타운은 공단과 '오히나타 건설', '히이라기 경비SS' 등이 공동으로 설립한 '니시노모리 컨소시엄'이 개발, 건설, 유지, 관리를 일괄 담당하고 있다고 했다. 이 컨소시엄의 주소지도 뉴타운 주소도 '오메 시 사루나리 지구 가라쿠 산 1번지'였다.

어쩌면 가라쿠 산은 히로카와 그 모친의 소유였을지도 모른다. 그 산을 니시노모리 컨소시엄에 매각해서 뉴타운이 조성되었으리라.

도심 외곽의 작은 산이 대체 얼마에 팔렸을지를 생각하면서 지도를 검색했다. 가라쿠 산은 오메 시 북부의 사루나리 지구 외곽의 사이타마 현 인근. 오메 역에서는 오소기 가도를 따라가다 산속으로 이어진 좁은 길 끝자락이다. 지도에 가라쿠 산이 있었던 장소에는 '도쿄 웨스트포레스트 뉴타운'이라는 글자가 새겨져 있었다.

주민등록이나 의무교육을 고려해 보았을 때 히로카는 적어도 어렸을 적에는 어머니와 함께 이 가라쿠 산에서 살고 있었다고 보는 것이 타당하리라. 산을 하나 넘은 곳에는 공립 초중학교가 있다. 히로카는 여기 다녔을 것이다.

최근에는 학교 쪽을 통해 정보를 얻어내기 정말 쉽지 않다. 그 방법은 나중에 생각하기로 하고, 일단 현지부터 가야하리라. 오메 역에서 렌터카를 빌릴 생각을 하고, 식은 커피를 단숨에 마시고 카페에서 나왔다. 거의 동시에 사쿠라이에게서 연락이 왔다.

"메일 받았어. 항상 고마워. 답례는 나카노의 꼬치구이 집어때?"

사쿠라이가 코웃음을 쳤다.

"아라이야쿠시에 새로 개척한 전통주와 말고기가 맛있는 가게로 해줘. 전 소방관에 관해서도 이것저것 알게 된 사실이 있는데……."

가게에 이미 도착해 있다기에 세이부신주쿠 선을 타고 아라이야쿠시앞 역을 향했다. 이 역에 내리는 것은 오랜만이었다. 개찰구 앞의 고서점이나 십여 년 전에 탐문을 했던 카페가 건재한 것을 곁눈질하며 지붕 덮인 상점가를 남하해, 목적하는 가게의 포렴을 발견했다. 거리는 아직 밝고 가게는 한산했다. 사쿠라이가 다다미방 객석에서 양반다리를 하고 앉아 말고기 회와 함께 술잔을 기울이는 중이었다. '다이아기쿠'라는 라벨이 붙은 술병이 함께였다.

"영화계의 거장 오즈 야스지로 감독이 사랑했던 술."

사쿠라이가 활짝 웃으며 말했다. 이 사람은 술에 취하면 학창 시절에 푹 빠졌던 영화 이야기를 하는 버릇이 있다. 그렇게 되기 전에 정보를 얻어내야 한다. 나는 대충 주문을 하고 신발을 벗었다.

"그래서? 이마이 요시타카에 대해 뭘 알아냈는데?"

"하무라가 2004년 전후에 정년퇴직한 소방관이라기에 고생했어. 사실은 정년 4년 전에 그만두었더라고. 그리고 5년 전에 죽었고."

"역시 뇌경색으로?"

부동산이 했던 이야기가 떠올라 물어보았는데 사쿠라이는 고개를 저었다.

"우리 회사에 있는 전직 소방관을 통해 알아봤는데, 오래 전에 그만둔 사람이라 사인까지는 알아내지 못했어. 장례식에 참석한 사람도 찾아내지 못했고. 동갑의 부인이 있었는데, 오래 전부터 가정 내 별거 상태라 상주를 맡았는지 어땠는지도 모른다더군."

"가정 내 별거……. 원인은 여자?"

나는 히로카의 삶을 떠올려보았다. 여자들에게 미움받고, 남자들을 조종해서 집에 눌러앉은 '그 여자'. 생각해보면 나는 그녀의 얼굴도 모른다. 시나코는 물론 하쓰에나 오토코에게서 히로카의 사진이 나올 리가 없을 거라는 생각에 갖고 있는지조차 물어보지 않았다.

그녀의 사진을 갖고 있는 사람이 있다면 그녀와 사랑의 도피를 하려 했던 이와오 다다오 정도일까. 꼭 보고 싶다는 생각을 하고 있을 때 사쿠라이가 트림과 함께 말했다.

"아니, 아드레날린이 항상 샘솟는 직업의 인간이 빠지기 쉬운 쪽."

의표를 찔렸다.

"도박?"

"현장에서 부상을 입고 내근직으로 전환된 이후 빠진 모양이야. 업무 중에 경마 중계를 듣고, 동료나 친척에게 돈을 빌리고, 신용카드를 이용해서 사채를 빌리기까지. 도박꾼의 전형적인 모습이지. 현장에서도 문제시되어서 다마 외곽의 소방서로 좌천되었다나 봐."

"……예를 들면 오메라든가?"

"거기보다 더 북쪽의 산속 출장소 같은 곳."

사정을 모르는 사쿠라이는 별 일 아니라는 듯이 말했다.

"옛날이라면 그 일로 도박과도 인연이 끊겼을 텐데 인터넷이라는 편리한 게 생겼으니 말이야. 달리 할 일이 없어진 만큼 오히려 더 병적으로 열중하게 된 게 아닐까? 원래 이마이는 붙임성이 좋고 성실한 사람으로, 동료들에게 인기도 있는 편이었어. 하지만 돈이 엮이면 인간관계는 붕괴하고,

원인이 도박이면 동정도 못 받지. 빨리 그만둬서 퇴직금으로 빚을 갚을 수밖에 없었을 거야."

그것과 자택을 판 돈으로. 나는 세이조가쿠엔앞 역 부동산을 떠올렸다. 그 부동산이 꽤나 쌀쌀맞았던 것은 빚 때문에 찾아온 사람이 많았기 때문이 아닐까? 시나코가 사촌 여동생의 유산이 꽤 있었지만 집 유지비로 거의 사라졌다고 말한 사실도 생각났다. 믿었던 이마이가 요구한 대로 유지비를 지불했으리라.

어쨌거나 이마이가 죽어버린 이상 이쪽 방면은 막다른 길이다. 보니 사쿠라이는 이야기가 끝난 모양인지 술을 들이켜기 시작했다. 취해버리기 전에 뉴타운 현장 소장이었던 이시쿠라의 연락처를 알아봐줄 수 없는지 부탁했다. 뉴타운을 만든 니시노모리 컨소시엄에 참가한 히이라기 경비SS는 도토종합리서치와 제휴 관계다.

"내부 정보를 캐내기 그리 어렵지는 않겠지?"

사쿠라이가 잔을 내려놓고 팔짱을 낀 다음 오랫동안 신음했다.

"어렵지는 않은데, 히이라기는 컨소시엄에서 빠져나오려 하는 중이거든. 여러 이유가 있지만, 딱 잘라 말하면 성가신데다 돈이 안 되기 때문이야. 소송 문제도 불거졌고."

"그게 무슨 말이야?"

"그건 직접 알아봐. 인터넷 뉴스로도 나왔으니까. 일단 니시노모리 컨소시엄은 히이라기 입장에서는 이제 트러블의 대명사가 되었어. 저출산 고령화와 연속된 대형 이벤트 탓에 경비원이 동이 났거든. 오지에서 근무하려 하는 경비원은 애당초 적은 탓에 거기 근무하게 하려면 특별 수당이 필요해. 그럼에도 경비원은 금방 그만두고."

"왜?"

사쿠라이가 술을 단숨에 들이켠 다음 목소리를 낮췄다.

"위험하거든. 도쿄 웨스트포레스트 뉴타운이란 곳은. 여러 의미로."

4

　밤새 비가 내렸다. 아침이 되어도 배려 없이 계속 내리는 비는 하수구 뚜껑까지 흘러넘쳤다. 물받이를 타고 내려가 하수도로 빨려 들어가는 물의 신음소리가 여기저기서 끊이지 않았다.

　오래 전부터 버릴 작정이었던 낡은 스니커를 꺼내 신고 다치카와 역에서 오메 선으로 갈아탔다. 어수선한 주택가가 계속되는 차창 경치는 그다지 변함이 없었지만 조금씩 집이 커지고, 정원이 넓어지고, 수풀이 늘어나고, 산도 보이기 시작했다. 뿜어져 나오는 땀을 닦으며 잘 익어 떨어진 매실이나 껍질이 갈라진 토마토를 바라보다 보니 어느새 오메 역에 도착했다.

　나는 다마 지역(도쿄의 중심지인 23구 지역을 제외한 나머지 지

역을 뜻한다. 도쿄 서쪽에 위치—옮긴이) 출신이지만 오메보다
더 안쪽은 거의 와본 적이 없다. 렌터카의 내비게이션에 의
지해 오소기 가도를 따라 나아갔다. 콘크리트 제방으로 단
단히 둘러싸인 구로사와 강변의 오래된 민가가 끊임없이 이
어진 길을 한없이 달리다 불안해지기 시작했을 무렵 도쿄
웨스트포레스트 뉴타운 간판을 발견하고 물보라를 튀기며
좌회전했다.

주택가 뒷길 같은 곳을 빠져나오니 바로 꾸불꾸불한 산길
이 나왔다. 급경사가 연속되어 위험한 길이었다. 그래서인지
비슬비슬한 삼나무 사면과 길 경계에 있는 가드레일 여기저
기가 움푹 들어가 있고, 포장된 길임에도 차는 이따금 크게
흔들렸다. 어딘가에서 산새가 날카롭게 지저귀고, 타이어 아
래에서 나뭇가지가 소리를 내며 부서졌다. 나는 인터넷 뉴
스를 떠올리며 신중하게 핸들을 꺾었다.

반년 전, 뉴타운의 한 거주민의 몸 상태가 안 좋아졌다. 구
급차를 불렀지만 도착하는 데 45분이 걸린다는 답변을 들
었다. 병원까지의 이송을 부탁하려 경비동에 연락을 했지만
아무도 연락을 받지 않아 아내가 경비동까지 달려갔는데,
거기서 또 대기만 20분. 그제야 나타난 경비원은 대기 장소
를 벗어날 수 없다며 요구를 거부. 어쩔 수 없이 아내가 운
전해서 병원으로 향했지만 초조한 마음 탓인지 차는 핀볼처

럼 가드레일에 계속에서 부딪치다 전복되고 말했다. 다행히 사고에 의한 부상도 병도 심각하지는 않았지만, 부부는 이 일을 빌미로 니시노모리 컨소시엄에 소송을 걸었다.

"나도 CCTV 영상 체크에 입회했는데 20분이나 기다렸다는 건 거짓말입니다. 고작해야 3, 4분 정도."

사쿠라이가 소개해준 파견 경비원 가마 유지는 문제의 경비동에서 커피를 타주며 햇볕에 그을린 얼굴로 환하게 웃었다. 나와 동년배인 듯하다. 오메 시 중앙 출신인데 뉴타운의 정보통인 모양이다.

경비동은 뉴타운의 문 바로 안쪽에 있었다. 바깥의 시선을 완전히 차폐하는 옆으로 긴 자동문은 장엄했으나, 경비동은 조립식 건물이고, 외등 근처에 거대한 나방이 달라붙어 있었다. 안에는 모니터가 죽 늘어서 있고, 문 바깥과 타운 안쪽 길 등 십여 곳의 영상이 흘러나왔다. 하지만 비가 내리는 상황이라 영상에 사람의 기척은 없어, 도저히 200명 이상의 사람이 살고 있다고는 생각되지 않았다. 그것은 참 쓸쓸한 광경이었다.

"꼼짝 못하는 증거 앞에 포기하나 했더니, 이번에는 경비원이 한 명밖에 없었다는 사실을 문제 삼기 시작한 거예요. 그들의 목적은 트집이란 트집은 다 잡아서 자기 집을 비싸게 되사가게 하는 거니까. 최근에는 쥐들도 머리가 영악해져서 그저 도망치기만 하지는 않는 것처럼요."

가마는 깨달음을 얻은 현자처럼 말하고는 내가 선물로 가져온 '모로조프'의 푸딩 뚜껑을 벗기고 한번에 입에 넣었다.

"침몰하는 중인가요? 이 뉴타운."

"그야, 뭐. 60대의, 아직 건강한 동안에는 산속에서의 삶도 나쁘지는 않지만 다들 나이를 먹으니까. 구급차가 도착하려면 45분. 병원은 멀고, 정부의 돌봄 서비스도 이용하기 쉽지 않죠. 겨울에는 추워서 난방비가 많이 들고, 등유가 떨어지면 동사의 위험성까지 있어요. 그런데 도시에서 살았던 사람은 가게도 병원도 등유도 바로 손에 닿는 곳에 있어서 간단히 이용하는 게 당연하다고 생각하거든요. 그렇지 못한 스트레스 때문인지 사사건건 불평을 늘어놓고 트집을 잡는 입주민들도 적지 않아요."

가마가 빈 푸딩 용기를 손으로 갖고 놀면서 말했다.

"비싼 관리비를 내는 거니 계약대로 간호사를 상주시켜라, 경비원 수를 늘려라, 늙은 관리인은 자르고 젊은 사람을 고용하라며 우리들에게 뭐라 하는 거예요. 때문에 다들 차례차례 그만두다 보니 더더욱 관리가 소홀해지고, 그렇게 되니 불평불만은 더 커지고. 악순환이죠."

"시간이 남아도는 거군요. 입주민도."

"대기업에서 수십 년 동안 혹사당한 끝에 퇴직금을 손에 들고 은퇴한 사람이 대다수다 보니 인간관계는 오로지 상하관계뿐. 일하는 것 이외에 취미도 없고. 모처럼 공기가 좋은 산속에 살고 있는데 하루 종일 텔레비전만 보거나 온라인 게임을 하거나. 오기를 부려 매일 바비큐를 해먹는 사람도 있기는 하지만요. 따분하다 보니 다른 사람의 사정에 의외로 밝아서, 여탐정님이 여기 온 사실도 분명 다들 알고 있을걸요."

"뉴타운 입주 개시 직후에는 잡지나 텔레비전에 많이 소개되어 구경하러 온 사람들도 많아 다들 들떠 있었지만." 가마의 말은 계속 이어졌다.

"더는 움직이지 못하게 되면 난 자살할 거야, 하고 웃으며 입주한 사람도 역시 죽고 싶지 않다는 사실을 알아차린 걸지도 몰라요. 게다가 이번 소송 건, 니시노모리 컨소시엄 내부에서도 잡음이 있는 것 같고요. 관리 주체인 공단은 히이라기 경비 책임이라고 하고, 그렇다면 간호사가 없었던 건 그쪽 책임 아니냐, 라든가. 애당초 뉴타운은 더 시내 근처에 조성할 예정이었는데 건설사가 멋대로 변경했다든가. 이제 와서 그런 말 한들 무슨 소용이 있다고……. 아, 지금 한 말은 오프더레코드입니다."

"물론이에요. 하지만 흥미롭네요. 왜 건설사는 뉴타운을 이 산에 만들기로 한 거죠?"

나는 손대지 않고 놔두었던 내 몫의 푸딩을 가마 쪽으로 밀었다. 가마는 어린아이 같은 미소로 받아들고는 목소리를 낮추었다.

"사실 이 지역에서 가라쿠 산은 재앙의 산이라 불리고 있거든요."

"그러고 보니 공사 중에 물이나 모래가 나왔다고 들었는데."

지명은 때때로 표기를 바꾼다. 불길한 이름을 무난한 이름으로 바꾸거나, 기록하는 공무원이 잘못 적어놓거나. 현재 이름은 '갑자기 즐거운 산俄樂山'이어도, 원래는 '상수리나무檪를 벌채한 산'이라든가, 혹은 '갑자기俄 떨어지는 산'일지도 모른다.

그렇게 말하니 가마가 고개를 갸웃했다.

"그렇다면 '나방蛾이 떨어진 산'일지도 모르겠네요. 옛날 옛적, 몇백 년이나 전의 일인데, 나방이 대량으로 발생한 적이 있었나 봐요. 애벌레가 무리를 지어 산을 내려와 밭을 망쳤다는 전설이 있어요. 만약 그게 차독나방이었다면 성충에도 독이 있으니까요. 몸에 달라붙기라도 한 사람은 엄청 붓고 아프고 가려웠을 거예요. 내가 아는 사람은 애벌레의 실이 청바지에 붙었었는데 안쪽 다리가 부었을 정도라고 했거든요."

268

맹독을 가진 애벌레가 무리지어 산을 내려온다……. 상상하기도 싫다.

"그래서 마을 사람들은 애벌레째 산을 불태웠어요. 그때 산 주인 일가의 아기까지 모조리 생매장했다는 전설이 있어요. 책임을 추궁당한 거겠죠. 그 후, 근처에 약사여래 불상을 놓고 산 주인 일가를 공양했다고 하는데, 죽인 다음에 공양을 하는 것도 좀……."

"점점 더 가라쿠 산은 뉴타운에 안 어울리는 것 같은데요."

가마는 두 번째 푸딩은 한 숟가락씩 퍼서 먹기 시작했다.

"처음에는 이와쿠라 가도에 인접한 오래된 공단 단지를 철거하고 뉴타운으로 만들 계획이었는데, 설명회에서 실수로 주민들과 싸운 거예요. 공단이라는 건 원래가 정부의 전면 출자로 만들어진 조직이니, 퇴거가 완료될 때까지 몇십 년 걸려도 상관없다는 식으로 느긋한 태도거든요. 하지만 민간기업과 합동사업을 벌이게 되면 그럴 수도 없죠. 속을 끓이던 오히나타 건설이 이미 구입해두었던 가라쿠 산을 후보지로 제시하고, 그 안건을 강력하게 밀어붙인 거죠. 지역 사람들은 엄청나게 반대했다고 하던데."

"흐음. 그럼 오히나타 건설은 어째서 가라쿠 산을 사서 갖고 있던 걸까요?"

"사반세기 전에는 골프장 예정지였던 모양이에요. 골프 회원권으로 한몫 챙기는 게 유행했으니. 그러나 버블이 터져 계획이 틀어진 거죠. 산 주인의 자손은 계속 가라쿠 산에서 살고 있었는데 뉴타운 건설이 궤도에 오르니 이번에는 퇴거비로도 한몫 챙겼다더군요."

"같은 땅으로 두 번이나 돈을 받아낸 건가요? 대단하네."

"산 주인은 하라다 이치카라는 여자로, 원래는 오히나타 건설에서 근무했었다더군요. 그런 데다 퇴직해서 돌아오자마자 아버지가 없는 딸을 낳았다고."

갑자기 히로카의 어머니 이름이 나와서 나는 깜짝 놀랐다. 히로카가 오히나타 건설 관계자의 사생아?

"그 이야기, 정말인가요?"

"글쎄요. 전설이 사실이라면 마을 사람들은 하라다 집안에 대해 복잡한 심경일 거예요. 선조들이 그 집안을 몰살시켰으니. 한편 하라다 집안이 산을 제대로 관리하지 않아 나방의 대량 발생을 초래해 피해를 입었다는 감정도 있는 거죠. 하라다 집안은 오랫동안 지역에서 언터처블적인 존재였던 게 아닐까요? 그런데 하라다 이치카는 돌아온 후에도 돈 씀씀이가 화려했으니. 말하자면 재앙의 산은 두 번이나 팔린 거잖아요? 그게 마음에 들지 않는 인간이라면 있는 말 없는 말 하지 않을까요? 이래 봬도 대학에서는 민속학을 전공했거든요."

가마가 자신의 해석을 피로하고는 말을 이었다.

"나도 부모나 친척에게 이런 불길한 곳에서 일하는 건 그만두라는 말을 많이 들어요. 수당이 좋아서 이 일을 몇 명에게 소개했는데, 다들 친척의 압력에 견뎌내지 못하고 그만두더군요."

"그 말인즉슨 오래전 재앙이 아직도 발목을 잡고 있나요?"

가마가 갑자기 주저하며 말끝을 흐렸다. 나는 내가 먹을 용도로 사온 낱개 포장용 바움쿠헨을 꺼냈다. 그는 고맙다는 인사를 하고 커피를 한 잔 더 따른 뒤 단숨에 먹어 당분을 보충하고는 "이건 오프더레코드인데" 하고 다시 말했다.

"이 뉴타운, 그 밖에도 여러 문제가 있거든요. 먼저 하라다 이치카인데, 그녀는 퇴거비로 술을 마시고 다니다 급성 알코올 중독으로 사망했어요."

호적 내용을 떠올렸다. 이치카는 1935년생으로, 2001년에 사망했다. 히로카는 1965년생이니 당시 서른여섯 살이었다.

"이때 함께 있던 게 컨소시엄 사원 몇 명과 고용된 지질학자였어요. 그들은 몸 상태가 안 좋아진 이치카를 그냥 놔두고 갔다더라고요. 그게 안 좋았는지, 얼마 지나지 않아 그들 모두가, 진짜 모두가 중병을 얻어 퇴직했다고……."

현장에서도 부상자가 속출해서 한때는 일할 사람들이 모

이지 않았고, 끝내는 현장 소장까지 도망쳐서 건설은 중단되었다. 입주가 시작된 이후에도 입주자들이 우울증에 걸리고, 뇌경색에 걸리고, 야반도주를 하고, 부부 사이가 안 좋아져서 이혼을 했다.

"산책 중에 절벽에서 떨어져 사망한 입주민도 있고, 자살한 입주민도 있어요. 때문에 여기서 죽은 자들의 원혼이 저주를 내린 게 아닌가 생각하는 사람도 있어요."

가마는 즐거운 듯이 말했지만 히로카의 이야기가 듣고 싶은 나는 짜증이 났다.

"굳이 그런 저주를 들먹일 필요 없이, 거금을 들인 데다 이사를 통해 환경이 완전히 바뀐 입주민들이니 정신 상태가 이상해져도 이상한 일은 아니죠. 애당초 이치카에게 지불된 퇴거비 역시 전액 그녀에게 전해진 게 맞나요? 오히나타 건설의 사원들이 옛 지인인 이치카와 짜고 퇴거비 명목으로 컨소시엄에서 돈을 뜯어낸 거 아니고요? 쓰러진 이치카를 놔두고 간 것도 그녀와의 관계를 숨기고 싶었던 건? 그들이 그만둔 것도 그 사실이 들켰기 때문으로, 중병이라는 건 불상사를 감추기 위한 구실 아닌가요?"

가마가 빤히 나를 바라보고는 불쌍하다는 듯이 고개를 저었다.

"탐정님은 정말 많은 걸 따지는군요. 우리 경비 업계에는 이치로는 설명할 수 없는 경험을 한 사람이 많아요. 예를 들면 올해 정월, 나카노의 유명한 유령 빌딩에 경비 아르바이트를 하러 간 아줌마가 있었다던데, 이 사람, 밤을 새고 아침에 돌아왔을 때에는 얼굴에 핏기가 하나도 없고 오들오들 떨며 말도 제대로 못했대요. 게다가 뭘 봤는지 절대로 말하려 하지 않았다더라고요."

"……네? ……그냥 추웠던 거 아닐까요?"

"뭘 봤는지 업계에 소문이 무성해요. 이 뉴타운에서도 봤느니 나왔느니 하는 이야기가 많은데, 예를 들면 배달하러 온 생협의……."

갑자기 경비동 문을 누군가가 세차게 두드려서 나는 깜짝 놀라 자리에서 일어났다. 가마는 모니터를 확인하고는 "아……" 하고 중얼거렸다. 흑백 모니터에는 인간의 얼굴이 주름과 기미, 모공까지 크게 확대되어 있었다.

"야치요 할머니네. 언제부터 있었던 걸까. 성가신 입주민이거든요."

"다 들린다."

얇은 문 밖에서 으르렁거리는 소리가 들렸다. 가마는 귀찮다는 듯이 일어서서는 문을 열었다. 높게 올린 회색 머리, 엄청 두터운 아이라인, 소용돌이 모양이 그려진 튜닉을 입은 1960년대 해외 드라마의 환각 신에서 등장할 법한 할머니가 담배를 입에 꼬나물고 서 있었다.

"D 18호동 영감이 또 어슬렁대고 있어. 그걸 일부러 알리러 온 입주민을 뭐라 생각하는 거야."

가마는 모니터를 돌아보고는 모자를 눌러쓰며 밖으로 뛰어나가 골프장에서 사용되는 듯한 지붕 달린 카트에 올라탔다. 나는 호기심에 도보로 그 뒤를 쫓았다.

비는 거의 그친 상태였나. 언덕을 올라가는 도중 나뭇가지 끝자락에서 물방울이 머리에 떨어졌다. 젖은 식물 냄새가 공기 중에 충만했다. 눈앞을 나방이 펄럭거리며 스쳐지나간다. 적막한 가운데 모래 섞인 물이 졸졸 흘러내려가는 언덕을 올랐다. 눈앞에 집들이 확 펼쳐졌다. 도로와 부지 모두 넓은 단독주택이 거울로 마주한 듯이 종으로 횡으로 죽 늘어서 있다. 계단식 논처럼 층지어 있지 않았다면, 산속이라고는 생각되지 않을 정도로 정연한 주택가다.

카트에 달린 노란색 경고등이 4열 열여덟 번째 집 근처에 멈춰 있었다. 숨을 고르며 주위를 둘러보았다. 어느 집이나 비슷한 만듦새로, 지은 지 10년이라는 신축의 느낌을 간직하면서도 사는 사람의 개성이 살짝 엿보였다. 허브나 장미를 키우는 집, 잡초 제거에 지쳤는지 마당을 자갈로 싹 깐 집, 불필요한 가구가 밖에 그대로 나와 있는 집, 차가 세 대 놓인 집, 오토바이에 녹이 슨 집.

카트 옆에 제복 차림의 가마 모습이 보였다. 하반신이 알몸인 노인을 붙잡으려는지 말을 하며 손을 뻗었다. 그 노인은 "죽음의 냄새다. 여기에는 죽음의 냄새가 가득해"라며 예언자처럼 외치며, 목욕을 하고 나온 아이가 부모가 내민 수건을 피해 도망치는 것처럼 가마의 손을 빠져나갔다.

"참 곤란하다니까."

뒤따라온 야치요 할머니가 담배꽁초를 근처 물웅덩이에 버렸다.

"저 영감에게는 고급 외제차를 타고 오는 아들이 셋이나 있거든. 누가 모시고 살든가, 시설에 보내든가, 지들 돈으로 어떻게든 하라고."

"저렇게 된 지 오래되셨나요?"

"반년 정도 되었나. 아내가 죽고 아들들도 얼굴을 비추지 않게 되자 점점. 여기는 경비가 엄중하기는 한데, 간호 인력이 상주하는 실버타운은 아니거든. 오히려 혼자 사는 노인에게는 불편한 곳이지. 그런데 관리비를 내고 있으니 뒷일은 잘 부탁해요, 라는 식으로 착각을 한단 말이야. ……아, 들켰다."

노인이 이쪽을 보고 양팔을 휘두르기 시작하자 야치요가 몸을 돌리며 말했다.

"그만 갈까. 구경꾼이 있으면 쓸데없이 더 흥분하거든."

이 소동에 익숙한지 상황을 살피러 나오는 사람은 없었다. 집들의 커튼 안쪽으로는 텔레비전의 파란 빛이 보인다. 비가 주민들을 주택 안에 잡아두고 있다. 밖에 나와 있는 사람은 이상한 사람뿐이다.

"당신, 탐정이라며? 뭘 조사하는 거야? 나는 타지에서 왔지만 동네에 지인이 많아. 일에 따라서는 도와줄게."

"……저에 대해 어떻게 아셨나요?"

"저 경비원, 목청이 커. 어젯밤 순찰 중에 사쿠라이라는 사람과 통화하는 게 들렸어. 난 젊었을 때부터 영국 미스터리 광팬이었거든. 여탐정이라는 말을 들으니 그냥 지나칠 수가 있어야지. 저기가 우리 집. 잠깐 들렀다 가."

야치요가 2열 왼쪽에서 열두 번째 집을 가리키며 말했다. 그런 것이 아닐까 생각하기는 했다. 다른 집들은 자연스러운 상태인데, 그 집의 외벽은 멀리서도 선명한 핑크였다. 경자동차도 화분도 핑크고, 같은 색 커튼이 창 안쪽에서 희미하게 흔들렸다.

"모처럼의 초대지만 다음 약속도 있고, 멋대로 타운 안을 돌아다니는 것도 사실은 위험한 거 아닐까요? 저는 저 경비원에게 용건이 있어 왔을 뿐이니까요."

번개 같은 중저음이 멀리서 울렸다. 잠시 멈췄던 비도 다시 쏟아질 것이 틀림없다. 나는 묘하게 초조했다. 젊었을 때는 비가 내리는 가운데 익숙지 않은 길을 익숙지 않은 차로 운전하는 것조차 가슴 뛰는 모험이었다. 하지만 지금은 그렇지 않다. 어중간한 괴담이나 저 늙은이와 사쿠라이의 말에 영향을 받았는지 한시라도 빨리 이 산에서 내려가고 싶었다.

"그렇다면 차로 아래까지 태워다줄게. 오소기 가도 옆에서 '먼 모래'라는 스낵을 하고 있거든. 최근에 런치도 시작했어."

야치요는 그렇게 말하고 히쭉 웃었다.

5

"버블 때는 트럭 왕래가 많았어. 완전 산속에 공공시설이
계속해서 생겼으니까. 불경기가 되어도 주위에 다른 음식점
은 없었고, 나도 그땐 젊었거든. 이치카가 지인들을 데려와
준 덕에 가게는 어떻게든 유지가 되었고, 뉴타운 건설 중에
는 공사 관계자들 덕에 번성했지."

산을 내려가는 차의 조수석에서 먼 모래의 마담인 비토
야치요는 그렇게 말했다.

나는 중요한 탐문 상대의 청을 퇴짜 놓을 뻔했다는 사실
에서 아직 회복 못한 상태였다. 뉴타운에 살면서 자신을 타
지에서 왔다고 말하고, 동네에 지인이 많다고도 했다. 영국
미스터리를 좋아한다고도 했는데,《먼 모래》는 오래된 영국
미스터리의 제목이다. 그렇다면 다소는 주의를 기울였어도

좋았을 텐데…….

"그러니까 하라다 이치카 씨와는 친구였던 거군요?"

나는 손에 밴 땀을 손수건에 문지르며 핸들을 돌렸다. 야치요는 시트에 기댄 채 한숨을 쉬었다.

"그렇지. 처음엔 단순한 술동무였는데 마음이 맞아 친해졌어. 그녀가 아이를 낳고 이쪽에 처박혔을 때 나도 여러 일이 있었거든."

"그 말씀인즉슨?"

"여러 가지. 화려한 1960년대, 나는 젊고 무모했지. 안 좋은 상대의 역린을 건드리고 말았어. 고향에는 돌아갈 수 없고, 도시에 남아 있을 수도 없고. 그래서 이치카의 고향에 굴러들어온 거야. 당시 이치카의 아버지는 돌아가시고 어머니가 가라쿠 산에서 살고 있었거든. 이치카가 산파 없이 어머니 도움으로 아이를 낳은 것도 그 집이었어."

야치요는 손으로 만 볼품없는 담배를 꺼내 불을 붙였다. 신기한 냄새가 차안에 가득 차 나는 창을 살짝 열었다. 와이퍼를 작동시켜 앞유리에 쌓인 물방울을 떨쳐냈다.

"그게 히로카 씨였군요. 아버지는 누구였나요?"

"이치카도 그 사실만은 말 안 했어. 취해서 '오래전에 죽었거든' 하고 중얼거린 적은 있었지만. 당시는 지금으로선 상상도 할 수 없을 정도의 남존여비 시대였고, DNA 감정도 없었으니까. 혼전 교섭으로 아이가 생겼어도 모든 책임은 여자가 뒤집어썼지. 낳은 뒤 당신 아이라는 사실을 인정해 달라고 하면, 남자의 장래를 망칠 생각이냐며 비난까지 당했어. 끔찍한 이야기지."

"돌아와서 히로카 씨를 낳은 다음에도 이치카 씨의 자금 사정은 좋았다고 들었는데, 히로카 씨의 아버지 쪽에서 돈을 보내준 건 아니라는 거군요?"

야치요가 연기를 잘못 들이마셔서 계속 콜록거리다 눈에 맺힌 눈물을 닦았을 무렵, 나는 그녀가 웃고 있다는 사실을 알아차렸다.

"확실히 이치카는 자금 사정이 좋았어. 하지만 누군가에게 받은 게 아니야. 내가 이혼했을 때 이치카가 스낵 개점 자금을 융통해줬거든. 그녀들은 뻔뻔하고 씩씩하게 돈을 벌었지."

"그녀들?"

"사진 볼래?"

야치요는 휴대 재떨이에 꽁초를 밀어 넣고는 요란한 핑크 백에서 사진 한 장을 꺼냈다. 신호 대기 중에 찬찬히 살펴보았다. 병이 늘어서 있는 고풍스런 카운터 안쪽에 여자가 한 명, 좌석에는 다섯 명의 남녀가 찍혀 있었다. 사진 구석에 '01 08 09'라고 오렌지색 숫자가 새겨져 있었다.

"카운터 안쪽이 나, 중앙이 이치카. 미인이지? 죽기 조금 전이야."

야치요가 말했다. 둘 다 무거워 보이는 붙임눈썹을 하고, 머리를 틀어 올리고, 파운데이션을 바르고, 화려한 옷을 입었다. 아마 본인들이 노린 것만큼 젊게 보이지는 않는 그 작위적인 모습이 오히려 더 나이 들게 보였다.

그래도 부드러운 표정으로 렌즈를 향한 하라다 이치카에게는 독특한 매력이 있었다. 그늘진 아름다움이라고도 말할 수 있으리라. 청백색으로 빛나는 독버섯, 악몽과도 같은 독나방, 계속해서 바라보고 있다가는 미칠지도 모르는 달빛.

"촌에서는 보기 힘든 미녀들 덕에 가게가 꽤나 번성했던 모양이군요. 이 남자들은 단골인가요?"

"그래. 이치카가 데려온 니시노모리 컨소시엄 관계자. 이쪽의 히로카 뒤에 있는 건 이마이라는 소방관이야. 도박 중독자로, 돈은 없지만 애교가 있어서 많은 사람들이 이 인간을 데리고 와서 술을 사줬지."

나도 모르게 입을 떡 벌렸다. 이마이가 나올 거라는 것은 어느 정도 예상했지만, 그 앞에 찍혀 있는 것이…….

"이 사람이…… 히로카 씨인가요?"

뒤차가 경적을 울렸다. 신호가 파란색으로 바뀌었다. 나는 서둘러 발진했다. 당황한 탓에 사진이 떨어졌다. 야치요가 그것을 주워서는 무릎 위에서 반듯하게 펴듯이 밀고 백에 집어넣었다.

"이렇게 함부로 다루면 쓰나. 그녀들의 영정이라 부를 수 있는 건 이것뿐이니까."

"그 사진, 복사해도 될까요?"

"도착했어."

야치요가 쌀쌀맞게 말했다.

길가의 수수한 가옥들 사이에서 스낵 먼 모래는 이채를 내뿜었다. 새하얀 사각 건물, 엷은 보랏빛 등, 필기체로 적힌 간판. 밤에는 환상적일지도 모르지만 한낮인 지금은 벽이 배기가스로 검게 그을리고, 빗자국이 남아 있고, 등에 달라붙은 나방이 눈에 띈다. 그러나 주차장에는 열 대가 넘는 트럭이나 택시가 정차해 있어, 런치 영업이 성황 중이라는 사실을 엿볼 수 있었다.

차를 세웠다. 야치요는 재빨리 내려서는 돌아보지도 않고 먼 모래 안으로 사라졌다.

주차장에서 방향 전환을 해서 오소기 가도를 오메 시 쪽으로 향했다. 목적지인 요양원은 가도변의 다소 높은 언덕 위에 있었다. 고객 전용 주차장에 차를 세웠다. 볕이 잘 드는 곳일 텐데 궂은 날씨가 아쉬웠다. 왕벚나무 밑동의 잡초는

깔끔히 베어져 있었고 수국이 피어 있었다.

때마침 사쿠라이에게 연락이 왔다. 뉴타운 조성 당시 현장 소장이었던 이시쿠라는 어느 날 갑자기 직장에서 내뺀 이후 행방불명 상태라고 사쿠라이가 말했다. 도망친 이유는 빚이 나 횡령이라는 말이 있지만, 자세한 내용은 알지 못한다고 했다.

"이시쿠라는 오히나타 건설의 하청인 마키바 토목 간부였 다는데, 그가 도망쳐서 마키바 토목은 도산한 모양이야. 덕 분에 관계자들의 입이 무겁더라고."

감사 인사를 하고 전화를 끊으니, 약속한 1시의 3분 전 이었다. 접수처에서 미야우치 미사의 면회를 신청했다. 전 날 밤, 아라이야쿠시에서 돌아오니 스즈키 댁에는 아직 불 이 켜져 있었다. 나는 시나코를 찾아가 지금까지의 상황을 보고한 다음 오메에 가겠다는 것, 그리고 가는 길에 히로카 의 학교 관계자에게서 이야기를 듣고 싶다고 했다. 그렇게 말하면 전직 교사였던 시나코가 뭔가 좋은 방법을 알려주지 않을까 기대했는데 결과는 예상 이상이었다. 그녀는 그 자 리에서 전화를 몇 통 걸더니, 히로카의 예전 담임들이나 그 들의 현재 거주지를 순식간에 알아내주었다.

"미야우치 선생님은 손님이 찾아오시면 좋아하세요."

가슴에 '오이'라는 명찰이 달린 쉰 전후의 직원이 내게 말했다.

"탐정이 이야기를 들으러온다며 아침부터 흥분해 계시더라고요."

미야우치 미사는 라운지의 소파에 앉아 환한 얼굴로 나를 맞이해주었다. 그러나 히로카의 이름을 꺼낸 순간 그 미소가 사라졌다. "그런 학생은 모르는데요" 하고 선생이 말했다. "기억 안 나요", "들은 적도 없어요" 등등. 15분을 끌어보았지만 무엇 하나 알아내지 못했다.

오후 내내 근처 세 곳의 담임 댁이나 시설을 돌아다녔다. 그 어느 곳에서나 반응은 비슷했다. 마지막으로 이야기를 나눈 쓰루마라는 전직 교사는, 재활의 일종인지 종이로 학을 접고 있어서 혹시나 하는 생각에 신발상자에 남아 있던 종이학 하나를 꺼내 보이니, 그리운 듯이 손을 내밀었다. 그러나 그것으로 끝이었다. 히로카라는 이름이 나온 순간 그녀는 재빨리 손을 되돌리고는 말없이 검지와 중지를 교차하듯 겹쳤다. 숨이 막혔다.

성과도 없이 오후 5시가 지났다. 비는 단속적으로 내렸고, 때때로 양동이로 퍼붓듯 세차게 쏟아졌다. 가벼운 두통이 일었다. 점심을 건너 뛴 만큼 공복이었지만 식욕은 없었다. 비상용 바나나를 차 안에서 먹고, 물을 마시고, 생각했다.

원래 시나코의 의뢰는 '하라다 히로카를 소중히 생각하는 사람을 찾아주었으면 한다'는 것이었다. 담임교사들의 태도를 보건대 히로카의 학창시절에 그런 상대를 찾아내는 것은 어려울 것 같다. 그렇게 되면 현시점에서 그에 가장 가까운 것은 먼 모래의 마담인 비토 야치요다. 적어도 야치요는 이치카와 히로카의 사진을 소중히 여겼다.

이렇게 된 이상 시나코의 의뢰에 대해 야치요에게 이야기할까? 두 번이나 살해당할 뻔하고, 뉴타운과 관련되면서 이야기가 커지다 보니 나도 적잖이 몸을 사리고 말았다. 때문에 누구의 어떤 의뢰에 의한 조사인지 밝히지 않았다. 하지만 원래는 연고가 없이 사망한 사람의 영혼을 달래주고 싶다는 다정한 의뢰였다. 야치요가 히로카의 유품을 인수해준다면, 그리고 시나코에게 그렇게 보고할 수 있다면, 조사는 그것으로 끝이다. 더 이상 히로카의 과거를 파헤치지 않아도 된다.

오소기 가도로 돌아왔다. 먼 모래는 비가 내리는 와중에도 환한 보랏빛을 저녁 박명에 흩뿌렸다. 그 빛 속에 나방이 팔랑팔랑 날고 있다. 주차장에는 요양원 이름이 새겨진 밴과 미니버스가 정차해 있었다. 빗줄기에 등 떠밀리듯이 가게 안으로 뛰어들었다. 가게의 반절이 휠체어로 채워져 있고, 시끄러운 음악과 함께 박자가 맞지 않는 노랫소리가 울려 퍼졌다. 그들은 흥에 겨워 잔을 기울이고, 마라카스를 연주하고, 가게 여직원의 손을 잡으려 안달이었다.

카운터 안에는 젊은 여성이 서 있어서 흠뻑 젖은 내게 수
건을 건네주었다. 야치요는 한 시간 정도 전에 집으로 돌아
갔다고 한다. 수건까지 받아든 이상 그대로 나갈 수도 없어
나는 카운터 자리에 앉았다. 손님들 것으로 보이는 사진으
로 가득한 벽 사이에 찬 두부, 나폴리탄, 오뎅과 같은 메뉴가
적혀 있었다.

볶음국수와 논알코올 맥주를 주문했다. 카운터의 선객이
그 목소리에 고개를 들고는 "어라" 하고 말했다. 요양원에
있었던 '오이'라는 직원이었다.

"아까는 실례했습니다. 미야우치 선생님을 불쾌하게 만든
것 같네요."

내가 정중히 사죄를 하니 오이의 치켜 올라간 눈초리가
내려갔다.

"당신이 사과할 일이 아네요. 아마도 몰랐을 테니까요. 하
지만 미야우치 선생님에게 하라다 히로카는 기억하고 싶지
않은 학생이거든요. 선생님의 이혼이 그녀 때문이었다……
고까지는 단언할 수 없지만."

가라오케 소리도 엄청 컸지만, 건물을 두드리는 빗소리도
거세 국수를 볶는 소리조차 들리지 않았다. 날씨 앱으로 구
름 영상을 확인했다. 오메 북부는 새빨간 비구름으로 뒤덮

여 있었다. 오이와 나는 목청껏 날씨 이야기를 했다. 나올 때에는 이렇게 많은 비가 내릴 거라는 예보는 아니었다. 이 거센 비 때문에 휠체어에 탄 사람을 차량에 태우는 것도 어려울 것 같다.

이윽고 음악이 끊겼다. 그 틈에 나는 오이에게 물었다.

"오이 씨는 하라다 히로카 씨를 알고 계셨나요?"

"동급생이었어요. 하지만 대화를 나눈 적은 없어요. 애당초 그 아이, 말은 할 줄 알았을까요? 항상 말없이 있어서."

"괴롭힘당했던 건가요? 그…… 가라쿠 산 전설이나 그런 걸로."

오이가 어이없다는 듯이 웃었다.

"말도 안 돼. 그런 오래된 전설은 그 시절 어르신들도 입에 담지 않았어요. 원래가 말이 없고 무슨 생각을 하고 있는지 알 수 없었기 때문에 경원시한 거죠. 게다가 그녀, 남의 걸 자기 것처럼 가져가고. 귀중품은 아닌데 아끼던 손수건이라든가 뜨개실이라든가 어느 틈엔가 그 아이가 갖고 있었어요. 왠지 기분 나쁘죠? 더불어 어머니가 악명이 자자했으니. 하라다 모녀 때문에 가정이 파탄 났다고 생각하는 지인은 미야우치 선생님뿐만이 아니거든요."

"대체 히로카 씨가 무슨 짓을 한 건가요?"

새로운 곡의 인트로가 시작되었다. 누군가가 크게 떠들어

댄 순간 틀니가 빠져나와 가게 안에 큰 소동이 벌어졌다. 나는 다시 생각했다. 하라다 히로카는 대체 무슨 짓을 한 것일까. 돈과 남자를 멋대로 조종한 것처럼 보이는 그늘이 있는 미녀 어머니가 있고, 주위에 큰 파문을 불러일으키는 여자. 어렸을 적부터 교사를 포함한 여자들에게 미움받아온 여자…….

오이가 내 귓가에 입을 대고 큰소리로 말했다.

"사채."

"……네?"

"어머니가 여기저기에 돈을 빌려줬어요. 비싼 이자로. 제때 갚지 못하면 어머니가 히로카를 그 집안에 보내는 거예요. 잠시 보살펴달라고 하고는. 결혼해서 가정을 가진 사람들에게만 돈을 빌려준 이유도 그 때문이라는 말이 있고. 그런 상황에서는 거절 못하잖아요? 그래서 빚을 다 갚을 때까지 히로카는 그 집에서 무슨 생각을 하는지 모르겠는 상태로 멍하니 그냥 있는 거예요. 그리고 거만한 태도로 먹고 자며 다른 가족들 시중을 받는 거죠. 그 집 아이의 옷을 입고, 책을 읽고, 보물을 빼앗고. 마치 뻐꾸기 새끼처럼."

볶음국수가 나왔다. 면이 바삭하고 채소가 많은 맛있는 볶음국수였다. 큰 음악소리를 들으며 멍하니 먹었다.

사채.

그렇다고 하면 말의 앞뒤가 맞는다. 이마이 요시타카나 기타노 라이, 이시쿠라 후미히코가 자택이나 그에 가까운 집에 히로카를 살게 한 이유가 빚을 다 갚을 때까지의 담보 같은 거였다면. 아니, 그녀에게 조종당했다는 확실치 않은 이유보다는 이쪽이 훨씬 납득이 간다.

그 때문에 이시쿠라는 아파트를 빌렸다. 아내에게 들켰다는 것도 바람이 아니라 빚 문제가 아니었을까? 기타노는 아내가 무슨 말을 하든 히로카를 쫓아내지 않았다……. 아니, 쫓아낼 수 없었다. 기타노는 아내가 유산하고 방화를 하고 나서야 처음으로 사태의 심각성을 깨닫고, 어떻게든 긁어모아 빚을 갚았으리라. 그럼에도 빚에 대한 것은 아내에게는 말하지 못했다. 비싼 스포츠 워치를 사기 위한 빚, 그리고 그것이 유산의 원인이 되었다면, 아무리 낯짝 두꺼운 사내라도 사실을 밝힐 수 없었으리라. 이마이 또한 도박 빚이 있었다. 갚을 때까지 세타가야 길의 시나코의 사촌 여동생 집에 히로카를 살게 했다. 아마 이와오 하쓰에가 건 것으로 생각되는 기묘한 전화가 시나코에게 걸려왔을 때 마침 이마이의 장모가 죽었다. 그 유산으로 빚을 갚고 히로카를 쫓아내기 직전에 그 사건이 일어났다…….

잠깐만.

시나코가 이마이에게 일 의뢰를 하게 된 2004년, 하라다 이치카는 이미 죽은 뒤였다. 이치카가 죽은 후에는 누가 돈을 빌려주고 히로카에게 돈 환수를 명령했을까. 히로카 본인이 '가업'을 물려받았나? 그렇다면 히로카는 상당한 자산을 가지고 있었다는 것이 된다. 히로카가 죽었을 때 그 돈은 발견되었나? 경찰은 아무 말도 하지 않았다. 슈트케이스에는 히로카의 '보물'밖에 남아 있지 않았다.

기타노에게 히로카를 소개한 것은 먼 모래의 마담이었다. 야치요는 히로카가 이미 죽었다는 사실을 알고 있었다. "그녀들의 영정"이라고 말했다…….

오이가 문을 열어 바깥 상황을 살폈다. 빗줄기가 다소 약해졌다. 밥값을 내고 스툴에서 내려섰을 때 스마트폰이 진동했다. 차를 향해 달리며 전화를 받았다. 가게를 나선 순간 비가 더욱 거세져 운전석으로 뛰어들기도 전에 나는 다시 흠뻑 젖었다.

"이와오 다다오 건인데요, 있는 곳을 알아냈습니다."

교도미나미 경찰서의 시오자와가 씩씩하게 말했다. 보닛을 두들기는 거센 빗소리에도 그 목소리는 똑똑히 들렸다. 조수석에 올려놓은 백에서 수건을 꺼내 떨어지는 물방울을 닦아내며 물었다.

"그렇다는 건 살아 있었던 건가요? 이와오 다다오."

"아들인 노리오가 알고 있을 거라 생각해 차근차근 추궁했거든요. 다다오의 여자는 죽은 하라다 히로카가 아니라 옛날에 알고 지내던 스낵의 여자라더군요."

그러고 보니 하쓰에가 술집 여자가 찾아왔다고 말했었다고 했다.

"질투가 심한 아내의 눈을 속이기 위해 일부러 히로카에게 접근해보인 게 아닐까요? 그 결과, 그런 일이 벌어졌으니 상황을 살피다 도망친 거겠죠. 친한 친구가 업무상 실수로 좌천당한 곳에 이따금 안부 인사차 놀러갔다가 알게 된 여자인 모양이에요. 그래서 지금은 그 땅에 여자가 산 호화로운 집에서 부부처럼 살고 있다더군요."

갑자기 내 뇌리에 뉴타운의 핑크빛 집 커튼이 살짝 흔들린 장면이 떠올랐다.

"설마 좌천되었다는 곳이…… 오메?"

"용케도 알고 계시네요. 역시 탐정은 얕볼 수 없군요."

시오자와의 말은 계속되었지만 내 귀에는 전혀 들어오지 않았다.

다다오와 히로카가 사랑의 도피를 할 정도의 사이였다면, 히로카가 코앞에서 죽었다는 사실을 3주일 가까이 다다오가 알아차리지 못할 리가 없다. 연인과 연락이 되지 않으면 찾다가 바로 이변을 알아차렸으리라. 하지만 만약 다다오와 야치요가 한패였다면, 야치요가 히로카의 죽음을 알고 있었

다는 설명도 되고, 히로카의 물건이 사라진 것도, 히로카의
재산 문제도…….

야치요는 뉴타운에 집을 사고 비싼 관리비까지 내고 있다.
먼 모래가 나름 장사가 된다고는 해도 야치요에게 그 정도
의 돈이 있었을까? 애당초 스낵의 개업 자금은 이치카가 냈
다. 요컨대 야치요 또한 이치카에게 빚을 졌다.

등골이 오싹해졌다. 이치카의 죽음은 급성 알코올 중독에
의한 단순한 병사였을까? 히로카의 죽음은 하쓰에하고만 관
련이 있을까? 다다오가 시나코에게 이마이를 소개해서 이마
이가 옆집에 들락거리게 되고, 그렇게 함으로써 사채업자인
히로카를 살게 한 사실에 그 어떤 의도도 없었을까?

시오자와를 통화를 끝내고 가마 유지에게 전화를 걸었다.
뉴타운 경비동에도 전화를 걸었다. 어느 쪽도 연결되지 않
았다. 큰 비 때문에 전파가 약해진 탓이리라.

차를 출발시켰다. 뉴타운으로 향했다. 가까워질수록 빗줄
기가 더욱 거세졌다. 와이퍼가 아무리 노력해도 앞유리는
순식간에 수막에 뒤덮이고, 지나쳐가는 트럭이 거대한 물보
라를 일으켰다. 전조등 불빛 이외에는 앞도 보이지 않고, 내
비게이션 음성도 들리지 않았다. 그래도 표지판을 놓치지
않고 용케 산길 속으로 차를 몰았다. 길에는 대량의 빗물이
흘러넘쳐 강처럼 되었다. 갑자기 하수 같은 비릿한 냄새가

코를 찔렀다.

"죽음의 냄새다. 이곳에는 죽음의 냄새가 가득해······."

반사적으로 브레이크를 밟았다. 완만한 커브길 직전이었다. 타이어가 미끄러지며 언덕 도중에 멈췄다. 제정신이 아닌 모양이다. 이런 곳에서 멈추다니.

다음 순간, 아무런 예고 없이 대량의 토사가 엄청난 기세로 쏟아져 내려와서 나는 차와 함께 휩쓸렸다.

6

"올해 가지는 왠지 좀 작네."

시나코가 그렇게 말하고 나무젓가락을 꽂아 소처럼 꾸민 가지를 문간에 살포시 놓았다. 그런 다음 유약을 바르지 않은 접시 위 겨릅대에 불을 붙였다.

신력 오봉의 마지막날. 비는 개고 하늘에 별빛이 반짝였다. 연기가 하늘로 올라가니 시나코는 신발상자에서 종이학이나 손수건을 꺼내 불속에 던졌다. 오랜 보물은 뒤틀리며 불에 타 재가 되었다.

"엄청난 일을 당하게 해 미안해."

시나코가 앉아 불타 사라지는 보물을 바라보며 작은 소리로 말했다. 지금까지 조사한 사실은 모조리 그녀에게 전했다. 시나코는 얼굴이 창백해지면서 이야기를 듣고, 더 이상의 조사는 그만두자고 단호하게 말했다. 그리고 그날 밤, 하라다 히로카의 보물도 불에 태워 함께 보내기로 결심하고 나도 그 자리에 동석했다.

"설마 이 정도의 소동이 벌어질 거라고는 예상도 못했어."

"저도 그래요. 시나코 씨가 사과하실 일이 아닙니다."

나중에 생각해보니 그때 브레이크를 밟은 것이 생사를 갈랐다. 만약 커브 길을 돌았다면 측면에서 토사에 휩쓸려 차는 옆으로 구르며 산 아래로 떨어졌을 것이고, 그대로 토사와 함께 생매장되었으리라.

차는 토사에 밀리며 우아하게 파도를 타는 듯한 자세로 아래 도로까지 도착했다. 그사이 나는 운전석에 앉아 아무 소리도 내지 못했지만, 흙투성이가 되었음에도 엔진은 무사했고, 손목을 좀 삐었을 뿐이다.

유감스럽게도 뉴타운의 주민들은 그 정도로 행운이지는 않았다. 운전석에서 얼이 빠져 있던 내가 정신을 차리고 떨리는 손으로 신고했을 무렵에는 소방서에 살려달라는 전화가 쇄도했다고 한다. 뉴타운의 반 이상이 토사에 휩쓸리거나 파묻힐 정도의 큰 사고였다. 그 시각, 교대를 하고 자택으로 돌아갔었던 가마 경비원은 무사했지만, 비토 야치요도 이와오 다다오도 아직 행방불명 상태다.

"역시 처음에 하무라 씨가 생각한 것처럼 가라쿠 산은 '갑자기 떨어지는 산'이었을지도 모르겠네."

시나코가 마지막으로 종이학을 불속에 던지고는 말했다.

"산 주인 일가가 생매장당한 것도 주민들이 한 짓이 아니라 산사태가 원인이었을지도 모르고. 조성 중에 모래가 나왔다는 건 지반이 약하다는 말이겠지. 이번과 마찬가지로 큰 비가 계속 내려서 지반이 약해졌었던 것 아닐까? 어쩌면 독나방의 대량 발생이나 애벌레가 산을 내려온 것도 산사태를 알리기 위한 산신령의 예고였을지도 모르고. 나이를 먹어서 그런 거겠지만 나는 그런 식으로 생각돼."

시나코가 그렇게 말하고 합장했다.

나도 함께 합장했다. 하지만 뉴타운 붕괴 이면에서 하라다 이치카의 그림자를 느끼는 것은 지나친 생각일까? 텔레비전이나 인터넷에서는 기초 공사는 적절했는지, 택지 붕괴는 막을 수 없었던 것인지, 벌써 책임 추궁이 시작되었다. 만약 내 생각처럼 하라다 이치카가 다른 직원들과 결탁해서 니시노모리 컨소시엄에서 한몫 단단히 뜯어낸 거라면, 모든 곳에서 예산 횡령이 있었을 것이고, 그 결과, 날림 공사가 이루어졌다 해도 이상한 일은 아니다. 만약 그렇다 해도 이미 죽은 이치카는 물론 중병을 이유로 그만둔 건설사 직원들이나 행방을 감춘 이시쿠라 후미히코가 화살받이가 될 일은 없으리라.

종이학이 불에 타며 뒤틀렸다. 그 그림자로 나방이 날아왔다 다시 날아올랐다.

나는 야치요가 보여준 히로카의 '영정'—맨 앞줄에 있어서 핀트가 맞지 않아 하얗게 붕 뜬 히로카의 얼굴—이 마치 날개를 펼친 나방처럼 보였다는 사실이 떠올랐다.

도야마 점장의
미스터리 소개

미스터리 팬 여러분, '살인곰 서점' 점장 도야마 야스유키입니다. 하나다 도모코 분슌문고 부장님의 엄명으로 이 책에 등장하는 미스터리를 소개하는 것도 네 번째. 더 이상 쓸거리가 없다고 몇 번이나 말했는데……. 아, 부장님, 거기 계셨군요. 아무것도 아닙니다. 열심히 집필 중이었습니다.

p.11 《기치조지 미스터리아나》: 도가와 야스노부(도야마 점장의 실제 모델—옮긴이)가 쓰고, 소라이누 다로가 편집한 《나의 미스터리 크로니클》의 대호평에 편승해서 출간……되었을 리가 없죠. 가공의 책입니다.

p.13 보리스 비앙 :《북경의 가을》,《세월의 거품》으로 유명한 프랑스 작가이자 음악가.《세월의 거품》은 폐에 수련 꽃이 피는 희귀병에 걸린 미녀 클로에를 둘러싼 이야기인데, 그보다는 서점을 습격하는 서브 스토리가 굉장합니다.

p.15 카트린 아를레 등 : 대표작《지푸라기 여자》는 후처로 들어간 여자의 완전범죄 서스펜스. 이쪽 장르의 원조 격이라 할 수 있죠. 조르주 심농은 '매그레 경감 시리즈'로 유명하고, 일본에서도 드라마로 제작된 적이 있습니다. 매그레 부인은 무려 이치하라 에쓰코! 기교가 뛰어난 세바스티앙 자프리조, 히치콕이 〈현기증〉이라는 영화로 만든 부알로 & 나르스작의 소설 등이 오랫동안 프랑스 미스터리의 대표 격이었으나, 현재는 말할 필요도 없이 프레드 바르가스, 장 크리스토프 그랑제, 피에르 르메트르의 활약이 눈부십니다.

p.15 재크 푸트렐 등 : '싱킹 머신'이라 불리는 명탐정을 탄생시킨 작가. 알베르 카뮈의《이방인》은 "햇빛이 너무 눈부셔서" 살인을 저지른 청년이 주인공. 연극인이자 작가인 데라야마 슈지의 기념관은 아오모리 현에 있으며, 기념품 판매소에서는 대표작《가출을 권하다》를 차용한 선물 '가출의

오징어'(권하다와 오징어는 일본어로 비슷한 발음이다-옮긴이)를 판매 중입니다. 크레이그 라이스는 시카고를 무대로 한 도시 미스터리로 유명하며, 사생활을 방불케 하는《스위트홈 살인사건》은 영원 불멸의 명작입니다.

p.16 오구리 무시타로 : 남의 취향에 대해 왈가왈부할 마음은 없습니다만, 어둡고 무거운 데다 어려운 한자가 가득한 오구리 전집은 남쪽 해변보다 겨울바다 옆 서양식 저택에서 읽어야 제맛이죠. 그랬다가는 뭔가 사건이 발생할 것 같습니다만.

p.20 《키다리 아저씨》: 경악의 마지막 장면이 기다리는 걸작 편지문학.

p.68 수마트라 돼지코거북 : 혹시나 해서 말씀 드리는데 가공의 거북이입니다. 이 이야기를 듣고 '거북 미스터리 페어'를 생각했는데, 엘러리 퀸《녹색 거북의 비밀The Green Turtle Mystery》, 가스미 류이치《저주 거북》, 시미즈 요시노리《아킬레스와 거북》, 히구치 유스케《거북과 관람차》, 기타노 유사쿠《거북 탐정 K》, 패트리샤 하이스미스〈식용 거북이〉. '오니헤이 범과장부 시리즈'에는〈도둑 거북〉이라는 단편이. 이

것은 치질을 앓고 있는 전직 도둑의 별명이었습니다. 그 밖에 거북 미스터리가 있던가요?

p.89 《영국 공포소설 걸작선》: 이런 앤솔러지는 《영국 기괴 걸작집》, 《기괴소설 걸작집》, 《영국 괴기환상집》, 《영국 괴담집》, 《괴기와 환상》, 《환상과 괴기》 등 비슷비슷한 제목이 많습니다. 제가 하무라 씨에게 추천한 것은 난조 다케노리가 편역하고, 지쿠마문고에서 출판된 것입니다. 엑스=프라이베이트 엑스의 〈본 남자 The Man Who Saw〉를 읽었다면 한층 더 추위를 느낄 수 있었을 텐데.

p.154 《나폴레옹 솔로 공포의 도망작전》 등: 피터 레슬리(구보서점 Q-Tbooks). 돈 화이트헤드 《범죄세계지도 Journey into Crime》(소겐북스). 둘 다 상당히 희귀한 책입니다. 그런 귀중한 것을 병실로 가지고 오라고 제가 말할 리 없다……고 생각하는데 말이죠.

p.155 홈스에서 크리스티 등: 각 작가의 작품 중 철도 미스터리를 한 편씩 추천합니다. 홈스라면 지하철 선로 옆에서 사체가 발견되는 〈브루스 파팅턴 설계도〉. 크리스티는 나란히 달리는 열차에서 살인을 목격한다는 설정이 훌륭한 《패

딩턴발 4시 50분〉. 크로프츠는《열차의 죽음-Death of a Train》, 아유카와 데쓰야라면《검은 백조》, 쓰지 마사키는 역시《아지아호, 울부짖어라!》, 시마다 소지《기발한 발상, 하늘을 움직이다》, 아리스가와 아리스《말레이 철도의 비밀》, 가스미 류이치《스팀타이거의 죽음의 질주》, 야마모토 고지《개화 철도탐정》. 이렇게 선정해보았는데, 한 작품만 고른다는 것이 쉬운 일이 아니네요.

p.155 니시무라 교타로 기념관 : 일본에 여정旅情 미스터리라는 장르를 정착시킨 작가. 개인 기념관은 가나가와 현의 온천지인 유가와라에 있습니다. 제가 방문한 것은 2002년이었던가요. 철도 모형으로 사고나 자살, 살인 현장을 재현해놓았는데, 정말 최고였습니다.

p.156 〈실버 스트릭〉 등 : 〈실버 스트릭〉은 열차 안에서 사체를 발견한 진 와일더가 열차에서 떨어지거나, 범인으로 오인당하거나, 다시 열차에서 떨어지는 등 요란합니다. 〈대열차 강도〉는《주라기 공원》으로 유명한 마이클 크라이튼이 감독, 원작, 각본을 맡았습니다. 히치콕 감독의 〈사라진 여인〉은 눈이 많이 내려서 승객들의 발이 묶이고 모두가……라는 설정이《오리엔트 특급 살인》과 닮았는지도 모르겠네

요. 세균에 감염된 테러리스트가 유럽 종단열차에 탑승한다는 '아웃브레이크' 계열의 〈카산드라 크로싱〉, 열차에 탑승한 남자에게서 교환 살인 의뢰를 받는 패트리샤 하이스미스 원작의 〈열차 안의 낯선 자들〉 등 철도 미스터리는 영화에도 걸작이 많습니다. 더 알고 싶은 분은 《기차 영화 노스텔지어》를 추천합니다.

p.156 〈신칸센 대폭파〉 등 : 일세를 풍미한 영화 〈스피드〉에 영감을 주었다고도 하는 걸작. 회색 제복 모습의 국철 직원이 분주히 노력하는 모습에 눈가가 뜨거워집니다. 영국 작가 조제프 랜스와 영화 기획자 가토 아레이가 공동 집필한 영국판 소설이 론소샤에서 번역 출간되었습니다. 고이케 시게루가 편역한 《세계 철도 추리 걸작선1&2》는 에드먼드 크로스핀, 크로프츠, 마이클 길버트 같은 작가들의 단편이 수록되어 있어 추천합니다. 《Macabre Railway Stories》에는 해리 해리슨이나 잭 피니의 작품이 수록되어 있습니다. 《ENDSTATION》은 르 카레답게 객차에서 만난 두 첩보원에 의한 긴장감 넘치는 대화극이라고 하네요. 영국에서 드라마화, 후에 독일에서 리메이크. 영국 드라마판은 방송으로 끝인 듯한데, 독일판은 성실하게 DVD화도 되고, 각본도 독일어로 출판되었습니다.

p.162 《검은 도마뱀》: 설명할 필요도 없이 에도가와 란포의 《검은 도마뱀》을 기반으로 쓴 미시마 유키오의 걸작 희곡인데, 표지로 검은 도마뱀 가죽을 사용한 책은 저도 본 적이 없습니다. 실물을 꼭 한번 보고 싶네요.

p.168 사사키 기쿄: 본문에도 나와 있듯이 《오리엔트 급행과 문학》, 《탐정소설과 철도》 등 장르와 취향을 응축한 책을 자비 출판한 서지 마니아. 얼마나 대단한 한정본인지 설명하고자 하면 끝이 없습니다. 조금만 예를 들자면 《탐정소설과 철도》는 산양 가죽에 루비를 박은 장정의 책을 170부, 프랑스에서 손으로 직접 뜬 종이를 표지로 사용한 책을 400부를 제작했는데, 이 400부의 책에는 우표와 "이 책을 습득하면 연락바람"이라는 셜록 홈스의 메모(?)가 포함되어 있습니다.

p.170 랩슨 자물쇠: 로렌스 블록 《도둑은 스푼을 센다^{The Burglar Who Counted the Spoons}》 일본판 해설에 이 자물쇠와 관련한 우리 서점의 에피소드가 게재되어 있습니다.

p.186 제임스 조이스: 《더블린 사람들》로 세계적으로 유명한 만큼, 더블린의 특산품에는 이 사람의 티셔츠가 많답니다.

p.200 운노 주자 : 이 사람의 철도물이라면 사실《쇼센 열차의 사격수》를 추천합니다.《탐정소설과 철도》에도 소개되어 있는 〈급행열차 전복마〉는 제목은 훌륭합니다만…….

p.202 시이나 린조 등 : 시이나 린조가 미스터리에 푹 빠져 닥치는 대로 읽었던 시대에 대해 쓴 에세이 〈신사 왓슨〉을 잡지《보석》에 발표했습니다. 도쿄의 서쪽, 다마 구릉의 삶을 묘사한 쇼노 준조의 작가 안내서《쇼노 준조의 책, 산 위의 집》이 2018년에 출간되었습니다. 멋진 사진도 가득한 아름다운 책입니다.《시각표 2만 킬로미터》로 철도 팬의 마음을 사로잡은 미야와키 슌조에게는《살의의 풍경》이라는, 여행을 테마로 한 무서운 단편집이 있네요.

p.278 《먼 모래 The Far Sands**》:** 영국 인기 작가 앤드류 가브의 대표작. 그 밖에도 지방 열차 안에서 여성 폭행사건에 휘말리는《쿠쿠 선 사건**The Cuckoo Line Affair**》이나 살해당한 여성에게 초점을 맞춘 대표작《힐다를 위한 눈물은 없다**No Tears for Hilda**》가 있습니다. 참고로《불온한 잠》의 가제는《낮 나방이여 잠들어라》였다던가……. 뭡니까, 그거.

이상 살인곰 서점 점장 도야마 야스유키였습니다.

참가자 모집 중
MURDER BEAR BOOKSHOP
특별 이벤트 기획

살인열차 추리극장 & 온천 투어!

도쿄 신주쿠발 임시 관광열차 '살인 진단 호'를 타고 미스터리 삼매경! 출발 열차 안에서는 점장 도야마 야스유키의 미스터리 토크쇼 & 희귀본 경매를 개최(양서 다수, 귀중한 고서 일거 방출). 그 후, 1박 예정인 여관에서 미스터리 전문 '극단 하우던잇' 여러분이 연극으로 미스터리를 출제(밀실살인)하고, 참가자 여러분이 추리를 하게 됩니다. 식사와 온천을 즐긴 다음, 진상 해명에 도전해주세요. 다음 날 돌아오는 열차에서는 미스터리의 진상이 밝혀집니다! 정답자에게는 미스터리 신간 20권과 '살인 곰 서점 1일 점장'이 되는 특전도 선사합니다.

참가자 : 도야마 야스유키 점장, 극단 하우던잇, 수수께끼의 복면작가(실제로 복면을 쓰고 있습니다)
일시 : 12월경(참가자들의 희망일을 취합하여 결정)
숙박 장소 : 오쿠다마 호수 주변의 유령이 나온다는 소문이 있는 오래된 여관과 교섭 중
참가비 : 35,000엔(부가세 포함)
* 고서 구입비는 별도입니다

옮긴이 **문승준**

대학에서 일본문학을 전공한 후, 잡지사 기자를 거쳐 출판 편집 및 기획자로 일했다. 추리, 스릴러, 판타지, SF, 연애소설 등 세계 각국의 다양한 소설을 국내에 소개했고 현재는 일본어 전문 번역가로 활동하고 있다. 옮긴 책으로 《이별의 수법》, 《조용한 무더위》, 《녹슨 도르래》, 《아들 도키오》, 《지금부터의 내일》, 《그녀와 그녀의 고양이》, 《무라카미 하루키의 100곡》 등이 있다.

불온한 잠
살인곰 서점의 사건파일

1판 1쇄 인쇄 2021년 4월 15일
1판 1쇄 발행 2021년 4월 20일

지은이 와카타케 나나미
펴낸이 문준식

디자인 공중정원
제작 제이오

펴낸곳 내 친구의 서재
등록 2016년 6월 7일 제 25100-2016-000044호
주소 서울시 성북구 정릉로 305, 104-1109 우편번호 02719
전화 070-8800-0215 **팩스** 0505-099-0215
이메일 mytomobook@gmail.com **인스타그램** mytomobook

ISBN 979-11-970132-7-8 03830